爱
03 琴
海
Aegean sea

浮光深处

FUGUANG SHENCHU

ZHONGYUNI

终遇

你

轻轻 著

贵州出版集团
贵州人民出版社

这一路繁华

不倾城却倾我所有

一晌贪欢或是一生相守

江年锦

这一次，你来选

时间真是良药，治愈了她旧时伤疤。

时间也是毒药，重新在她身上碾下新鲜伤口。

孤儿，Beauty 设计师助理。

大学毕业那年，她养母重病，恋人莫向远不告而别。养母离世后，她为寻莫向远来到时尚之都加安，遇到江年锦，在他的帮助下到 Beauty 工作。

因为一次打抱不平，她深陷超模泥潭，可面对名利的诱惑，她始终坚持自我。

她爱上了为她披荆斩棘的江年锦，却没想到江年锦将她留在身边是因为另一个女人……

爱情，都有一个临界点。

没有超过那个点的时候，很多人都不会知道，那是爱。

Beauty 总裁，北城江家三少。

他游戏人间，拥有一切，爱情是他最不屑得到的东西，直到他遇到苏听溪。

苏听溪低调安然、善良正义的个性让他着迷，而更不可思议的是苏听溪与他逝去的未婚妻罗冉冉有着相似的面容。

他不自觉地靠近苏听溪，渐渐爱上了她，却没想到她和罗冉冉竟有着密不可分的关系……

　　这里是时尚之都加安，Beauty 和 Modern 作为加安最大两家模特儿经纪公司，少不了明争暗斗。

　　名模荟萃的 T 台，华服之下深藏的却是诡谲的人心。五光十色、姹紫嫣红的背后实则是白骨森森的名利场。

　　沉寂两年复出的沈庭欢、步步高升的沐葵和跳槽新东家的安培培组成这个圈子超模三国鼎立的局面，而无意闯入苏听溪，却渐渐将这个局面打破……

目 录
Contents

目 录
Contents

第一章

DI YI ZHANG

急景流年

1

"怎么不说话？"

听溪怀里抱着礼服，听着化妆间里的声响。她抬肘小心翼翼地撞开了门，因为走错了路，她迟到了。

扑鼻而来的是浓重的脂粉气，还有哄笑声。

屋内十几个女人围成一个半圆站着，她们脸上的表情是如出一辙的讥诮。

为首的那个女人是超模沐葵。

这是听溪来 Beauty 之后第二次见到沐葵，第一次是在公司的大厅里，当时人多，两人只匆匆打了个照面。而这一次，她彻底看清楚了。

沐葵是标准的瓜子脸，美得有些凌厉。这会儿她上身只穿着一件黑色的紧身背心，纤长的手臂紧抱在胸前，因这一个动作，她背上的两块蝴蝶骨更像一对翅膀。

"我问你怎么不说话？"她的声音很尖厉，一张口就有咄咄逼人的感觉。

听溪轻轻地往前走了两步，隔着人影看到了趴在地上的文欣。

Beauty 的模特儿何其多，听溪来的时间又短，能让她记住名字的只有那么一两个拔尖的。比如眼前的沐葵，还比如沉寂两年即将复出的沈庭欢。

至于眼前这个文欣，她之所以记得，是因为刚刚在下大巴车的时候，她被怀里那团衣服遮挡了视线险些从台阶上跌倒，是这个姑娘伸手搀了她一把。

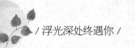
"你编纂了整个故事，还要我说什么？"文欣看起来柔弱，语气却是不卑不亢。

"哟，这小嘴开口还挺麻利。"沐葵扬着下巴，目光瞟过身旁的一溜人。

接到沐葵的眼神，那些看热闹的模特儿又哄笑起来。

沐葵在众人的笑声里越发放肆，她上前一步抬脚，那细长的高跟对准了文欣的膝盖就踩下去。

"啊！"文欣一声尖叫，泪水随即掉下来。

听溪眉角一蹙，下意识地想上前，可是她想起了陈尔冬。

陈尔冬是绝不允许她多管闲事的，这是陈尔冬当初留下她做助理的唯一一个条件。

"你还敢说，你不是故意的？"

"我不是故意撞上江先生的，真不是故意的！"文欣的哭喊声在一众女人的笑声中格外苍凉。

"不是故意的？"沐葵冷嗤一声，"不是故意你会出现在那个路口？不是故意你能正好扑进江年锦的怀里？"

"不是故意就是有意咯！"有人在一边起哄。

沐葵脸上的表情越发不屑了。

"我真的没有，真的。"文欣低低地抽泣着，辩驳的话显得有些苍白。

"还敢嘴硬，难不成，是我们冤枉了你？"沐葵蹲下去，她纤长的指尖一把捏住了文欣的下巴，"我这个人，最讨厌婊子还要立牌坊。"

听溪被这污秽的词汇刺得耳朵疼，文欣无辜又无助的表情让人心生怜悯，她终是忍不住抖落了怀里的那些衣服，拨开人群冲了上去。

是的，这种事在 Beauty 分分钟都有发生，贱人之间为了点蝇头小利撕破脸皮打得再凶都不关她苏听溪的事情。

可是，文欣是个善良的姑娘，还帮过她，她不能眼睁睁看着不管。

"沐小姐，请你手下留情。"听溪在众人的目光里蹲下去，挽住了文欣的手臂。

"你是哪根葱？敢帮她？"沐葵挑起了眉。

"你再这样下去，文小姐怕是不能参加一会儿的 Show 了，临时去哪里找替补？"听溪抬起头看着沐葵。

沐葵笑起来，她的眼线画得很长，一笑就像是一只妖娆的狐狸。

"Beauty 多的是模特儿，还怕找不到这种货色的替补？你与其担心一会儿的 Show，倒不如担心你自己，知道自己现在在干什么吗？"

"我当然知道自己在干什么。"听溪迎上沐葵挑衅的眸光，"可是沐小姐你又在干什么？你大发雷霆就因为文小姐撞到了江先生？哦不，或许是江先生撞到了文小姐也不一定。江先生知道吗，他到处乱晃会给别人造成这样的困扰？"

沐葵居高临下地指着听溪，笑得有些匪夷所思："你说什么？"

听溪站起来，与沐葵平视："如果我说，我刚刚在门外也撞到江先生了，是不是我也要与文小姐一样，接受你的严刑拷问？"

"哈！"沐葵大笑一声，随即想要抬脚朝着听溪踹过去。

"都在干什么？"

耳边响起男人的声音，沉稳有力，如同微微炸开在天际的轻雷。

所有人都扭头，沐葵也收敛了气势。

化妆室门口，江年锦和陈尔冬一左一右地站着。听溪一抬头就触到了江年锦的目光，那目光就像是通了电似的，让她既心慌又心安。

"江先生。"一屋子的模特儿几乎同一时间开口。

江年锦没作声，眉角微蹙间似乎在催促谁回答他刚才的问题。

"江先生放心，没什么事情劳您费心。"沐葵笑道。

江年锦的表情依旧看不出端倪，他低头看了一眼腕上的表。

屋里的模特儿见状，立马散开了。沐葵也悠悠地走回了自己的化妆台前。

听溪拍了拍文欣的肩头，示意她也赶紧去准备。

文欣会意，可刚站起来没停留几秒，又倒了下去。

"嘶……"

听溪听到了她抽凉气的声音。看来沐葵刚才那几脚，踹得不轻。

"怎么？江先生在这儿连站都站不稳了？"沐葵跷着二郎腿，远远地看着文欣。

"我没事，我这就去换衣服。"文欣忍气吞声地说完，又站了起来。

文欣的背影一瘸一拐的，让听溪觉得气愤。她还想说什么，可是一转头就看到陈尔冬正在瞪着她，所有话又吞回了肚子里。

今晚，是她坏规矩了。

2

江年锦没有停留就出去了，化妆间里顿时就忙碌起来。

刚才那场风波来得声势浩大，去得悄无声息。看似什么都没有留下，但是听溪明显感觉到那些模特儿看她的目光有了深意。

听溪抱着各色礼服穿梭在人群里，尽量假装什么都没有觉察到，直到她被人按住

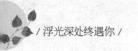

了肩头。

听溪侧头，看到按在她肩头上的那只手，指甲修剪出漂亮的圆弧，亮黄的指甲油覆在上面，沉静又时尚。

陈尔冬大概是她身边唯一一个可以走得风韵十足又不将高跟鞋踩出声响的女人，就像她张扬的外表却偏生有着低调的个性。

"尔冬姐，我知道错了。"听溪知道躲不过一顿苛责，连忙抢在前头主动道歉。

陈尔冬旋过身去，她的苏格兰短裙飘起一个弯弧又落下。

"你是我的助理，你唯一要做的就是看好那些衣服。不要再多管闲事！这句话，我不想再说第三遍。"

"是，尔冬姐。"

"还有，下次不许迟到。你是助理，应该你带着衣服等模特儿，不是模特儿等着你的衣服。"

"我知道了。"

前台渐渐响起了音乐声，换好装的模特儿陆陆续续出去候场。陈尔冬对她使了个眼色，听溪连忙跟出去，以防有什么特殊情况发生。

这里是整个加安市最大的 Show 场——急景。

今日由 Beauty 主办的这场主题为"Pure – Love 纯爱"系列的服装发布会就办在 A 座最大的展厅。

这是陈尔冬师父老久的收官之作，各方媒体都给予了高度的关注。

整个秀场布置以白色为总色调引领整个色系，几乎找不出其他余缀冗杂，细节方面配以极具法国中世纪情调的饰物，低调又不失华丽，让人恍若置身异国街头。

听溪站在灯光的阴影处，看着 T 台上的模特儿。

为了配合主题，今天的模特儿每个人都只化了淡妆，整个面部仅以粉色腮红妆点，一个一个都隐约透露出待嫁新娘的娇羞与期盼。

这样的画面太美，听溪觉得自己像是被什么扼住了咽喉，一下子有些喘不过气来。她的目光下意识地从 T 台上挪开，却扫到了坐在最前排的江年锦。

柔和的灯光裹着他英俊的面容，T 台上倩影款款而动，可是他却显得有些心不在焉。

刚才要不是他突然出现，想必她的腿也逃不过沐葵脚上的利器，虽然他们才认识不久，可这已经是江年锦第二次救她了。

第一次，还是她刚来加安的时候。那天，她刚下飞机，手机钱包都被偷了不算，还遇到了流氓想要对她图谋不轨。她至今想起那条暗黑的巷子，想起那些让人作呕的男人都会觉得害怕。

江年锦从车上下来的样子好像带着光，是她最绝望的时候唯一能看到的光。那几个流氓根本不是江年锦的对手，他身手利落，几招制敌，轻松地救下了她。

听溪正出神，坐在前排的江年锦似是感应到了她的目光，忽然转过头来。

T台上的灯光勾勒出他清朗夺目的轮廓。这不是一张仅用好看就能概括的容颜，他精致的眉目里盛放的是冷漠疏离的骄傲，眸光凛冽刺骨。

听溪下意识就逃到了门口，她需要一点新鲜空气。

外面的天已经黑了，暗沉沉的夜空没有一颗星，风还有些大。

她紧了紧外套，刚想退回去，却发现身边多了一个影子。

3

听溪转头，江年锦不知何时也出来了。

"Show 不好看？"他往前走了两步，站到了她的身边，地上两条拉长的影子就交叠到了一起。

听溪愣了一下，往边上挪了挪。

"当然不是。"

"那怎么出来了？"

"江先生不是也出来了吗？"

江年锦挑眉，似乎没料到她会反问他。

"里面太闷了，我出来透透气。"听溪补了一句。

江年锦不置可否，只是上下打量她一眼。

"刚才，没事吧？"

听溪知道他问的是刚才在化妆间的事情，这突如其来的关心让她觉得受宠若惊。

"多亏了江先生及时出现，我没事。"

江年锦意兴阑珊地扬了一下嘴角："我还以为你不会惹事。"

他的语气微妙而耐人寻味，听溪不由得紧张起来，她是有心不想卷入女人的纷争，但今天，实在是形势所迫。

"见义勇为，是学习江先生的。"听溪一语双关，既解释了今天的情况，也再次向江年锦表达了两个月前的救命之恩。

江年锦把手抄进裤袋，眼里有了盎然的兴致。在 Beauty，很少有人能这样淡然自

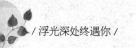

若地和他对话，尤其是女人。

"见义勇为是好事，但也要量力而行。"

"谢谢江先生提醒，我以后会注意的。"

正说着话，大厅里忽然跑出来一个男人。那个男人手里握着屏幕发亮的手机一路疾步，最后在江年锦的三步之遥处停下来。

"什么事？"江年锦蹙眉。

那个男人看了看听溪。听溪识趣，连忙说："江先生，我出来放风太久，得进去干活了。"

她说完，赶紧转身往里走。身后的江年锦并没有说话。

听溪走了两步悄悄回头。

会场门口那辆停在主车位的捷豹亮起了车灯，江年锦大步往那个方向走。门童见状立马飞奔过去替江年锦打开了车门，他长腿一跨侧身坐进车里。江年锦的表情隔着墨色的玻璃倏然冷峻。

走廊很深，虽是灯火通明可是她却无法看到一个头，等到她穿过空阔的大厅，那辆捷豹早已像一只敏捷的豹子一样跑远了。

听溪好奇，到底是发生了什么事情？

4

会场内的 Show 已经接近了尾声。

沐葵虽然行事作风让人不敢恭维，但是她到底身经百战，也明白模特儿的使命就是与身上的衣服荣辱与共。

整场秀结束的时候掌声雷动，致辞由陈尔冬代表她师父老久完成。

听溪回到化妆间的时候，模特儿们都已经在卸妆了，这会儿的气氛显得有些懒散。

"沐姐，你听说了吗？沈庭欢出车祸了。"坐在沙发里等卸妆的一个小模特儿晃了晃手机。

听溪心里"咯噔"一下。

前两天，很多媒体还在争相报道，沉寂两年之后再度回归 T 台的沈庭欢有多么让人期待，没想到剧情会这般急转直下，真是世事难料。

沐葵冷嗤："车祸也分很多种的。她是缺胳膊少腿了？还是破点皮流点血搞噱头？"

那个小模特儿又看了一遍手机上的新闻："报道没具体说沈庭欢的伤势。"

"那就是死不了。"沐葵脸上的表情更不屑，"死不了又能上头条，沈庭欢惯会打这样的如意算盘。"

沐葵一语道破，化妆间里的所有人都恍然大悟，明天就是沈庭欢复出的日子，这场亦真亦假的车祸的确发生得太及时太诡异。

听溪一边收拾模特儿换下来的衣服，一边听着这些人的对话，她脑海里反复闪过的却是江年锦离开时那冷峻的表情。

他一定是得知沈庭欢出车祸的消息了，但若真如沐葵所说，一切只是为了抢版面的噱头，那他又何须如此紧张？

罢了，时尚圈的暗箱操作太复杂，幕后布局的手又多，岂是她一个小助理能想明白的。

化妆间的门又被推开了，陈尔冬走了进来，她先是看了看听溪，又把目光落在那些模特儿身上："大家今天辛苦了。换好衣服之后早点回去休息吧。"

沐葵已经完成了卸妆，她笑着接过助理手里的矿泉水朝着陈尔冬站立的方向走过去。

"陈尔冬，听说沈庭欢出车祸了，你怎么还有心思管我们？你就不怕她在医院躺个一年半载的，你又没有了盼头？"

陈尔冬没有理沐葵，她直接走到听溪身边，俯身去整理散在沙发上的礼服。

沐葵没有得到回应，脸上的笑容骤然变冷。

"有些人，以为沈庭欢回来了自己的好日子也就来了，可是沈庭欢回来了又怎么样，纵然她当年风光无限，那也不过是些陈芝麻烂谷子的事，有些人与其指望别人，还不如好好提高一下自己的水平吧，免得被别人说是江郎才尽的时候，连反驳的底气都没有。"

听溪看到陈尔冬手上的动作明显顿了顿。陈尔冬的脸色很难看，但她没有发火，只是目光凌厉地瞪着站在一边的沐葵。

"沐葵，你是怕了吗？"

"我怕？怕沈庭欢？笑话！"

"既然不是怕，那你为什么要说这些虚张声势的话？"陈尔冬淡淡地反问，"是，你说得对，如今的时尚圈新人辈出，沈庭欢她不过是个旧人而已，但是你也别得意，你早晚是下一个旧人。"

沐葵还未来得及说话，陈尔冬看向了听溪。

"我们走吧。"

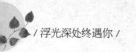

陈尔冬一路一言不发，她脚步如风，挺直的腰板显现出几许冷漠。听溪悄无声息地跟着她。

直到上了车，陈尔冬才瞟她一眼。

"没有什么想问的吗？"陈尔冬启动了车子。

听溪当然知道她指的是什么。模特儿和设计师之间本没有什么太大的利益冲突，可为什么沐葵却要处处与陈尔冬作对？

听溪是好奇的，可是她却一点都不想知道。在这个圈子里，知道得越多越危险，一无所知是对自己最好的保护。

"我想问，接下来还有工作吗？我好困啊。"听溪说着，打了一个哈欠。

陈尔冬看着她一脸无害的样子，眉目难得的柔和。

"听溪很聪明，我希望你能一直这么聪明。"

5

陈尔冬一路开到医院门口才停下。听溪扫了一眼已经钻出车外的陈尔冬，大概猜到了为什么会来这里。

传言，陈尔冬和沈庭欢关系很亲密。两年前的苏佩尔布盛典上，沈庭欢就是穿着陈尔冬的设计一举夺下"最受欢迎模特儿"的殊荣，陈尔冬也因为沈庭欢大放异彩，迎来了事业的高峰。

听溪下车，慢悠悠地将车门合上，冷风刺进她的肌骨，她抖了抖，脑海里所有关于医院的记忆，都是残酷的。

"尔冬姐，我就不进去了。"

"你不想见见沈庭欢本人？"

"我晕血，不想进医院。"听溪笑，"沈小姐马上就要回来了，我以后应该有很多机会可以见她。"

"好。"陈尔冬也不勉强，"那你回去小心点。"

"好。"

听溪捏紧了自己的外套，看着陈尔冬走远才转身，侧步之间她又看到了江年锦的那辆捷豹。

他果然是来医院了。

耳边有救护车呼啸的声音由远及近，听溪抬眸的时候已经有医护人员匆匆地从救护车上跳下来。

听溪的呼吸骤然急促，可是目光却紧紧地盯着救护车后的那扇门不愿挪开，担架上被抬下来的人鲜血淋漓，那抹红直逼她的眼窝。她手扶着墙垣，觉得自己的双腿都在颤抖。那轰鸣声里，似乎有人在喊着她的乳名："溪儿，溪儿……"

忽然，身后有干净又熟悉的味道飘过来。

听溪感觉到自己的肩膀被谁圈住了，而她的双眼也被那人的大手轻轻地覆住了。

"晕血还看？"

江年锦沉稳的声音离她那么近，她下意识地抬手握住了他的手腕，冰冷的表带埋在她的掌心里，她打了个激灵，却没有放掉。就好像，这是她能抓住的唯一的真实。

滚轴滑过地面的声音渐远，江年锦周身温暖的气流像是一个巨大的漩涡，听溪愣了半晌，才从他的臂弯里挣脱出来。

这样的姿势太过亲密。

"江先生，我该回去了。"

江年锦在原地侧身，看着她纤长的背影道："苏听溪，你在躲我。"

听溪毫不犹豫地点了点头。见她不否认，江年锦有些诧异。

"因为我不好意思，每次都让江先生看见我最狼狈的样子。"

江年锦顿在原地，掌心残留的泪水慢慢渗进了他掌心的纹路。

他捏紧了自己的拳心。

"我送你回去。"

听溪"不"字还没说出口，江年锦已经大步过去替她拉开了车门。

他为她这个小助理屈尊到了这个地步，听溪若是再扭捏也说不过去。她乖乖地上了江年锦的车。

车子在街道上缓缓前进，城市的霓虹浸染着夜幕，眼前的一幢幢大厦凛然独立，似要穿透云端。

听溪的脑袋抵着车窗玻璃，被江年锦按过的地方，好像着了火，她的脸很烫。

江年锦用余光看她一眼，她失魂落魄倚在副驾驶座上的样子让他想起两个月前他救下她时的场景。

当时的她也像现在这样，瑟缩在他的车里死死地护着衣衫，好似受伤的小兽，她很狼狈，但狼狈中却有一种凄厉的美。

他至今不知道自己为什么要多管闲事。也许，是她印花长裙上青红交织的花色太耀眼，而他中了她的蛊。

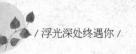

6

听溪住的地方，远离市中心。等江年锦的车开到她住的小区楼下，她已经迷迷糊糊地睡着了。

听溪醒来时，江年锦并不在车里。但是他的大衣，却妥妥地盖在她身上。大衣的领子蹭着她的脸，温暖得不像话。

江年锦正倚在车头抽烟，细白的烟圈模糊了他的表情，他驼色的毛衣在昏黄的灯火下泛起了一层绒光。

她竟然让江年锦这样等着！

听溪连忙收拾了一下头发，推门下车。

江年锦听到动静，回头看了一眼。见她出来，他随手扔了烟蒂，用脚将火星子碾灭，踢进一旁的垃圾桶。

"江先生，不好意思，让你等我那么久。"听溪一边道歉，一边将搭在臂弯里的大衣递还给他。

江年锦没有接。

"披着。"

"不用了，我这就上去了，屋里不冷。"

"谁说你可以上去了？"

听溪的动作一僵，不知道江年锦这是什么意思。

见她露出惶恐的表情，江年锦抬手指着自己的车："托你的福，车子进了死胡同。"

"啊？"

听溪扫了一眼。

江年锦的捷豹卡在狭窄的巷子里，就像是一只困兽。

都怪她刚才睡着了忘记提醒他，她住的地方楼高巷子小，但凡车子进来，出去都很困难。尤其，现在还黑着天。

"那怎么办？"

听溪着急地团团转，江年锦这豪车要是刮着蹭着她怎么赔得起啊。

江年锦气定神闲，他不动声色地抢过了听溪手里的大衣，重新披到听溪的肩上。

听溪只觉得周身一暖，他带着淡淡烟草香的气息在她鼻尖绽放，她的脸又红了。

江年锦似没注意到她的异样，他转身走到车边，拉开车门的时候扭头看着她。

"你给我指挥。"

"啊？"

听溪还没有反应过来，江年锦已经坐进了车里，车头的大灯亮起来，两束笔直的光照亮了整个巷子。

车窗降下来，江年锦探出头来，观望了一下左侧的路况，听溪连忙跑到车子的右侧替他看着。

"倒！可以倒！往左边去一点，右边快蹭到了！对对对，就这样！"

右边反照镜中映照着她专注比画的身影，江年锦时不时往回看一眼，那纤瘦的身板，竟然让他觉得莫名心安。

虽是第一次配合，但也足够默契，很快，江年锦的车就从那条窄窄的巷子里倒了出来。

"好了好了！"

听溪冲过去，扒着他的车窗如释重负地笑起来。

江年锦看着她微红的脸颊，那眸子盈着笑意好似晶亮的钻石，随着她微微跳动的频率时而完整，时而碎裂，美得流光溢彩。

他的呼吸紧了。

听溪触到江年锦饶有深意的目光，才意识到自己正趴在他的车窗上。她触电似的往后退了几步，但还是止不住眼里的笑意，就好像刚才完成了一件了不起的大事。

"上去吧。"

"好，明天见。"听溪对他挥了挥手。

他扶着方向盘收回目光，车子就蹿了出去。

听溪一直看着他的车跑远，才想起来他的大衣还在自己的身上。

两个月前，就是这件大衣为她挡去了不安与恐惧。她才还给他不久，没想到兜兜转转，又回到了她的手上。

7

一夜之间，沈庭欢出车祸的新闻就传遍了大街小巷。

听溪在上班的路上，也频频听到周围的人谈及此事。她想，无论这是无妄之灾还是有意为之，沈庭欢复出前的这一炮算是彻底打响了。

"苏听溪！"

听溪刚刚走进大厅就被人揪住了发辫，她的马尾被轻轻地攥在那人的掌心里晃了晃。

"静竹你别闹！"听溪嗔怪一声。

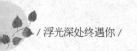

身后响起银铃般的笑声，一个唇红齿白的年轻女孩子绕到她面前。

房静竹，陈尔冬的另一个助理。

"我老远就喊你了，你怎么不理我呀？"

"我没听见。"

她们两个边聊边等电梯，静竹还在叽叽咕咕地抱怨陈尔冬昨天又让她干了什么打杂的事情，这闷闷的声音让听溪有些走神。

电梯"叮"的一声停在众人的面前，电梯门打开的时候，站在前面的人刚要动步，电梯里就拥出几个人挡住了人群。

听溪仰了仰脖子，看到沐葵正紧抿着红唇款步从电梯里走出来，卡其色的修身毛衣显得她风韵逼人，面上的墨镜遮挡了她的眼睛，却掩不住她的凌厉，一时间没人出声也没人往前。

"真当自己是女王。"

静竹小声地咕哝一句。听溪扯了扯她的胳膊，静竹便撇了撇嘴。

大厅门外已经有一辆银色的小型房车候在那里，沐葵径直钻进了车里。车门关上的时候，听溪耳边才陆陆续续响起了唏嘘的声音。

"沈庭欢回来了，看她还能嚣张多久。"

"就是就是。现在是房车接送了，以前坐着公交车四处赶场的日子怕是忘了吧，谁不是新人过来的呢，这么目中无人干什么？"

耳边的谈论声越来越肆无忌惮。

听溪推着静竹迈进轿厢，随手按下了3楼。3楼是Beauty的摄影基地，很多平面宣传广告都是在那里拍摄的。

"哎！"静竹撞了撞听溪的胳膊，凑过来问，"听说你昨天把沐葵得罪了？"

听溪只觉得胸口一滞，这八卦也传得太快了。

"你呀，当心点吧，沐葵是谁啊，她现在可是Beauty一姐，不是你能强出头的人。"静竹神神道道的。

"我知道。"

电梯门打开了，听溪第一个走出去。

模特儿换装区的走廊乱乱的，身边来来回回都是抱着服装衣衫不整的模特儿，男男女女，也没有什么顾忌，这才是普通模特儿的生存状态。

"把我们调来这里干什么？"静竹缩着身子拎着自己外套的门襟，目光还是忍不住朝那些身材健美的男模身上流连。

"今天公司有一组宣传片要拍，让我们过来服装部帮下忙。"

"陈尔冬真是，真把我们当块砖，哪里需要哪里搬啊！"静竹抱怨着。

听溪没作声，只是扫了一下前方的十字通道，视线之内一个戴着贝雷帽的男人注意到了她们。

"哎哟两位大小姐，你们可来了！"尖厉粗糙的声音遥遥地传过来。

听溪定睛，那个男人已经朝这边奔过来了，他嘴角的两撇小胡子一翘一翘的。

"又是这个娘娘腔。"静竹眼白往上一翻。

"一色老师。"听溪礼貌地打招呼。

这个被称为一色的男人是 Beauty 众模特儿的经纪人，强大且无可替代的存在。

他看了听溪一眼，并不怎么领情。

"陈尔冬让你们来帮忙还是让你们来看秀啊，怎么不等模特儿把衣服都换好了再来，瞧瞧里面都乱成什么样了！"

静竹抬起腕子看了看表："我们没迟到。"

"是是是，你们踩得点真准，可是人家沈庭欢都提前半个小时来准备了，你们来得比她晚，就是迟到。"

"这是什么理？"静竹顶了一句。

"房静竹，我老早就和陈尔冬说过，你这牙尖嘴利可是病，得治。"一色的手指戳了一下静竹的额头。

"我们要干什么？"听溪立马上前拦下他的手，打圆场。

"还不快进换装间去帮忙！"

听溪攥了静竹的手就往换装间的方向走。

"苏听溪，你留下，沈庭欢到处找你呢。"一色忽然扬手拉住了听溪的胳膊。

听溪顿住了脚步，连带身边的静竹也顿了顿。听溪疑惑地问："沈庭欢找我？"

"嗯。"一色声调上扬。

"找我干什么？"

"鬼知道找你干什么，老子这么忙找衣服的时间都没有还得替她找人。在 5 楼休息室，自己去找她。"一色扶了扶帽檐，对着还站在原地的静竹一声吼，"你还站着发什么呆！"

8

听溪折回电梯口，胸中忽然好似擂鼓，惴惴不安。

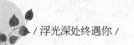

她没有见过沈庭欢本人，在报纸杂志上翻到的时候也不会细看，漂亮的女人在她的眼里都一个模样，唯一印象深刻的，是沈庭欢右眼下方的那颗泪痣。

她下意识地眨了眨眼，曾经，她的眼角下方，也有那样一颗泪痣。

一生流水，半世飘蓬。听说泪痣是前世三生石上刻下的印记，是转世都抹不掉的痕迹，但凡生此痣者，孤星入命，注定为爱所苦。

母亲迷信，攒下半个月的卖菜钱非要听溪去把这颗痣给去了。她说："溪儿，你已经够苦的了，总希望你能遇着个对你好的人，不要让你掉太多眼泪。"

后来，听溪时常对着镜面望着那个空荡荡的位置失神，总觉得好像生命中一个重要的标志被抹去了。

听溪晃神的空当，电梯上来了。

电梯里站着一个男人，黑衣黑裤，眉角凛冽。

听溪多看了他一眼，想起他是江年锦的人。听闻他从来不会远离江年锦三寸之遥的，身手敏捷，车技过人。

此时，男人手里拎着几个女装的购物袋，那骨骼分明的手，在江年锦身边该是没有拎过这样轻巧的东西的，所以看起来并不自然。

两两相望了几秒，电梯门眼看着就要关上，他抬手挡了一下。

"进？"他问。

"进！"听溪点着头，闪进去。

电梯里只有他们两个人，静得能听到轿厢机械上升的声音，四面郎阔的镜面映照着听溪略显紧张的小脸。明明站在身后的人也不是江年锦，可是听溪却依稀可以感受到一抹江年锦的气场。

她自镜面里看到，这个男人从她进了轿厢之后，一直都在看着她。她不由得转过头去。

"那个，先生，我的脸上有东西吗？"听溪隔空比画了一下自己的脸。

"没有。"他低下头，闪烁着收回目光，接着诚恳地道，"不好意思。"

他这般局促倒让听溪觉得自己不厚道了，她摇头，朝他扬了下嘴角："没关系。"

电梯停在了 5 楼，他绅士地等听溪出去之后，才慢慢地跟出来。

9

"阿府！"

有人喊他。

听溪跟着这个被唤作阿府的男人一起回了下头。

陈尔冬正站在休息室的门口，朝着他们这边招手。

"苏听溪，你也过来。"

陈尔冬替听溪推开了门，听溪顺着陈尔冬的指引走进换装室。陈尔冬没有马上跟进来，她还在走廊里和阿府交谈。

听溪听到她对阿府说："这些天难为你了，等为沈小姐找到司机，你就可以回江先生那里了。"

阿府说了什么听溪没听清，因为她的注意力已经被沈庭欢吸引了。

沈庭欢正坐在沙发里，除了手上的那截纱布，她全身上下看不出任何地方有遭遇过车祸的痕迹。

听溪的目光锁住她眼角那颗褐色浅痣，这枚痣生得极为标致，丝毫没有影响她整张脸的美感，反而显出一种风华绝代的气质。

沈庭欢抬了抬眸问："苏听溪小姐？"

"是我。"听溪点头。

沈庭欢抿了抿唇，正要说点什么的时候，陈尔冬过来了。沈庭欢看着陈尔冬，眸光深得无边。

"尔冬，你这助理也招得太美了些吧。"

陈尔冬眨眨眼："不止容貌美。"

"可不，昨天我就听说了，苏小姐见义勇为，心也是极美的。"

听溪被夸得瘆得慌。

"不知道沈小姐找我有什么事吗？"

"没什么事情，就是想见见勇斗沐葵的女英雄长什么样。"

听溪蹙眉，她被传唤竟然是因为昨天和沐葵的过节。看来，她谨小慎微两个月的成果全都毁在了昨天，以后，怕是会不太平了。

"现在的新人真是了不得咯，尤其是沐葵。"沈庭欢抱臂仰进沙发里，"瞧瞧她刚才那架势，简直就是要吃人啊！"

"你与她计较做什么。"陈尔冬接了一句。

"我倒不是想与她计较，只是想借苏小姐壮壮胆。"

听溪愕然。

"不知道有什么能帮上忙的？"

"过两天巴黎有场秀，苏小姐跟着我一起去吧。"沈庭欢的嘴角扬着笑，可是那

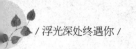

笑意却没有进眼睛。

"不是已经给你找到助理了吗？"陈尔冬问。

"我的助理因为昨天的车祸受了点伤，我一个人去巴黎，岂不是让沐葵她们白捡一个笑话看。"沈庭欢摸了一下她纤巧的下巴，看着听溪，"苏小姐这么聪明伶俐又勇敢，一定可以替我挽回战局的是不是？"

听溪不动声色，倒是陈尔冬显得有些为难。

"这……"

"没关系尔冬姐，我愿意。"听溪冲陈尔冬使了个眼色。

她虽然不知道沈庭欢是什么打算，但既然这是她自己多管闲事惹出来的摊子，自然得她自己来收拾。

10

此次要去巴黎，听溪只收拾了简单的行李。为了能让听溪多个照应，陈尔冬还安排了静竹一起飞巴黎。

听溪和静竹跟着沈庭欢的车到达机场的时候，由一色率领的十几个模特儿已经全都到场了，包括沐葵。

沐葵端坐在 VIP 休息室的中央，看到沈庭欢走进来她甩了甩头，视线就投向了其他方向。

一色风风火火地冲过来。

"姑奶奶喂，怎么才来，我都怕你赶不上飞机哟！"

沈庭欢优雅地微笑："一色，以前你就算等上我一天都不会说一个字。最近怎么了，性子这么急？"

"那是以前。"

"那现在是你长进了？还是我过气了？"沈庭欢的语气很淡，却犀利见血。

这屋里的气氛一下子好似凝了冰霜，冷得人直打哆嗦。

一众姑娘的嬉笑声也顿了顿，很多人交头接耳却不敢大声讲话。

一色捻着自己的半截手指冲沈庭欢点了点，立马服软："沈姑奶奶，你就别开这样的玩笑了。你怎么会过气呢！是我嘴拙是我嘴拙。来来来，沐葵请大家喝饮料，你喝口热的，消消气！"

沈庭欢敛了敛自己的情绪，笑意吟吟地接过一色手里的热饮。不过轻轻地抿了一口，她就全都狠狠地吐了出来。

"这是人喝的饮料吗？"她冷冷地问。

沐葵攥着拳头，长长的睫毛扇着她眼里的那团火，不过没有发作。

"我看还是我请大家喝咖啡吧！"沈庭欢冲着听溪勾了勾手，"苏听溪，到外面去挑最好的咖啡买！算我账上。"

这屋子里脂粉气和火药味太浓，听溪正想出去透透气，就立马转身出去了。

机场的咖啡厅里人满为患，很多等待登机的乘客都在这里打发时间。听溪站在队伍的末端，随着队伍缓缓挪动着。

她的耐心一直很好，是可以握着一支素描笔在画室里半天不吭声的那种好。

只是后来遇到了那个人，他大概是她灰暗世界里破晓而来的一道光。忽然有了想要守护的，便会担心失去。

她变得容易烦躁，变得没有安全感，变得再也守不住那沉闷的画室。

只是，他改变了她，却没有陪她走到最后。

包里的手机忽然响起来，是静竹打来的。

她刚接起来，那头静竹的嚷嚷声就传过来了："听溪，你怎么还没好，这边都要登机啦……"

"啪！"

肩膀被人重重地撞了一下，听溪来不及反应，手里的手机就飞了出去。她按着自己的肩膀低头，看到手机的电池已经迸了出来。

"不好意思，不好意思。"

撞她的人是个老人，手里还握着一根拐杖，这一撞显然他自己也疼得厉害，他颤颤巍巍的手伸过来扶了一把听溪，花白的眉须里满是诚恳的歉意。

"没事，您走吧。"听溪摆了一下手，蹲下去将自己的手机捡了起来。

周围是来来往往的脚步声，她小心翼翼地摆弄着手机，屏幕上那道光闪了闪就长久地暗了下去。

"我只是去去就回……"

耳边有懒懒的语调响起，那般熟悉。

曾经，谁也揉着她的发心，用这样温柔的略带安抚的语气，平淡又坚定地表达着他永远都不会远离的心，她信以为真，可是最后那人却如断了线的风筝，在她的手里消失得无影无踪。

听溪像是触电般回过头去。

咖啡厅的门口有一个男子正推门而出，黑白拼色的夹克套在他的身上，他颀长的

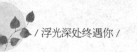

身影添了儿分冷酷。他的手机按在耳边，遮住了半张脸。

听溪怔在原地，看着他一步一步走过咖啡厅的落地玻璃，她眨眼的瞬间，他收了线，那俊朗的侧脸线条透过玻璃镌刻进听溪的视线。

"莫向远的脸是神作，神作知道吗？"

"不知道。"

"笨，就是男神之作啦……哈哈哈！"

耳边响起回忆的声音，那灵动笑声一点点变冷，听溪狠狠地打了个哆嗦。

莫向远！

真的是莫向远！

她将自己的手机胡乱地往包里一塞，拔开眼前层层叠叠的人群，飞奔而去。

11

登机的人群似乎都在往这个方向拥过来，听溪像是一尾逆向而行的鱼。

那熟悉的身影在人群的隙影里一晃一晃，若隐若现，她牢牢地盯着，眼里再也容不下其他，仿若那就是她唯一的方向。

莫向远，就好比是她最珍贵的一枚胸针，曾经别放在离她心口最近的位置，也遗落在她最不经意间。

偌大的加安好似深海，她一定是疯了，才会仅仅因为听信了别人的一面之词就不远万里为寻他而来。

两个月，她终于看到了希望。

耳边有鼓鼓的风声和飞机起飞的声音，眼前的人群又不知从何时开始不约而同地散开，连同那抹她苦苦追逐的身影也一齐消失在眼前。

她收住了脚步，在原地旋身四处张望着，可是眼里的涟漪却再也无法被激起，那个人，又一次地消失了，干干净净，好像从来不曾出现。

她喘息着，胸口的气被压在丹田怎么都无法提上来，一阵眩晕冲进她的大脑，双腿瞬间就像被抽干了力气，她跌倒在冰凉的地上。

眼前的世界在轻微地摇晃着，她闭上眼睛垂下了头。

"苏听溪。"

也不知道坐了多久，直到听见有人在唤她。

这凉凉的语调让她打了个激灵，那阵眩晕感慢慢退去，她抬起了头。

眼前的人影挡住扑面而来的光，她仰着脖子使劲眨眼，却依旧看不清来人的脸。

"怎么坐在地上？"

那人蹲了下来，那双好看的手撑住了她的一对胳膊，她摇摇欲坠的身子被他手心的力量轻巧地固定。

他俊朗的五官一点一点明朗起来，黑亮的眸子，高挺的鼻峰，纤薄的唇线……这才是神作吧。

总是如神祇般忽然降临的江年锦。

"能自己站起来吗？"

他麻利地收手将她连搂带抱地提了起来。听溪重心不稳，反手握了一下他的胳膊，他顺势将她卡进了自己的怀里。

"能走吗？"

他再一次发问。这短短的几分钟里，他除了确定眼前失魂落魄的女子是苏听溪外，其他一概不能确定。

这种感觉很不好。

听溪轻轻地推了推江年锦的胸膛，在他将她扛起来之前点了点头。

"江总，我来吧。"江年锦的身边忽然蹿出了一个女人，深蓝色的套装将她修饰得干练十足，这应该就是他的秘书。

"你先去办登机手续。"江年锦挡开了秘书伸过来的手。

"是。"女人接到命令就转了身，一点也不拖泥带水。

"等下。"江年锦又把人叫停了，他一把摘下了听溪肩膀上的背包丢给这位秘书小姐，"连她的一起办了。"

12

听溪的腕子还握在江年锦的手心里，他的脸上蒙着阴云，看一眼都觉得心惊。

她的腿还在打战，一步一步走得费劲。

"到底能不能走？"他闷着声。

"我能。"听溪的声音轻轻的。

江年锦瞪着她，将她一把打横抱起来。

"你干什么？"听溪的脑袋里有片刻的空白，她的声调因为惊恐提得很高。

江年锦掂了掂手里的人儿，没说话，径直往休息室走。

"你放我下来，大家都看着呢！"

他却似丝毫没有听到一样，任她挣扎着，任周围的目光如箭一样地射过来。

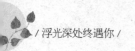

听溪反抗无果，干脆低下头让四散的长发掩住自己的面容，直到江年锦把她放进休息室的沙发里，她才顺了顺自己的头发抬起头。

江年锦往饮水台方向走，回来的时候手里多了一杯热水，他随手往听溪面前一递，扭头也不管她接还是不接。

听溪看着他，伸手过去将水杯握在手心里，那阵暖流一点一点驱散她身上的寒意。

她渐渐平静下来，然后忽然想不起，刚才搅乱她心间一池春水的人，究竟是莫向远，还是江年锦。

江年锦默默地站在一旁，他的手抄放在裤袋里，整个人笔挺得像是一座雕塑。

"你怎么回事？"

听溪旋了一下手里的杯子，避重就轻道："我没有赶上飞机。"

"没有赶上飞机才坐在地上？"江年锦挑眉，显然不信。

听溪没说话，捧紧了手里的杯子，她望着杯中透明的水波，眸光又暗淡下去。

江年锦看着她，她伸手将黑顺的发拨到耳后，露出白皙的耳郭与氤氲的眸子，那眸子里泛起的莹莹水光是她的眼泪。

"苏听溪。"

江年锦忽然开口唤她的名字。

"嗯？"听溪对上他的眼睛，那黑黑的瞳仁，好像扑面而来的子弹，让她无处遁形。

"你从来没有说过，你为什么要留在加安。"

听溪手里的杯子晃了晃，杯中的水险些洒出来。

她抿了一下嘴唇，深吸一口气。

"江先生，你同样没有说过，你为什么愿意留我在 Beauty ？"

13

江年锦的眼神瞬间变得凛冽又危险，听溪心虚得不敢看。

她总是这样反问他，他会动怒也是必然。

气氛一时陷入尴尬的境地，对话不知如何继续的时候，江年锦的秘书小姐匆匆走了进来，提醒他们马上就可以登机了。

江年锦头也不回地往屋外走，倒是那位秘书小姐体贴地上前一步来搀住听溪。听溪摆了摆手致意，接过了自己的包就跟上去。

头等舱里只有他们两个人。

窗弦边挂了一扇帘子，将窗外的云景遮了起来。

负责头等舱的乘务长带着一名空姐特地过来询问是否还有什么特别的需要，江年锦绷着脸就将人家打发出去了。

这机舱里忽然就只剩下了他们两个人，安静得像是另一个世界。

听溪轻轻地翻动着手里的杂志，目光却时不时地偷偷瞄着江年锦，他仰在椅背上，闭上了眼睛。这张脸收起了凌厉，显得更为耐看。

听溪合上了杂志，晕机的反应一点点漫上来，连同长久不动的肩胛骨都酸胀难忍。她站了起来，仗着这里空阔舒展了一下腰身。

她的手臂带起一阵小小的风，拂过江年锦的脸，好在他没醒。

听溪走到窗边，掀起了那方帘子。连绵的云在她眼前一朵一朵地飘远。

乘务长捧着两条毛毯进来，看到听溪醒着就径直往她这边过来。听溪放下了帘子，有些不好意思地掸了掸手。

"这云真美。"

乘务长笑了下："可惜江先生从来不看。"

听溪回头看了一眼江年锦，没有问为什么。问了，大概她也不会知道。

况且，江年锦的事情，她一点都不好奇。

听溪接过了乘务长手里的两条毯子，往回走的时候听到乘务长问她："有什么想要喝的吗？"

听溪轻轻地把毯子盖在江年锦的身上，说："能给我杯柠檬水吗？"

江年锦忽然睁开了眼睛。

14

他竟然从睡梦中一睁眼就是这样的凌厉眼神。

听溪下意识地往后退了一步。

飞机忽然一颠，听溪的手还攥着那毛毯的一角，顺势就跌到了江年锦的身上。

江年锦维持着原来的坐姿没动，他的目光往下一挪，扫过听溪按在他身上的那双葱白的手，明明只有那点重量，按在身上却像是沉了千斤，那势头简直就是要压碎他的肋骨。他叹了一口气，无奈地伸手稳住了她的肩膀。

广播里很快响起机长的道歉。乘务长跌跌撞撞地跑过来扶了一把听溪，满脸愧疚地又将广播里那抱歉的话重复了一遍。

听溪摇手说"没关系"，乘务长看了她一眼，像是忍着笑。听溪这才意识到，这抱歉的话根本就是说给江年锦这位大爷听的。

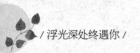

江年锦脸上的神色依旧难看，他抽了抽嘴角，良久也不放话赦免人家，只是突然抬手，将挡在他面前的苏听溪一把拽倒在他身边的位置上，像是酝酿着想做这个动作很久了。

"你刚才，说什么？"他凌厉的目光扫过来。

听溪喉头瞬间干涩起来，她舔了舔唇，连忙解释："我只是随便说说，没有柠檬水，矿泉水也没有关系。"

乘务长在江年锦说话之前先笑出声来："苏小姐放心，知道江先生会来，我们都有准备。"

听溪看着江年锦的眼睛，那双好看的眼睛，忽然就蒙上了一层雾，让她看不到情绪。

乘务长又问："江先生呢，是不是老样子？一杯柠檬水和一杯黑咖啡？"

他点了一下下巴。

乘务长得令，就心满意足地退了出去，好像，江年锦不使唤人，反倒会让大家都不自在一般。

这空间里，又只剩下他们两个。

"这么酸的东西，你喜欢？"他问，像是匪夷所思。

"我只是有些晕机，所以才会想要喝。你呢？"听溪问得自然，问罢，就后悔得想要咬掉自己的舌头。

果然，江年锦别过脸去，没有回答她。

听溪讪讪地撇了撇嘴，和这个男人说话真是累，时时需要绷紧神经也就算了，还总是捂不准他忽然沉默的点。

他打开了笔记本电脑开始办公，专注认真的样子，彻底将听溪一人排除在他的世界里。

乘务长又亲自将柠檬水和咖啡端进来，醇香和清爽的味道交织在一起，让人放松也舒心。

江年锦眼前放着两个杯子，他将装有柠檬水的杯子推到了一边，只端起了咖啡杯。

那样苦涩的东西，他面不改色地饮下，这才让人匪夷所思。

乘务长不动声色地退到门口的时候，江年锦忽然开口把人家喊停了。

"等下。"他抬了抬头。

"还有什么需要的吗？"乘务长耐心地回头。

江年锦侧眸看了一眼听溪，她的脸红红的，像熟透了的红柿一样，异于寻常。

"把通风口打开，准备晕机药过来。"

15

不知道是因为江年锦发了话，还是因为晕机的乘客本来就会被多照顾些。总之后来的行程，听溪都被照顾得很好。

空姐帮她调平了位置，她躺下之后脑袋里的眩晕减轻很多，几乎一闭上眼睛就睡了过去。

江年锦也很安静并没打扰到她。

听溪醒来睁开眼的时候，江年锦还维持着之前的姿势在办公，那满屏幕密密麻麻的数据和他扑克无趣的脸交相辉映。

他手边的咖啡已经续了杯，可是那杯柠檬水却一口都没有动过。

听溪偷偷地看着他，觉得这个男人怎么都看不懂。

静竹说，女人都喜欢神秘莫测的男人，捉摸不透才会有征服的欲望，一眼可以看穿的男人多没劲，可是，她是真的一点都不喜欢这样的感觉，对着一个男人，好似对着一个谜。猜不透又有什么意思。

"看够了吗？"江年锦忽然冷冷道。

听溪被抓了现行，一时语无伦次："你不累吗？"

他的眼神瞟过来："再累也不会在别人面前睡得这样沉。"

"我打呼了吗？"听溪掩了掩嘴，耳根子热起来。

江年锦沉默了一下："原来还会打呼，看来今天睡得还不算太沉。"

他语毕，广播里空姐甜美的声音传出来，提醒着大家飞机马上就要降落。她说巴黎天气很好，祝大家旅途愉快的时候，江年锦合上了电脑。

听溪转开了视线，不去揣摩江年锦的话里有多少是在逗她的成分，只是望着那被帘子挡住的窗弦，幻想着窗外是怎样明媚的阳光才算天气很好。

她跟着他下飞机。取行李的时候，听溪才想起她的行李已经先自己一步飞到巴黎了，静竹现在找不到她，该是急坏了吧。

手机还处在罢工状态，她试了几次开不了机之后也就不再折腾了。

巴黎是座魔都，天气都晴得格外浪漫，听溪没来由地心情大好。

来接江年锦的车就停在机场的门口，听溪跟着他走出机场之后，却不愿意再上他的车。

"我自己打车去酒店。"她随意地指了指这街上来来往往的车子。

江年锦倚在半开的车门上，挑了一下眉："怎么？"

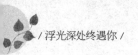

"江先生难道希望自己的风流韵史里多一个名不见经传的小助理吗？"

江年锦眯起了眼，苏听溪站在阳光下，她的眸间闪过一丝灵动的狡黠。

"你还真是……"他顿了一下，"什么话都敢跟我讲。"

听溪摇头，其实也不是什么话都敢跟他讲，她自己过滤了很多不该讲的，比如那句"就算你希望，我也不想"。

江年锦侧身坐进车里，车门关上的时候，就听他说："上来！"

听溪"啊"的一声，车窗就降了下来。

江年锦似笑非笑，像是故意一般冲她招了招手。

"我倒要看看，谁敢乱说。"

1

来接他们的人是先到巴黎的阿府。

看到听溪和江年锦在一起，他明显地松了一口气。

听溪忍着没有问他，但也知道登机找不到她的时候，静竹的手足无措和沈庭欢的勃然大怒。

这一路上都是静静的，因为江年锦坐在身旁，她连看街景的心情都折损了大半。

到酒店的时候，所有人都已经安顿好了，只有沈庭欢和房静竹还坐在酒店大堂的沙发里。

静竹不安的表情在看到听溪安然无恙地出现在酒店门口的时候彻底沉下来，这眼神穿堂而过简直就像是要杀了她一样，而沈庭欢显然不是在等她。

走在前面的江年锦脚步如风，将听溪甩得老远，不过即使甩得再远，明眼人还是一眼就看出听溪是跟着江年锦一起来的。

沈庭欢只怔了一秒就没有了情绪，精致的妆容定格了她的表情，这是一个台上台下都不轻易显山露水的高手。

她站了起来，一句话都没有说就径直走到江年锦的身边。江年锦看着她说了句什么，她就笑了，没有女王的霸气，独独只剩女子的娇羞。

他们两个，大概继承了世间男女最美好的一切，站在一起的时候不能再般配，再

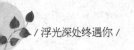

完美了。

听溪直到目送他们并肩走进电梯，才收回了目光。静竹气急败坏地冲过来一把揪住了听溪的脸颊。

"你个臭丫头知不知道我都急疯了，你倒好，跑去和江年锦厮混！"

听溪上前一步挽住了她的胳膊识相地道歉："对不起，我忘了登机时间。"

静竹瞪着她，瞪了几秒后毫无预兆地就换上了笑颜，很狗腿地问她："你和江年锦什么关系？"

"没有关系。"

"没有关系才是最危险的关系。"静竹哼哼唧唧，"你这个人不老实。"

听溪笑："照你这么说，你和江年锦有关系？"

静竹理直气壮地说："当然有啊。老板和员工的关系。"

听溪不理她，兀自转了身边走边问："我们的房间在哪儿啊？"

静竹还站在原地大声地对听溪说："你刚来可能不知道，Beauty 的女人最怕不能和江年锦搭上关系。你有幸和江先生一起飞巴黎这件事，足够成为 Beauty 一周的话题女王了。"

听溪摇着头，一把揽住了静竹："只要你不说，我就不会是话题女王。所以拜托你忘了今天看到的吧。"

静竹白了她一眼："无欲无争你来 Beauty 干吗？"

听溪挪开了目光，酒店里流离的灯火割裂了她的眉心，她收手按了按。

是的，她一直无欲无争，但却想找回一个人。

2

听溪和静竹两人的房间是双人间，安排在沈庭欢的边上，说是为了方便照顾，换言之，就是方便沈庭欢的使唤。

简单的休整之后，沈庭欢的电话就过来了。

静竹握着手机唯唯诺诺地说了三个"好"就结束了通话，她一把甩下手机，整个人扑倒在听溪的身侧。

"怎么说？"听溪问她。

"让我们先去大厅候着。"静竹恨恨的，"今天晚上她和沐葵要陪江年锦出席 Baron 先生的饭局，大概是缺两个提包的。"

Baron Sun，听溪听过这个人，巴黎时尚圈的教父，他任职的 Wylie 是巴黎著名的造梦工厂。每年被 Wylie 相中的新人，都会以高端路线进入国际 T 台。

这些年来，Wylie 在各国时尚圈的版图日益壮大，旗下的模特儿军团扩大的速度却渐渐跟不上各大秀场的需求。

如果，Beauty 能和 Wylie 结下联盟，每年适时为 Wylie 供送新鲜血液，那么 Beauty 离打开巴黎乃至全球市场的那一天就不远了。

江年锦从来都是个不拘小节纵观全局的人物，他的目的，绝非仅仅在于将沐葵和沈庭欢这样的模特儿介绍给 Baron，他的目的，该是在 Wylie 占有一席之地。

Wylie 是块香饽饽，每年瞄准它的模特儿公司成百上千，但是 Wylie 的首席经纪人 Baron 又眼高于顶，铁面无私。

他与江年锦有多年的交情，却一次都没有因为私人交情而给江年锦打开方便之门。

Baron 有他一贯评判模特儿的标准，能让他相中的概率很小，但是但凡被他相中的模特儿，日后定是非红即紫，当年的吴敏珍，也就是现在的文森特太太，便是其一。

听溪拍了拍静竹的腿，从床上跳下来。

"那还不快走，总不能让她们等咱们。"

静竹来回撒泼似的滚了几个身，没好气地嗔她："苏听溪你怎么那么听话啊？"

听溪还未来得及还嘴，静竹的手机又响起来，她条件反射似的从床上弹跳起来，因为用力太猛，险些从床沿上掉下来。

听溪抿着唇笑。

静竹窘迫地看了一眼屏幕，咕哝一句："催什么催。"

听溪拉了静竹下楼，等电梯的时候静竹一直在打哈欠，听溪也是强忍着困意，这时差颠倒的确够人受的。

她们两个人的瞌睡在电梯门打开的时候一下子消失得干干净净。

那个郎阔的空间里，江年锦正立电梯的中央，烟灰色的手工西装精致无边却让他更显淡漠。

他身后一左一右站着的，正是盛装加身的沈庭欢和沐葵。两个女人的目光好似利箭一样刺过来。

静竹不动声色地从身后扯了扯听溪的衣襟。听溪站在原地没动，斟酌此时的进退。

江年锦一眼扫过来，他的目光并不算严厉，甚至更像是无声地询问，可是身后早已两腿战战的静竹根本辨不出他眼神里的意思，拉住听溪想要往后退。

房静竹是个纸老虎，陈尔冬不止一次这样说过。

"江先生，我们等下一班。"静竹的声音飘过听溪的耳边，软得像是随时都会化掉。

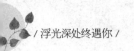

"进来。"江年锦却并不领情，他平整的语调似是接了静竹的话，可是他的目光却像一张密网，只将听溪一人拢住。

沈庭欢的脸色越来越难看。

听溪在电梯门从两边推近的瞬间拉着静竹闪进轿厢。这郎阔的空间只多了两个人就显得不再宽敞了。

电梯门轻轻地合上，江年锦俊朗的容颜在听溪的视线里被切作两半，就好像他冷漠坚硬的假面忽然有了可供人一窥究竟的裂缝，她很想伸手将它扒开。

"看到苏小姐平安无事，真是太好了，刚刚在机场，大家还以为你丢了就差没报警呢。"沐葵忽然阴阳怪气地出声，打破了这一整片刻意维持的平静。

"若不是遇到江先生捎上我一段，可能真得丢了。"听溪小声地说。

"你可真是好运气，有些人刻意等还等不到江先生呢，倒叫你给遇到了。"沐葵说着，斜了一眼沈庭欢。

轿厢里的气压越来越低，江年锦却是怡然自得的模样，大概是早就习惯周围的女人为他说酸不溜秋的话了。

3

门口停着一辆加长的房车，阿府站在车边，替江年锦拉开了门。

沈庭欢阔步跟着，沐葵在迈步之前却是饶有深意地看了一眼听溪。她和江年锦一起来巴黎的消息，想必不用静竹走漏风声，就已经尽人皆知了。

江年锦一路都闭着眼睛，城市的光影落在他棱角分明的脸上，明灭之间多了几分缱绻。谁都不敢出声打扰他。

下车的时候静竹和听溪走在最后，不敢喧宾夺主。

宴会的地点肃静清朗，有不少身段曼妙的女子经过身旁都可卷起一阵沁人的香。

静竹有些兴奋："你看那是 VIVA 的 Tina，那是 KARIN 的 Julie，个个都是大牌……"

"咳！"沈庭欢一声清咳，打断了静竹的喋喋不休。

"带你来不是听你嚼舌根的，你先进去。"她对着静竹说，顺势将臂弯里的手包和披肩甩到静竹的怀里。

静竹吐了吐舌尖，投给听溪一个"自求多福"的眼神，飞快地奔了进去。

高阔雅致的走廊，她纤小的身影一晃就不见了。

听溪收回目光，看着沈庭欢。

"苏听溪，你不用进去了。"沈庭欢嘴角一挑，神情冷峻。

沈庭欢对她的不满是意料之中，没什么意外，听溪点了下头。

"是。"

她的乖顺，并没有让沈庭欢的脸色有所缓和，反倒更添一层恼怒。

"你很聪明，比我想象的还要聪明还要懂进退。"沈庭欢扬起一抹讥诮，"尔冬真是越来越疏忽了，什么人都敢带在身边。"

"沈小姐，我不懂你在说什么。"

"不懂？你若真是不懂也罢，最怕懂了还要装不懂。"沈庭欢走到听溪的身侧，轻轻地凑到听溪的耳边，"这么跟你说吧，江年锦这样的男人不是你要耍小聪明就能征服得了的。"

"我没有。"听溪斩钉截铁的。

沈庭欢越过她，边走边说："最好没有。"

晚风穿透纤薄的衣衫，还是会让人冷得打哆嗦。体贴的工作人员邀请听溪进大厅等，才算驱散了她心头的点点寒意。

沈庭欢冰冷的面目还在眼前一晃一晃的，听溪有些气馁，战战兢兢唯恐踩到的地雷，最后还是没能躲过，

"Lynn？"耳边传过沙哑的声音。

这空阔的大厅，那样细微的声音，都能引起嗡嗡的回响。

听溪抬了一下眸。

"Lynn？"那声音连同眼前的这个满身金黄的男人一点一点逼近，他的衣裳，衬得他的眼睛都特别亮。

听溪四下张望了一遍，这松软的棕色沙发里就只坐了她一个人。

她看着那人，站了起来。

"先生，你是不是认错人了？"

他怔了一下，那寸犀利的目光一点一点扫过听溪的脸，停了几秒之后对上她的视线。

"不好意思，我认错人了。"

他用并不标准的中文讷讷重复一遍，那欲言又止的神态，仿若听溪真是他久别的故人。

"没关系。"听溪挥了挥手，又侧身坐回沙发里，她想尽量表现得自然些，可是这火辣辣的目光却让她犹如芒刺在背。

贵宾通道里忽然蹿出几个保镖，他们整齐划一的脚步声在这个大厅里格外明显。那些保镖往两边退开一条路，人群里忽然多了一个男人，隐隐绰绰看不清面容，男人

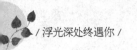

朝这边扬了一下手。

"Baron 先生。"那声音远远的，有些模糊。

原来眼前这个男人就是 Baron Sun。

听溪定了神，还未来得及重新将 Baron 打量一番，他就已经转身走了。那个招呼他的男人似乎是在同他道别，两个人握了一下手没几句寒暄就散了。

听溪正欲低头，那张熟悉的面孔就再一次晃进了她的视线。

一袭黑色风衣的莫向远，像一道风一样从她眼前闪过。

"莫向远！"

听溪一声大喝，却并没有喝止住那个男人，男人坠入了那漆黑的夜色里。

周遭的工作人员都朝她看过来，她比了个歉意的手势就匆匆地跟了出去。

莫向远正侧身坐进那辆银白色的跑车里，车子流畅的线条与他的侧脸都显出几分冷漠，与她记忆里那个随意跨上单车就引得无数女生侧目的温暖少年相去甚远。

她的脚步顿了顿，这颀长的身影在夜空下显得遥不可及。

跑车马达轰鸣声响起的时候，听溪才猛然回神想起要追。

她随手拦了辆出租车跳上去，指着莫向远的车比画了一下，司机就懂了她的意思。

司机是个土生土长的法国人，留着大大的络腮胡眉目里都有浪漫的气息。

听溪不懂法语，所以无法和他自如地交流，不过也许是看出她眼里的殷切，他帮忙追得很卖力。

听溪的目光牢牢地锁着那辆跑车，它像着了火一样在车流里乱窜，一路见缝插针。

莫向远一直都是个温和的人，他会骑着单车慢悠悠地载着她游荡在校园的林荫道上半天不喊累。

她从没有想过他竟然会这样目中无人地飙车。

他到底有多少面是她当初来不及看全的呢？

莫向远开的是跑车，一般出租车根本追不上他。

没一会儿，车流里就不见了那抹夺目的银白。

他再一次，从她眼前消失了。

4

出租车兜兜转转，听溪转瞬意识到莫向远不见的同时，也开始对自己身在何处没了意识。

宽阔的巴黎长街，四周明明灭灭都是车流的灯火。

她的手探进自己衣袋里，没有摸到手机，心里闪过一丝慌张。

"师傅，这是去哪儿啊？"她问着，扭头看到司机茫然的表情，于是连忙改口英文，可是在这个法国土生土长的司机面前，效果依旧不佳。

出租车司机也意识到了沟通上的障碍，他挥舞着手臂，嘴里叽里咕噜地说着什么，浪漫的法语在这会儿却好似天书。

几次沟通无果之后，司机无奈地把她送到了警察局。

值班的法国警察非常友善，检查了听溪的所有证件之后就将她带到了宽敞的休息室休息。

听溪可以留下的唯一没有沟通障碍的线索，就是静竹的手机号码。

她捧着警察给的一杯速溶咖啡坐在长长的排凳上，屋顶明亮的灯光从她头顶落下来，她低头看着自己落在地上那可笑的影子，心底是浓得化不开的惆怅。

她记得大学时候系里最大的那个实验室的门口，就有这样一排长长的凳子。莫向远在里面做实验的时候，她就爱坐在那里边看书边等他，哪怕是冬天大雪纷飞的日子也从来不缺席。下课的时候，莫向远总会第一个跑出来，将她冻得通红的手裹在掌心里哈气，一次次地勒令她不许再来，她却从来不听……

休息室的门口传来脚步声。

她回神抬头，门被拧开了。

听溪眨了眨眼，进来的人竟然是江年锦。

手心里的杯子忽然就变得烫人，想甩开，却像是黏在了她的手里。

她听到江年锦正用流利的法语和警察说着什么，他的嗓音沉沉的，这样美丽的语调从他的嘴里出来，温情得不像话。

"苏听溪。"江年锦忽然转过头来瞧着她，不是很生气的样子，却让听溪更加没底。

"你这样事不关己地坐着，我要怎么证明我们是认识的？"

听溪愣了一下。

江年锦把自己的手往前一递，没好气地道："还不快过来。"

听溪上前几步，将自己的手放进他的手心里。因为吸附了咖啡的热度，她的掌心比他的还暖，他的指尖摩挲了一下，就收手将她带到自己的身边。

江年锦揽住了她的腰。

警察先生看着这样突如其来的亲昵逆转，眉目里生了些疑虑，他问江年锦和这位女士是什么关系。

江年锦低头，看着听溪黑亮的眸子里满是无害的茫然，他耸了耸肩膀，对警察先

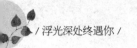

生说："这是我太太。"

警察先生显然不是很相信，他询问的目光投向苏听溪。

苏听溪看了一眼江年锦，他并没有给她什么暗示，只是放在她腰上的手力道重了些。她忽然如醍醐灌顶，使劲地点了点头。

江年锦深暗的眸子里闪出丝笑意。

"我太太方向感不好又爱乱跑，给大家添麻烦了实在不好意思。"

他话音刚落视线就转向听溪。苏听溪接到他的眼神，立马又诚恳认真地跟着点了点头。她真是，机灵得很。

江年锦转过头，她的发香送到他的鼻尖，浅浅的沁人的好闻，他忽然觉得，不虚此行。

警察先生相信了他们这样毫无逻辑的配合，放话他们可以走了。

江年锦把这个意思传达给听溪，她眼角一弯，明明笑了，却显得有些紧张，就好像是个犯错的小孩。

"不好意思，又给你添麻烦了。"听溪小声地道。

来到加安后，她总是陷入各种各样的麻烦，而将她带出困境的那个人，总是他。

"出去再说。"

江年锦对警察点头致意，走的时候忽然牵住了她的手。

他的掌心真暖。

5

听溪被掌心的那点暖意撩拨得心神不宁，刚走到门口，她就挣开了。

江年锦看过来。

"怎么？"

她摇头，缩了缩脖子看向别处，咕哝着："真是又冷又饿啊！"

江年锦看着她红彤彤的耳郭，黑眸里的情绪转瞬即逝。

他忽然伸手将她按进了自己的怀里。

"哎！"听溪瞪眼，手却下意识地攥住了他的衣服，他的衣服也很暖。

"冷解决了，现在带你去解决饿。"

他低魅的嗓音响起，骨骼分明的手揽着听溪的肩头，另一只手则指了指不远处那辆黑得锃亮的轿车。

听溪想要说什么，江年锦已经半拉半推着将她带到了车边。

那个小小的空间里，还遗留着他来时的暖气。

江年锦绕过车头，坐进车里的时候问她："想吃什么？"

听溪想了想："就近。"

就近只有一家法国餐厅。

也许真是饿惨了，她在他面前狼吞虎咽丝毫没有顾忌。

从没有女人在他面前敢这样吃饭，江年锦看着稀奇倒舍不得挪开目光了。

听溪风卷残云地扫荡了桌上大半的菜，才意识到自己在他面前又失态了，她有些尴尬地抬眸看他。

两人相望着。他不问话，她也没有什么好说的。于是她又低了头下去，往自己嘴里送了点吃的，只咀嚼了两下，她就抬起头惊喜地看着他，也不知道是不是故意和他搭话似的问他："这是什么，这么好吃？"

她的眼睛里有笑意，他的心情也忽然变好了，他耐心地低下头去搜寻了下桌上的盘子，回答她："蜗牛肉。"

她只怔了一下，就像是被按了开关似的弯下腰去扶着桌角开始呕吐，速度快得让他根本无法反应也无可捉摸。

安静的餐厅里就数她的动静最大，一下子招来了不少的目光。侍应生急匆匆地跑过来又是赔罪又是送水递纸巾的，还以为是自家的菜出了什么幺蛾子。

江年锦站在那里，有些束手无策。

终于等到她平静下来。她喝了口水，问他："你为什么给我吃这种东西？"

这种东西是毒药还是怎的……这东西可是地道的法国菜啊！

6

等吃饱喝足，她终于想起来问他："怎么是你来接我？"

江年锦不回答她，只是转了话题道："说说吧，这次又是为什么忽然离了大部队跑出来？"

听溪的目光就这样毫无征兆地暗了下去。江年锦眨了下眼，以为自己看错了，这一瞬之间，她竟然藏了这么多的情绪。

"我在大厅闷得慌，就想出去走走，谁知道又迷路了。"她的声音很轻，底气不足的样子。

"为什么在大厅等？"

"在走廊里等岂不更闷得慌？"她低了头，把玩着自己手里的水晶杯，那纤长的指印在上面，剔透如玉。

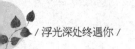

江年锦不再咄咄地问了，沈庭欢把她拦下来的事情他是知道的，她不诉苦是替他省事。

"哟，这是谁？"

两人正沉默，身后忽然响起懒懒的语调。

听溪抬眸，看到衣着光鲜亮丽的一男一女站在那里，而这句话是那位男士问的。

江年锦回过头去："你怎么在这里？"

普云辉摸了一把后脑勺，笑道："怎么？就许你在，我不能来啊？"

江年锦"哼"了一声，看了看普云辉身后的女人，是东方女子的面孔，但是脸生得很。

普云辉转身拍了拍身边女子的肩膀，柔声道："亲爱的，你去车里等我，我结完账就出来找你。"

女人点了点头在他脸上落下一个吻，这才扭着小蛮腰出去。

普云辉在隔壁桌拖了一把椅子过来坐在上面，双手支着下巴看着听溪，满脸桃花道："这位是？"

"苏听溪。"听溪朝他微笑。

"噢，我知道。"他拉长了语调，恍然大悟的样子，"尔冬的小助理是吧，我听她提过。我是普云辉。"

他说话的时候，一瞬不瞬地打量着听溪。

听溪还没觉出异样，江年锦的脸色却有些难看了。

"这么大个美女，你怎么不早给哥们介绍介绍啊？"他甩手搂了一把江年锦的胳膊，江年锦不说话。

听溪躲开了他的目光，轻轻地说："哪有你女朋友好看。"

"女朋友？"普云辉愣了愣，随即哈哈笑起来，"你觉得刚才那个是我的女朋友？"

"不是？"听溪红了脸。

"当然不是！"普云辉一本正经地凑过来调侃，"一起吃饭就是男女朋友了吗？你是江年锦的女朋友吗？"

"我……"

听溪语塞，就见江年锦不耐烦地挥着手。

"账记我头上赶紧给我滚！"

7

"别啊，我还有话对你说呢！"普云辉可怜兮兮地看着江年锦。

"你们聊，我去下洗手间。"听溪识相地站起来，对着普云辉点了点头就走开了。

江年锦看了一眼听溪隐隐绰绰的背影，这儿暖，她终于不再缩着身子了。她站直的身姿是那样挺拔，毫不逊色 Beauty 的任何一个模特儿。

江年锦搁下了手里的刀叉，收回了目光。

"说。"

这会儿忽然被打断吃饭的兴致，他格外躁。

"瞧你这样子，不知道的还以为别人往你牛排里掺火药了呢！"普云辉打趣着，往洗手间的方向看了一眼，"陈尔冬说长得像，这 TM 也太像了点吧，简直一模一样啊！"

一模一样又怎么了，苏听溪不是她。

"苏听溪她……"

"闭嘴！"江年锦打断普云辉的话，"不许在我面前再提起这件事！"

普云辉不再嬉皮笑脸没个正经，和江年锦这么多年的朋友，江年锦哪根神经不能踩，他再清楚不过。

"哥们儿别的我也不多说了，我就告诉你，谁一个坑掉进去两次，谁就是傻子。"

江年锦按了一下太阳穴。

苏听溪从洗手间里出来了，正往他们这边走。

"滚！"江年锦对普云辉使了个眼色。

普云辉在他的身侧伸了个懒腰，立马换了张脸笑起来："你这个人也真是的，都不让我好好跟人姑娘告个别！"

"嘭！"

洗手间那个方向忽然传来了什么东西坠地的声音，闷闷地，紧接着就是人群的哗然。

江年锦和普云辉一齐转过头去，看见苏听溪捂着自己的眼睛跌坐在地上。

"这……这是怎么了？"普云辉吓得说话都不麻利了。

江年锦看了看听溪面前的那张桌子，血淋淋的牛排还配着番茄酱。他气馁地"啧"了一声。

"她怎么了？！"状况之外的普云辉还在不停地追问。

"你看你那么多废话！"江年锦一把推开他，快步朝苏听溪走过去。

普云辉看着江年锦俯身一把将人抱了起来，无辜地耸了耸肩："这也关我事？我可什么都没有做啊！"

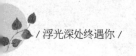

8

听溪坐进江年锦的车子里，整个人还是软绵绵的，这晕血也晕得太丢脸了。

江年锦专注地开车，从店里出来，他就一言不发地抿着唇不说话，像是谁惹了他。

听溪想了想，这车里也就他们两个人，他还能生什么气呢，不就是她又在大庭广众之下丢他脸了呗。

车子快到入住的酒店的时候，听溪的手掌心往江年锦的面前一摊。

"江先生，你的手机借我一下，我给静竹打个电话。"

"又怎么？"他不耐烦得很。

"就不劳烦你扶我进去了，这儿人多嘴杂的。"

"你脑子里到底在想什么？"

"我是怕给你造成麻烦。"

"你是怕我给你造成麻烦吧！"江年锦没好气的，但还是随手把他的手机甩到听溪的手里。

听溪看着他冷森森的面容，不敢再说话。

车子一到酒店门口，他把车钥匙甩给了门童就头也不回地径直进了电梯。听溪等了一会儿才等到匆匆跑下来的静竹。

静竹散着头发，一脸的恨铁不成钢："我的大小姐，你能不能给我消停一会儿，我好不容易来一趟巴黎，所有时间净花在找你上了！"

听溪笑了笑，知道自己理亏，一句都不敢辩驳。

"折腾我就算了，连江先生都被你折腾得够呛。那厢还吃着饭呢！连个外套都没来得及披就跑出去了。"

"他怎么会知道？"

"你好意思问，你留我的手机号码干什么，我能懂法语？当然得求助江先生！"

"你怎么知道他懂？"听溪咕哝着。

"他什么不懂？！"静竹恶狠狠地驳回。

听溪撇了撇嘴，接着问静竹："沈庭欢气坏了吧？"

"可不是气坏了，因为让你留在大厅的事情，江先生还对她亮了嗓子呢，这么跌面子，还是在沐葵面前，不是得气炸了她吗！"

"他怎么知道的？"

"他什么不知道？！"静竹理直气壮的，才今天一会儿的工夫，她倒是彻底变成江年锦的铁杆粉了。

听溪沉吟着，静竹说的也不是没有道理，就凭江年锦眼观六路耳听八方的那股子神劲儿，能有什么是他不知道的？可是他既然什么都知道，为什么还要问她怎么留在大厅里？

他是希望她向他抱怨诉苦吗？

相安无事一夜后，阿府一早就来敲门了。他说是奉江年锦之命，带个东西给听溪。

听溪接过盒子，打开就看到了一部崭新的手机，她没有犹豫，立马把盒盖盖上了塞回阿府的手里。

"这个我不能要。"

阿府愣了一下，看着她铮铮坚决的小脸，想起江年锦曾懒洋洋地卧在床上说她一定不会要的，不禁佩服他果然料事如神。

"江先生说了，只是暂时在巴黎的代用，等回国，就得上交给公司。"阿府顺溜地接上了话。这是江年锦替他想好的说辞。

听溪还在犹豫。

阿府乘胜追击："苏小姐，出门在外有部手机也方便，不然像昨天晚上那样，大家得有多担心。"

担心？

虽然不知道阿府说的大家是指谁，可是听溪觉得自己的心头一软，所有的坚持都在这一瞬间土崩瓦解。

她接过了手机盒，说："谢谢你阿府，替我谢谢江先生。"

阿府点头，不再多言，转身就离开了。

摔坏了的旧手机搁在床头，听溪右手擒着旧手机，感慨万千。这部旧手机，还是当初莫向远领奖学金时给她买的，一直没舍得换。

可如今，回忆就像这旧手机，忽然生生地有了裂痕，她无处修补，不得不换。

9

沈庭欢昨日的火气还未消。

一大早上，沈庭欢先是端了臭脸给听溪看，接着就是摆明了故意让她上上下下地来回跑腿，将静竹的活也一并扔给了她。

听溪耐着性子，一件一件都给她做好了。

这次巴黎之秀因为参加的模特儿公司太多，所以分了上下两场，而 Beauty 排在第

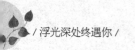

一场。第一场有利也有弊。利在避免了看秀嘉宾的审美疲劳，弊则在准备的时间太过仓促。

换装间里乱成了一团，助理人手本就稀少，除了给普通模特儿准备服装，还要伺候好沐葵和沈庭欢两尊大佛。

听溪觉得自己都转晕了，倒是一色，还像只猴子一样精神抖擞地在脂粉堆里蹿来蹿去。

"苏听溪！苏听溪！"一色忽然拉高了嗓门喊她。

"是！"听溪大声地答着。

"把衣架上那件'星月相随'礼服拿过来给沐姐，快点！"

"星月相随"是这次的主打服装，之前拟定了由沈庭欢穿着上场的，怎么临时改了？

听溪虽有疑问，但也不敢不从。每场秀模特儿穿的衣服都是要由设计师"设配"，由不得她来质疑。

她伸了手过去，刚摘下衣架，就被人按住了手。

听溪抬头，看到沈庭欢正怒目瞪着她，眼里火气逼人。沈庭欢今早开始就一直在用这样的目光看着听溪，只是这会儿更让人觉得无所适从的危险。

"苏听溪你好大的胆子！"

沈庭欢说罢，不等听溪反应，甩手过来，一巴掌脆脆地落在了她的脸上。

周围静了几秒，听溪瞪大了眼睛。

沈庭欢好看的面容忽然显出几分凶神恶煞。她的手在车祸中受了伤却丝毫不影响她甩出来的力量。

听溪的脸麻麻的，一下子觉不出疼，她伸出手捂住了自己的脸，心里涌出的五味陈杂好似要吞没了她。

她知道，这几天她不时和江年锦牵扯在一起早已惹得沈庭欢心有芥蒂，这一巴掌，是早晚的事。

"谁允许把我的衣服拿给别人穿的？"沈庭欢咬牙切齿的。

一色冲过来。

"哎哟姑奶奶，这可怪不得苏听溪。你不知道上面改了安排吗？"

"上面？哪个上面？"沈庭欢咄咄逼人。

一色扫了一眼换装间，压低声音道："这件礼服文森特太太选中了给她侄女安培培做订婚礼物，你懂了吗？"

沈庭欢脸色一变，但还是嘴硬："我不懂！"

"你怎么会不懂呢？文森特太太的意思，是不希望你弄脏这件衣服。"一旁的沐葵淡淡地接话。

"你！"

"好了好了，你们就别吵了！"一色赶紧打断，他又伸手按了一下听溪的肩膀，"人家苏听溪平白无故挨了个巴掌都没有说话，你们还大呼小叫干什么！"

沈庭欢别开了脸，顿时没有再说话。

"没事吧？"一色凑过来，眉目里难得有几分正经。

听溪摇摇头，虽然在理的是她，但是她不想把事情闹大。

见她没有得理不饶人，一色的目光里流露出几分欣赏，他拍了拍听溪的肩："出去透透气，先不用管这里了。"

"谢谢。"

听溪转身就走，此时她只想躲开那一簇簇似笑非笑的目光。

屋外的风吹过来，脸上的痛感在一点一点地复苏。

远处江年锦正被一群人簇拥着迎面过来，她此时最不想遇见的人，偏偏要遇到。

她别开了脸。

擦肩而过的时候，听溪听到江年锦身边的那个男人正说："连沈小姐这样的腕儿都被江总您收入门下了，那么今天这场秀 Beauty 一定可以脱颖而出的。"

江年锦是什么表情听溪没有看到，他们一群人就这样过去了。

听溪听着皮鞋踏着地板的声音渐行渐远，才顿下脚步回了回头，当她看清楚自己身后还站着一个人时，听溪吓了一跳。

江年锦，竟然没走！

"怎么了？"他扬了扬下巴，看着听溪。

听溪被这噬人的目光看得发怵，定了定神才想到要抬手去捂住自己的脸。

"没事。"

江年锦朝她走过来几步，抽出一直抄在裤袋里的手，一把握住了听溪的手腕，往下轻轻一拉。那半张发红的脸就这样完全暴露在了他的视线里。

"脸，怎么了？"他说话跟打电报似的，一个字一个字地吐出来。

"没事。"听溪想要挣开他的手，江年锦却用力擒得更紧。

"苏听溪，要我再问一遍？"他的语调已经开始不耐烦了。

听溪干脆任由他握着，只是语调同样不耐："江先生，不用再问了，因为我也不想再回答一遍。"

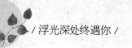

江年锦忽然松了手，却并没有打算放过她的意思，他的大掌转而一合，覆住了她脸上那寸微红的皮肤，那丝暖意驱散了疼痛，让听溪忘了去推他。

"你对谁都这么牙尖嘴利？"他的语气竟有一丝温柔。

听溪低了头。

她的刘海落在他的手背上，像是被羽毛拂过一样痒得让人忍不住想要去拨弄。

江年锦收回了手。

"以后有什么事都不用藏在心里，就算你不把我当朋友，我至少还是你的上司，我不会让我的员工受委屈。"

听溪的眼眶忽然湿了，刚才挨一巴掌的疼痛与屈辱她都能忍，可就是江年锦这样温情四溢的话她忍不了。

"谢谢江先生。"

"谢什么，你都没有给我为你做主的机会。"

听溪被他的语气逗得扬了扬嘴角。

"那也得谢，谢谢你给我的手机。"

"想谢的话，记得随身带着。"

听溪怔怔，他却笑了。

"我不想动不动跑去警局接太太。"

10

听溪回到后台的时候，所有模特儿都已经换好了装上场了。

静竹拉了听溪到一边安慰她："自从被沐葵抢了风头之后，沈庭欢现在浑身都是刺，见谁扎谁。你呀，就当是被狗咬了，谁能被狗咬了还和狗计较的是不是？"

听溪点了点头，并未多言。

这次的秀 T 台路线并不长，每个模特儿走完全程的时间控制在 3 分钟左右。比较特别的是在所有模特儿出场完毕之后设计了一个设计师发言的环节，这是为了纪念设计师劳拉出道十周年，也是为了帮助嘉宾更好地理解她的作品。

广播里响起劳拉优雅的法语时，听溪就知道整场秀几乎接近了尾声。Beauty 的模特儿一个个回到后台补妆，她们等一下还要穿着劳拉设计的服装在她致辞完毕之后同她一起谢幕。

一色戴着耳麦跑进来，喉咙都已经喊哑了，他双掌合在一起发出噼里啪啦的声响，脸上笑意满满。

"姑娘们，今天干得实在是太漂亮了！这样的状态保持到圆满收场，就等着江先生赏赐吧！"

人群里传来阵阵银铃般的笑声，听溪往门外看了一眼。台前的光影透进些许，她只是想象，脑海里也能勾勒出那华美的场面。

"Candy 呢？"忽然有人大声问了一句。

众人闻声，一齐回过头去。

刚刚还春风满面的一色表情一下就僵住了，他在原地转了个圈，目光好似雷达般搜寻了一圈之后急得跳脚。

"Candy 人呢？"

"下台之后就没有见过。"有人答。

"我的姑奶奶哟，马上就要上台了，她这是闹哪样啊？"一色提高了声调，简直都要尖叫起来了，"还不快给我找！"

化妆间里一下子像是炸开了锅，听溪站在原地看着一群人团团乱转，她没动，因为她根本不知道 Candy 长什么样。

"找到了，找到了！"

没过多久，就有人蹿进来。

"她早上不知道吃了什么，这会儿在厕所闹肚子呢，根本站不起来，一会儿怕是也上不了了！"

"什么？"一色大惊，揪着那人的胳膊使劲一甩，"搞什么这是！我都说了多少遍了，上场之前不要乱吃东西，都当耳旁风，现在好了！搞砸了这责任谁来担？"

"要不就不让她上算了。"不知是谁轻轻地咕哝了一句。

一色火了："不上？没听劳拉女士说吗？这些衣服都是一个系列的，一个不上，你们都别上好了！"

"那怎么办？"

一色不再说话，他捏着下巴沉吟了一下，然后目光转了过来，一下锁定住了听溪："让 Candy 把礼服脱下来！带她去化妆，快！"

"我？"听溪错愕，"为什么是我？"

"因为就你一个人闲在那里！"

一色满脸严肃，朝着化妆扬了扬下巴。

两个化妆师得令过来将听溪一把架住按到了化妆台前。

"一色，你疯了吧，你以为 T 台是阿猫阿狗都能上的？"一旁的沈庭欢终于按捺

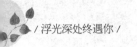

不住出声。

"在陈尔冬的身边待了这么久，没吃过猪肉也该见过猪跑，就几步路的过场，也不是挑大梁。"一色看过来，"而且我相信苏听溪！"

听溪从没有听一色用这样的语气说过话，脂粉堆里泡久了，他多数时候都喜欢像个女人一样扭扭捏捏地耍性子。

这样坚定的、果决的他，让她有些陌生。

11

"两腮妆得匀称些，头发盘起来，脖子上的饰物拿掉……"

听溪还没有做好准备，一色已经走到她的身边，对着镜面里的她一通比画。听溪下意识地按住了脖颈上的那条细链。

"一色老师，不是我不帮你，我真的不行！"她看着他，虽然知道自己是弦上的箭，不得不发，可是她还是忍不住想要逃。

那么多的目光，她不敢想，自己怎么能受得住那样的审度。

"苏听溪，这场秀对 Beauty 很重要，江先生对你也不薄，你就当是还他一个人情，帮下这个忙。"

"可是，如果我做不好，岂不是让江先生更加难堪？"

"只是谢个幕而已，等下你站在其他模特儿的中间，她们会掩护你。"一色拍了拍听溪的肩膀，不再给她任何辩驳的机会，他转身边走边大声吼道，"衣服呢？衣服拿来没有？后院都起火了，你们这群家伙能不能手脚快点！"

听溪收回了目光，看着镜面里的自己。这会儿各色的目光都落在她的身上，她闭了下眼，脑海里闪过的，是江年锦的脸。

一色说得对，江先生对她不薄，而她欠他的人情，根本不是帮一个忙就可以抵消的。

"苏小姐。"身旁的化妆师等急了，忍不住出声唤她。

听溪深深地吸了一口气，缓缓地松开了自己还按在锁骨边的手。

那坠子，一年前莫向远给她戴上去之后，她便再没有摘下过。没想到，会是在这样兵荒马乱的时候，松开它。

"上妆吧。"

匆匆化了妆换了衣服，再没有其他冗余的时间让她去思考。赶鸭子上架一般，她被人推着站进模特儿中间。

"苏听溪，自然点，抬头挺胸，目视前方，只要不摔倒，下台就记你一功。"

一色张牙舞爪的样子把很多人都逗笑了，听溪也想笑，可是动了动嘴角，就是笑不出来。许是，脸上的妆太重了。

听溪还未走上台，簌簌冷光落了她一身。裸露在外的肌肤无端起了鸡皮疙瘩，她攥紧了拳心，这会儿已经无路可退。

走在她前面的人回了下头，是沐葵。

听溪惊觉，不知何时，她竟然被挤到了这么靠前的位置。她扭头，想要退回去的时候，眼前的光打开了。

那幽曲的 T 台上闪着光，美得让人眩晕。

听溪小心翼翼地迈着步子，匆匆上台，鞋子大了些，不跟脚。

她更紧张了。

沈庭欢和沐葵已经分站在劳拉的两侧，视线瞬间就开阔了。

听溪看到了坐在最前排的江年锦。

江年锦正把玩着手里的打火机，他身边坐着 Baron，Baron 侧头对他说着什么，可他只是面无表情地看着听溪。

他的目光冷冷的，不深不浅，像是猎人看着猎物，令人心悸。听溪掐着自己的指尖，忘了眨眼。

耳边响起整齐的掌声，盖过了音乐，如雷一般的。劳拉女士高举着沐葵和沈庭欢的手在鞠躬。

听溪也跟着弯腰、鞠躬。

舞台上的灯光暗了下去，身后的模特儿开始陆续地下台退场。

听溪没听到口令，转身的时候有些急，鞋子差点脱脚而出，重心往前倾过去的时候，身后有人不动声色地搀了她一把。

那纤瘦的手似提醒般捏了听溪一把，疼得听溪浑身细胞都活过来了。她这才迅速地回神站稳。

那人竟是沐葵。

听溪想张口对沐葵说谢谢，但是沐葵已经快步走到了前头，没有给她机会。

终于平安无事地下了台，静竹第一个冲上来，把外套给她。

"苏听溪你这是要给我多少惊喜？"

"是惊吓吧？"听溪披上外套，身上的那层细汗退下去，她还真有些冷了。

"怎么会是惊吓呢，你都不知道，刚刚台下多少人在讨论你呢！"

"说什么了？"

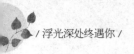

"说你长得特别像以前一个模特儿……"

"房静竹！"耳边传来一声呵斥，"你到底是谁的助理？"

沈庭欢双手抱胸坐在最大的镜面前，遥遥地看着她们的方向。

静竹朝听溪眨眨眼，就往沈庭欢那里奔过去。

12

一色点头哈腰地将看秀的嘉宾一拨一拨地送走。

江年锦还坐在原位，悠闲地跷着二郎腿，看戏人儿似的，朝着一色勾了勾手指："一色，过来。"

一色在原地跺了跺脚，停了好一会儿才过来在江年锦身边坐下："我说锦少爷，没看见我都要忙死了嘛！您还有什么吩咐？"

江年锦挑眉，偌大 Beauty，敢这么和他说话的，就一色一个人。一色总是可以掐准他的情绪，知道什么时候可以用什么语气和他说话。

"一色，你胆子越来越大了。"江年锦眯起了眼，表情凛冽。

一色笑起来，越发大胆地抬肘撞了一下江年锦的胳膊，撒娇似的道："别这样，我也是没有办法。"

他知道江年锦说的是哪件事。

把苏听溪放到台上实属无奈之举，他自己也是捏了一大把的汗，好在没出什么幺蛾子。

江年锦这会儿应该也不是兴师问罪的态度，所以他才敢嬉皮笑脸的。

"为什么是她？"

"嗯？"一色抬眸。

江年锦手里的打火机"扑哧扑哧"地闪出火苗，那蓝盈盈的光，将他的表情衬得更加无法捉摸。

看着江年锦的样子，一色忽然有些心慌，他有些吃不准自己算不算踩到江年锦的地雷了。

最近这几天，外面风言风语多得很，难不成，这苏听溪和江年锦真是不同寻常的关系？

"别紧张。"江年锦的嘴角舒展了一下，"我的意思是，你不是随便的人。苏听溪，就你的视角而言，她有什么特别？"

一色想了想。

"今天的确是事出有因，但要说到苏听溪，她的特别，还真不是一点两点。"

江年锦扬了扬下巴，示意他在听。

"我这人有职业病，看见美女就喜欢多看两眼。"

"这不算病。"江年锦打趣他。

一色放松地笑起来，接着道："打从苏听溪第一天进 Beauty，我就注意到她了，这姑娘瘦而不柴，腿长头小，身材比例完美得让人伸手想去……"

江年锦瞪了他一眼。

一色连忙收住自己兴奋失控的语调，他轻轻地掌了一下自己的嘴。

"最关键的是，她长得漂亮。还有……"

"还有？"江年锦顿了一下。

一色几乎把能用上的好词汇全都用上了，从来没有听他这样对一个女人不吝赞美，当初沐葵刚来的时候，都没有得到过这样的评价。可竟然，还有？

"你知道的，我是出了名的魅骨族。这苏听溪平日穿得严严实实，今天衣服一卸下来，我嘞个乖乖，她的锁骨，她的骨架……啧啧！"

一色摸了一把下巴，两眼放光，最后总结道：

"苏听溪，她天生就是个衣架子！"

13

听溪换下衣服，简单地卸了妆，这才觉得镜子里的人不陌生。

一色跑进来说江先生晚上请大家吃饭，一时间整屋子的人都沸腾着拥了出去，她被落在了最后。

那闹哄哄的场景，她想想，也不愿意去，而她不去，正合沈庭欢的意。

听溪随手将自己的长发绾成马尾，忽然意识到自己的脖子很空。

她的链子呢？

听溪胡乱地在自己身上摸索一阵，各个口袋都搜罗了一圈无果。

这轻细的链子，每天挂在那儿都觉不出重量，这会儿忽然不见了，倒显得她整个人都空落落的。

她挤着自己的眉心在原地旋了个身，目光丈量着自己刚刚走过的路线。她的东西今天经了多少人的手她已经不记得了，哪个环节被遗落都是有可能的。

那不是什么值钱的东西应该不会有人要，所以，里外也逃不出这个地方。

听溪低头仔仔细细地将这个化妆室找了个遍，也没有看到她的链子，心里像是被

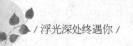

什么利器狠狠地刺了一下。

她清楚地醒悟，不是什么东西都可以失而复得的，人也一样。

"你在找什么？"

江年锦不知道什么时候出现在了门口，他抱着臂往前走了两步，居高临下地看着她。

"你不是去吃饭了吗？"她站起来。

"原来你知道。"他故作失望的样子，"知道还不买账。"

听溪一下子无言以对，表情有些尴尬。

"丢东西了？"

"嗯。"

江年锦看着她暗了光的眸子，整个人都是无精打采的，与刚才台上的那个人判若两人。

"很贵重？"他问着，四下望了望，"我让安保过来。"

"没有那样的贵重。"听溪惶恐，"不用兴师动众的。"

他退了一步，扶着案台蹲下来。

"那我帮你找？"

听溪冷不丁地打了个战。这是，在逗她吗？

"江先生，劳烦你，那可是比兴师动众更兴师动众。"

她笑了，眼睛弯成了月牙状，星星点点的瞳仁干净明亮。

纵然江年锦见过的美女如过江之鲫，却还是在这一秒怔怔晃神。

一色说她是倾城之姿，他算是懂了。以前没发现，是她对他笑少了。

江年锦沉默地看着她，听溪才惊觉自己刚才的话是不是太过放肆，脸忽然就烧起来了，她抬手摸了摸。

"脸还疼？"

他的手伸过来，那干净的指尖好像让空气都带了电。

听溪连忙躲开。

"早不疼了。"

江年锦缩回了手，话锋一转。

"今天的 Show，多亏了你替补上场才算完整。"

"没搞砸就好。"

"不必谦虚，无论如何，此次巴黎之行功劳簿上有你一笔。"

"听着江先生的口气，是要给我什么奖赏吗？"

"你想要什么？"他问着，又补了一句，"什么都可以。甚至，是要讨回你挨的那巴掌。"

"你知道是谁打的吗？"听溪脱口而出。

江年锦摇头。

其实，他已经从一色那里知道了全部，可是他就是想听苏听溪自己说。他从来不会给女人主动向他告状的机会，撒娇耍赖、哭哭啼啼的样子他见不得，但苏听溪会怎样，他却好奇得很。

"谢谢江先生，不用了。扇人巴掌自己还手疼，我把奖赏浪费在这样得不偿失的事情上岂不太可笑了。"

沈庭欢是什么人物，听溪不是不清楚。先不管她和江年锦的那些传闻是真是假，就单凭她在 Beauty 的地位，江年锦也不会轻易为了一个小助理动她。

江年锦捕捉到她眼里复杂的情绪，更觉有趣了。

"那么，这巴掌就白挨了？"

"这个巴掌我只是暂时收着，如果有机会，我会自己还回去的。"

她的语气爽脆，丝毫不带遮掩。这下，江年锦怔住了。

一色曾说："苏听溪平日里文气安静，比 Beauty 的其他姑娘礼貌实在，这样一个柔柔弱弱的姑娘，哪儿适合这个尔虞我诈利益交织的圈子？"

看来，一色错了。

文气安静，礼貌实在，柔柔弱弱，也不代表，她好欺负。

江年锦眼波一转，轻笑道：

"苏听溪，不如，我给你这个机会？"

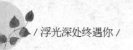

第三章
DI SAN ZHANG

星月相随

1

江年锦竟然想让听溪加入 Beauty 的模特儿团队！

从巴黎回加安的飞机上，听溪的思绪被这个疯狂的邀请给搅得乱糟糟的。静竹和她说什么她都听不进去，直到阿府过来，把之前丢失的项链和一盒晕机药交到她的手上。

听溪看着手里失而复得的链子，抬头对阿府说了声谢谢。

阿府扬起了嘴角："链子是江先生命人找到的，晕机药是江先生命人准备的，我怎么好意思收下苏小姐的谢谢。"

"那就请你代为转达。"

"好，我会代为转达的，江先生也有话让我转达给你。"

"什么？"

"他说你可以慢慢想。"

听溪一听就懂了，江年锦没有逼她立时三刻地回答，可给她时间考虑就是变相地折磨她。

她该怎么拒绝他呢？

这着实让听溪烦恼了好几天，不过好在回到加安之后有充实的工作，可以短暂地分散一下她的注意力。

巴黎的 Show 结束之后，沐葵所穿的"星月相随"礼服也一并被带回了加安。这是文森特太太选中给她侄女安培培的订婚礼物，陈尔冬命听溪将这件礼服送到文森特太太居住的维尔特堡。

维尔特堡位于加安北郊，虽地处幽僻，但交通却很通达。这是加安最美的一座古堡建筑，听说当年古堡落成之时，是由江年锦高价拔得头筹，后来他的挚友诺曼·文森特先生迁居加安，多次寻觅此类建筑都不满意，江年锦听闻之后大方转赠，成就当时一段佳话，也就是加安著名的"古堡之谊"。

听溪从出租车上下来，手间两个袋子拎绳绕在她的腕间，她仰头望了一眼。凛冽的哥特式塔顶似要刺破阳光，庄严的城墙纵掩于一片青黄之间，梦幻得不似人间。

她往林荫道里走了一段，静静林川，风有些凉，她每一步都走得很慢，她觉得眼前的美景若是不细细品度，那就是最无知的亵渎。

走到最后，一扇雕花铁门挡住了她的去路，她用陈尔冬给她准备的门卡往电子感应器上一放，"嘀"的一声，铁门没有马上打开，感应屏上骤然出现一张老妪的脸，将她稍稍拉回了现实。

"请问是哪位？"她对着听溪微笑，这微笑礼貌不显疏离，显出极好的修养。

"Beauty 苏听溪，给文森特太太送礼服。"

"你好苏小姐，真是准时，快请进。"

老太太话音刚落，铁门就应声而开。

听溪往里走了两步，眼前条条大路，让她远远望不到主宅在哪个方位，是她疏忽，来之前至少该问问清楚方向。

听溪转过身去，发现电子屏幕已经变黑，顿时求助无门。

她有些气馁，听着老太太的意思，文森特太太该是早就已经等着她把礼服送过来了，她若四处瞎撞耽误了时间，怕是会惹得文森特太太不高兴。

听溪出门之前陈尔冬就再三嘱咐她机灵点行事，听闻这文森特太太脾气极端，几乎无人可以拿捏她喜怒的点。

听溪掂了掂手里的袋子，明明不过几层蕾丝和一双鞋，这会儿却沉得像是一个炸弹。

耳边似有车轮滚滚而来的声音，她四下张望，看到一辆黑色的车子穿梭在林间好似一只敏捷的豹子。

阳光的光影隔着树叶细碎地铺下来，坠在那车身上，晃着听溪的眼睛，她抬手遮了遮阳光的空当，那车子就已经飞奔而来只离她咫尺。

听溪看清楚了，这是江年锦的车子。

车里的人应该也已经看到了她，车速明显地缓下来，稳稳当当地停在她的面前。

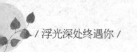

听溪往后退了一步，车窗降下来，江年锦淡漠的脸出现在车窗之后，那黑亮的瞳孔在一片绿叶的映衬下格外精神，他的目光不偏不倚地落在听溪的身上。

"又迷路了？"

2

又迷路了。

这四个字轻飘飘地从江年锦的薄唇中溢出来，他虽然面无表情，毫无讥诮之意，听溪却听得一阵面红耳赤。

她真想理直气壮地说一句"没有"，可是她都还未来得及张口说话，江年锦就已显出几分不耐，他指了指后座。

"上车。"

听溪扶着车把手，想起静竹说过的话，上了江年锦的车，基本就等于上了他的床。因为他的车，一般不载女人。

她是多好命才能三番五次地上他的车啊。

听溪晃神的工夫，江年锦催促着按了一下喇叭。她连忙拉开车门一头扎进去，车子里那阵恬淡的香扑到她的鼻尖，很好闻。

江年锦往后视镜里看了她一眼。

"陈尔冬怎么不自己来？"他的声音在引擎声里有些低，低得辨不出情绪也没有语气。

听溪早上从 Beauty 出来之前也问过陈尔冬这样的问题。

按理说，作为一个设计师，绝对不会放过和文森特太太这样声名远播的时尚圈达人交流的机会，可是陈尔冬却只是摇了摇手里的咖啡杯，目不转睛地盯着杯中那圈黑色的涟漪层层散开之后才缓缓地说："我和沈庭欢交情好，文森特太太不会想见我。"

根据陈尔冬的语气加之之前临时换上沐葵展示"星月相随"这件事判断，文森特太太和沈庭欢必有什么难以释怀的过节。

"她有点其他事情。"

江年锦也没有继续问什么，只是专注地开车。

两边的景物在飞速地往后退。这迷宫一样的地方，若不是遇到江年锦，她得何时才能绕出来。

车子停下来的时候江年锦先下了车，他一转身，替听溪拉开了后座的车门，长臂伸过来，将听溪手边的那两个纸袋捏在手里。

这绅士的行为，让听溪觉得有些受宠若惊。她看着江年锦的面容，浮着淡淡的一层光晕，洒脱里带着柔和，暖化了她的视线。

这个男人也没有传闻中的那样不好相处。

"下车。"

江年锦敲了敲车窗，他耐心不怎么好。

听溪从他臂弯之下钻出来，他的身躯挡住了部分的阳光。她顺了顺自己的衣摆，从江年锦的手上把袋子接过来。

这一来一回好像有些多余，江年锦看了她一眼，眼神中搓揉了阳光。

很温暖。

3

维尔特堡的内庭比外围更加考究，郎阔的空间配与典雅精致的内饰，让人恍若走进了另一个时空。

江年锦对这里显然并不陌生，他单手抄在裤袋里一路穿廊而过，黑色的皮鞋踏在奶白的地砖上发出"噔噔噔"的声响，听溪飞快地跟着。

门口的老妪远远地看到江年锦就俯身鞠了个躬。

江年锦点了点头径直往屋内走去。

大厅里采了庭院的光，暖洋洋地落在那棕色布艺沙发上。文森特太太端坐在沙发的中央，她的鬓发落在胸前，用一根淡色的发带束着，随意却又仪态万千。看到江年锦的时候她扬嘴笑了一下。

"年锦，诺曼昨天回来了，我想着你们哥俩好久没见了，所以才把你给叫来了。"

文森特太太边说边站起来，她走动的时候裙摆扫过边桌上的那盏欧式复古台灯，那开关吊线一摇一摆晃得听溪眼睛难受。

她挪开了目光，看着江年锦。江年锦背对着她，看到文森特太太朝他走过来，他还保持着单手抄袋的姿势站在原地没动。

文森特太太像是没有看到听溪一样，兀自朝着门边的老妪招了招手。

"Ms.Tian，去请先生下来，就说江先生来了。"

被唤作 Ms.Tian 的老太太将手覆在身前，迈着碎步站到文森特太太的身旁。

"太太，先生一早就飞瑞士了。"

文森特太太的手指正撩着刘海，听到 Ms.Tian 这样说，她明显有些意外，但这意外很快被她遮掩住了，她优雅地点了点自己的太阳穴："哟哟，瞧我这记性，昨晚诺曼还在说今早飞瑞士的事情，我一转眼就给忘了。年锦，怕是让你白跑一趟了。"

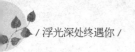

"没事，正好念起这里的咖啡愁找不到理由过来，今天喝一杯再走。"江年锦说着，往前走了几步在拐角的双人沙发上坐下。

"Ms.Tian，听到江先生说的话了吗？"文森特太太回头使了个眼色。

Ms.Tian应了一声，就旋身往那高高的大理石储物台走去。

文森特太太捏着自己的披肩走到江年锦的对面坐下。

空阔的门厅里，就剩听溪一人还杵在原地，她被晾得太久，都快要忘了自己的来意。

"苏听溪，还不过来？"江年锦淡漠的声音忽然传过来。他仰身倚靠在沙发上，朝着文森特太太扬了扬下巴。

听溪这才回神，她快步走到文森特太太面前，将装有礼服的袋子递送到她的手边。

"文森特太太，这是您要的礼服，请打开看看，若是还有不满意或是需要修改的地方您随时可以通知Beauty。"

文森特太太眼波一转，但只是盯着她自己衣袖上的那簇软毛，并不看向听溪。

"这位小姐是Beauty新来的设计师吗？怎么这么眼熟？"

江年锦神色一滞。

4

"不是，我只是新来的助理，我叫苏听溪。"

"苏听溪。"文森特太太瞟了她一眼，微启着红唇慢慢地将听溪的名字诵念而出，接着夸赞道，"好名字。"

"您过奖了。"

"怎么会是过奖？若不是好名字，江先生能记住你？"文森特太太翘着指尖指了指江年锦，她唇边的笑有些张扬但并无深意。

江年锦不动声色地抿着唇，微微松了一口气。

Ms.Tian将两个白瓷杯端上来，分别放在江年锦和文森特太太的面前，鼻尖瞬间被浓郁的咖啡香萦绕。

听溪还拎着袋子，一时放也不是不放也不是，她沉着气，不卑不亢地开口：

"太太您说得有理，江先生这般人物，每日入眼之人多如过江之鲫，我不过是Beauty区区一介小小助理，真是沾了这名字的光才能被江先生记住。"

江年锦脸上的神色也丝毫不显端倪，这样溜须拍马的奉承话他定是听得不能再多了。

倒是文森特太太正眼往听溪身上一扫，这一扫便上上下下打量通透了。

"难怪Beauty要火，这小小助理就如此不同凡响，瞧瞧这身段这样貌还有这伶牙俐齿的机敏，要是放到 T 台上，那也一准能火。"

听溪脑子里"嗡嗡"一片，这样见招拆招的谈话方式着实让她觉得疲倦。

"您言重了，我从没有做过这样不切实际的梦，江先生给我一份工作，能让我在加安安身立命我就已经感激不尽了。"

江年锦俯身上前端起那个咖啡杯的时候顺势看了听溪一眼，她这答案可真是一语双关，既回答了文森特太太，也算是婉言拒绝了他之前的那个邀请。

"年锦好眼光，既是他留下的人，将来定也能成个人物。"文森特太太嘴角的弧度柔和起来，她笑着朝 Ms.Tian 使了个眼色。

Ms.Tian 见状，上前一步替她家主子接过了那个袋子，缓解了听溪的尴尬。

听溪轻轻地说了一句："谢谢"。

"苏小姐，你看我真是失礼，你都来了这么久还没请你坐下，快请坐。"文森特太太说着，握了一下听溪的胳膊，朝着江年锦正坐着的方向扬了扬手。

听溪顿在原地没敢动。

江年锦正坐在双人沙发的正中央，雪白的瓷杯握在他棱线分明的指尖无端生出一种美来，他没有看她。

听溪知道，文森特太太是借着"江年锦"这三个字的由头给她一点尊重，可她受不受得起，还得看江年锦是不是真的愿意给她这个面子。也许，她变相有意无意地拒绝早已惹毛了他。

她惴惴不安地等着，等了好一会儿，才看到江年锦放下了手里的杯子。

他扯了扯自己外套的门襟往沙发的左侧挪了挪，给她腾出了一个位置。

5

听溪战战兢兢地坐到江年锦为她空出来的位置上。

沙发并不宽大，江年锦坐姿霸道，他伸展手脚的时候会蹭到听溪的衣角，衣料摩擦的细微声响在她耳边无限放大，搅得她心绪不宁。

她看了他一眼，瞥见他嘴角那抹若有似无的笑意，忽然觉得他是故意的。

故意的也是无可厚非，他这般已经算是纵容她了。

"这咖啡不错，苏小姐要不要也来一杯？"文森特太太笑着说。

"谢谢，不用了。"听溪摆了下手，目光从文森特太太的身上扫到江年锦，"我这会儿是上班时间，江先生还在这儿呢。"

文森特太太顿了一下，随即掩住那娇俏的红唇发出一阵清脆的笑。

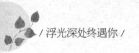

江年锦耸了耸肩膀："既然苏小姐等着回去复命，那就先谈正事。"

文森特太太点头，一旁的 Ms.Tian 小心翼翼地将礼服从袋子里掏出来，她捻住了礼服的领口，轻轻地一抖，蕾丝掩着碎钻滑落，一时流光飞舞。

"劳拉就是劳拉，这手艺这韵味，岂是现在这些年轻的设计师可以比的。"文森特太太的手指伸过去挑起那一寸蕾丝，赞叹不止。

江年锦笑："可不，不然你也看不中。"

"其实我选中这款礼服，除了它这让人惊艳的外观，更重要的是，我喜欢它的名字。苏小姐，既然你负责将这款礼服送过来，那么，你一定知道'星月相随'这四个字所包含的寓意吧。"

听溪一惊："'星月相随'是劳拉女士所取，我怎么敢枉自揣测它的意思。"

"不说揣测，只说理解。"

听溪下意识地看了看江年锦，他投递过来一个眼神，明明淡漠得很，可是她却因为这个眼神有了底气。

听溪走过去，拂了一下那钻，凉凉的。

"星与月之光，不似太阳光的锋芒毕露而显朦胧低调，此款礼服以细钻缀出的光芒充盈质感，外拂蕾丝是为了不被水钻夺去整件礼服的光彩，而巧用细钻和蕾丝的妙处更在于显出了'映云光暂隐，隔树花如缀'的朦胧美。"

文森特太太的眸中闪过一道光。

"苏小姐也是学设计的？"

"我是学美术的。"听溪答。

"万变不离其宗，也算半个本家，见解很独到，继续。"

"星月相随，相随……"听溪顿了一下，"晴朗之夜，星与月本就如影相随，这，大概是预示一种浑然天成的陪伴，正如外界传言的文森特先生和太太您的美满婚姻一样。"

听溪一口气将后半句话说完。她的面容真诚，语气带着隐约的羡慕。

江年锦正低头抿咖啡，他专注着自己手中的杯子，好像并没有在听听溪说话。

"好一个浑然天成的陪伴！"文森特太太拍了一下手掌，"苏小姐言谈之间显出不一样的风范真是太得我心了，不知道苏小姐是否愿意下个月来参加培培的订婚宴？"

"这……"听溪犹豫了一下。

文森特太太的侄女订婚，这可是加安贵圈的大事，她何德何能来凑这个热闹。

"年锦，那天你会给苏小姐放假的是吧？"文森特太太转而朝着江年锦下起功夫。

江年锦抬起头，目光深不可测。

"当然。"

"苏小姐，那可就这样说定了。"

文森特太太一把牵起了听溪的手，她的手糯匀得像是一块白米糕，听溪心口一软，正想着该怎么拒绝才比较委婉，就听到二楼走廊处传来了"嘭"的一声盘子坠地的声音。

客厅里的几个人一起抬头。

6

"我说了不吃，你怎么这么烦？"

二楼传来清脆的女声，语气里是浓浓的不耐烦。

"我们家的大小姐起了。"文森特太太斜了一眼那坦长的楼梯。

听溪顺着文森特太太的目光，看到一个穿着黑色及膝毛衣的女子正一步一跳地从二楼跑下来，她身后的仆人拎着她的手提包跟得很吃力，边跑边喊："培培小姐，您慢点！"

传说中的安培培，终于见到本人了。

时尚圈的首席超模，文森特太太的侄女，"星月相随"的新主人……有很多很多让人羡慕的头衔的安培培。

安培培穿着平底鞋，却一点都不显矮，那裸露在外的小腿线条非常美，她似乎也感觉到客厅里这几束注视着她的目光了。她扭了一下头，过耳的碎发甩在她的脸颊上，露出那小巧的下巴。

相较于她纤瘦的身材，她的下巴显得有些圆润。她的皮肤很白，是那种通透健康的白，没有女人比她更适合穿黑色了。

"培培，过来。"文森特太太招了招手，"今天正巧你在，快来试试姑妈给你选的礼服。"

"不用试，你选什么我穿什么不就好了？"安培培的声调冷冷的。

"你这孩子又耍什么脾气？"

文森特太太话音未落，安培培已经转了身往大门口走去，她背影纤瘦，宽大的毛衣挂在她身上一晃一晃的，她好像随时都会飞走。

"这孩子性子躁，谁的话都不听，我还以为这个世界上没人能罩得住她，好在……"

"轰！"

不远处传来一声引擎的轰鸣声，听溪闻声回头，看到一辆红色的跑车从车库里蹿出来，像是一团火，张扬热烈。

"小姐，你疯了！你现在怎么可以飙车呢！"车库里追出来的仆人挥着手臂徒劳地大喊。

"这孩子！"文森特太太脸色一沉，往门口追了两步。

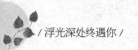

这时，江年锦站了起来。

"我看文森特太太似乎还有其他事，那我和苏小姐先告辞了。"

文森特太太没有挽留，想必是一颗心悬在安培培身上也没有空招待他们了。

回去的路上，江年锦开得很慢，听溪怔怔地望着窗外的景，花红叶绿一帧一帧地闪过，阳光下的古堡闪闪发光。

童话的表面总是很漂亮。

"觉得这里很美？"江年锦悠悠地侧了侧眸。

"嗯。"

"想要住在这样的地方？"

听溪收回了目光，视线停留在他的身上。

"我不想住在这里。"她说，"心若是有了嫌隙，再华丽的房子也挡不了风雨。"

"你不是说浑然天成的陪伴吗？"他的语气有一丝戏谑，却不知是对谁。

"江先生不必嘲笑，我的场面话自然没有你高明。"

江年锦的眸光忽然好像一片深海。

"苏听溪，你今天表现得太过聪明了。"

听溪沉入江年锦的目光里，斟酌着他所用的这个"过"字，不知道他指的究竟是哪一方面。

一个太太，不知道自己的先生一早出差，这搁哪里都说不通。他说的聪明，一定不是指她看出这中间的嫌隙。

那么，他一定指的是她今日的所有进退。

"聪明点给你长脸还不好吗？"她调皮地吐舌。

"好。如果你愿意考虑一下我之前的提议，那会更好。"江年锦见缝插针。

听溪的瞳仁一暗。

"江先生，我知道你是好意，但是，我来加安的目的很单纯，而时尚圈太复杂，不适合我。"

"那么，你到底为什么来加安？"

"我来找人。"

7

静竹从巴黎回来之后就开始请假了，一连请了整整半个月，听溪为了代她的工作，连着半个月没有休息。高负荷的工作，终于让她病倒了。

独在异乡的失落总是在生病的时候最让人无所适从。不过可以倚着病假的由头得来几日清闲，也不算太糟。

听溪在家睡了三天，大门不出二门不迈的，直到陈尔冬忽然上门来看她。

陈尔冬一身香奈儿千鸟格套装，侧身进屋的时候屋子都亮了几分。

听溪请她坐下，转身进厨房泡茶。她端着茶杯出来的时候，陈尔冬正打量着整个屋子。

屋里的布置很简单，温馨的细节却是不少。

"看来，小日子过得还是像模像样的。"陈尔冬笑着，伸手接过了听溪手里的杯子，轻声说了句谢谢。

听溪不好意思地笑着，气氛难得的闲适。

"尔冬姐，你今天怎么想到要过来？"

"当然是催你上班。"陈尔冬抿了一口茶。

"你又说笑了。"

偌大 Beauty，谁都不可或缺，可独独她苏听溪可有可无。

"其实，我是来探望病员的。"陈尔冬的声音温和，眼里似乎还有歉意，"巴黎回来之后，你都没有休息过，铁打的身子也该病倒了。"

"我只是有些累，休息了两天完全没事了，我明天就可以上班了。"听溪舒展了一下胳膊。

见她故作活力的样子，陈尔冬伸手轻轻地拍了拍她的膝头。

"你总是这样，什么委屈都往肚子里咽，什么辛苦都往自己肩膀上扛。我同是女人，也心疼你。"

"尔冬姐！"听溪脸一红，"你别这么说，我哪儿有什么委屈？"

"没有？"陈尔冬按住了听溪的胳膊，"巴黎的事，我可都听说了。"

听溪恍然，原来陈尔冬是在说她被沈庭欢扇巴掌的事情呢。

"我没事。"

陈尔冬沉默了一下，看听溪脸色不好，她也没有再继续这个话题了。

"对了，听一色说，这次你去巴黎，还帮上了大忙。"陈尔冬转移话题的同时，从自己的包里掏出了手机，她点开了相册，轻触着屏幕将一张照片放得更大些，"这是巴黎传回来的照片，你看看你，你的台风完胜了很多专业的模特儿。"

听溪回神低头，看到被放大的那个部分，就是自己。

画面里的她目视着前方，神情坦然，这样一眼看着，竟真觉得台上的自己有些悠然自得。明明那一刻，她紧张得心都跳到了嗓子眼。

"这样的评价，是不是太高了？"

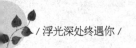

"怎么，还怕我偏袒了你？可不是只有我一个人这样说。"

陈尔冬指尖一滑，又闪出一张照片，这一次是听溪的特写。

她区区一个名不见经传的小人物，也不知道这样珍贵的镜头为什么会捕捉了她。

听溪傻了眼。

陈尔冬看着听溪犹疑的目光，跷了一下腿，把手机收回了掌心里。

"苏听溪，我记得你刚来 Beauty 的时候我问过你，这个华光笼罩的圈子，对你而言到底有没有诱惑，你还记得你是怎么回答我的吗？"

"我记得，我说我不想做一个没有喜怒哀乐的活动衣架。"

"那现在呢？"

"为什么尔冬姐你觉得我现在的想法会不一样？"听溪反问。

"你别紧张，我只是问问，一色已经在我面前明确了他的意思，他有意收你，你若是愿意，我也不会留你。"

陈尔冬神色淡淡的，分辨不出情绪。

听溪想起了江年锦。

那晚，他也是这样，神色淡淡，情绪不明。

他说："苏听溪，不如，我给你这个机会。"

听溪当时不懂，没有收敛住好奇问他什么机会，他便回答了她，一个进入时尚圈的机会，与超模并驾齐驱的机会，拥有一切的机会。

听溪望着陈尔冬很轻地叹了一口气。

"尔冬姐，如果我说我不愿意，是不是很矫情？"

陈尔冬笑了，似乎是松了一口气的样子。

"人各有志。"

陈尔冬来这里找听溪的目的，似乎就在于此，她很快就起身说要走。

听溪送她下楼，巷子里一群阿姨在聊天，叽叽喳喳的声音不绝于耳。

陈尔冬许是不习惯这样转身之间都是喧嚣的环境，她捻了一下耳朵扭头。

"如果不想住在这里，我可以再让人找更好的地方。"

听溪摇头："这儿挺好，和我以前住的地方很像，有家的味道。"

陈尔冬看着听溪的目光渐渐柔和下来，可是无论她用何种目光，都觉得无法看透苏听溪。

他们所处的圈子太脏，而她像是误闯进来的精灵，明明一身皎洁，可是真正接近的时候，又会觉得她的烟火气息很浓。

苏听溪太轻易让人喜欢了。

想起喜欢，陈尔冬又想起一件事，她从自己的包里掏出一张请帖。

"安培培订婚宴的请帖，文森特太太命人送到 Beauty，我代收了。"

8

听溪盘腿坐在沙发里，那张素雅的请帖静静地放在茶几上，请帖的边角上细细地滚着银边，那般精致特别，设计之人该是费了多少心思。

陈尔冬递给她的时候她只是随意地扫了一眼，随即整个人像被抽干了力气。她不知道自己是怎么回到屋子里的，她软趴趴地坐倒在沙发里，再没有力气起来也再没有力气将这张请帖重新打开。

安培培和莫向远，这两个人竟然订婚了！

她没想到她苦苦找寻了这么久，结果会是这样残酷。

她就这样坐着，坐到窗外的风景从朗朗晴天变成无尽的黑夜，而她的脑海里只有一片空白，无法回忆过去，也不敢想象未来。

听溪想到要站起来的时候，腿脚已经全都麻木了。她扶着茶几站了很久，得劲的刹那就把手边那张卡片给拂了出去。

眼不见倒也罢了，而今她看见了，她要怎么办才好。

莫向远是她暗淡生命里仅存的光盏，是她留在加安的唯一希望和动力，他是她的全部，是言语无法形容的意义。

而她呢？是他的什么？

听溪不敢想，也想象不到。

心疼得厉害，胃也空得难受，家里什么吃的都没有。

她披了个外套下楼，既然无法治愈疼痛的心，那就只能想办法先把胃塞满。

巷口的大排档这个点正是热闹的时候，三三两两坐着些刚下班的人边喝酒边聊天。路灯远远地亮了一排，这昏黄的灯火能暖进人的心里。

听溪叫了两瓶酒和两个下酒菜，刚刚端起酒杯仰头喝了一口，就看到那辆熟悉的捷豹远远地从对面街道驶了过来。

她下意识地去瞄酒瓶上的度数，这酒不至于烈得让她只喝一口就产生了这样的幻觉。

听溪又眨了一下眼，抬眸的时候江年锦的车已经稳稳当当在她眼前停了下来，他正推开车门跨下来。

不少人往这边看过来了，刚刚还闲散的气氛好像因为江年锦的忽然出现变了味。

这样尊贵的车和这样尊贵的人此时此刻出现在这样的地方，真是有些煞风景。

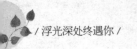

江年锦两条大长腿往听溪面前一站，他匪夷所思的目光扫过桌上的两个酒瓶之后变得更加匪夷所思。

"不是说病了吗？"他的语气很不好。

听溪朝他晃了晃手里的酒杯，笑道："病也分很多种。"

他搬来个凳子往听溪对面一坐，瞪着她。

"那你又是什么病？"

"我？看不出来吗？我当然是心病。"

也只有心病，能用酒来医。

9

江年锦眯着眼睛看着她，她穿着随意，长发散落了一肩，披着暖光又沾了酒精，简直慵懒得像是一只猫。她一再刷新着他对女人的认知，可即使这样，他竟然丝毫不排斥。

听溪端起酒杯又喝了一口，这清辣的味道在口腔里绽开，她喷了喷嘴，才想到要问他："你怎么来了？是探望病员还是催我上班？"

江年锦表情淡淡的，他还没有想好是为什么，她倒是体贴得很，一下给他整了两个托辞。

听溪见他不说话，甩了甩手，那肆意的模样俨然有了几分醉猫的感觉。

"不管你来干什么，正好陪我喝酒。"她也没管他什么表情，直接招呼道，"老板娘，这儿再添个杯子。"

喝酒？

江年锦双手抱着臂打量了一下四周，这人来人往、油烟冲天的地方要他坐在这里喝酒？

老板娘忙得很，匆匆过来撂下一个杯子就走了。苏听溪站起身来，摇摇晃晃的，给他满满倒了一杯酒推过来。

她的脸上浮着两坨红云，微微有了醉态，但是眼神还是清明可人的。

他忍不住伸手过去把酒杯接过来仰头喝了一口，这澄明的液体滚过舌尖，竟也没有想象的难以下咽。

"好喝吗？"她眨巴着眼睛，殷切地看着他。

江年锦被她盯得有些尴尬，仓促点了点头。

她不依不饶："是比你的那些名酒佳酿还要好喝吗？"

江年锦皱着眉头，她的反常让他觉得，这会儿的苏听溪像一个摇摇欲坠的水晶球，他若是不顺着她，她就会碎裂。

他按了一下眉心，明明已经不耐，却还得好言地答："是。"

她冷嗤了一下，挪开了目光。

"骗子。"

她说罢就仰头喝尽了瓶中的酒。

"嘶……"江年锦抽了口凉气，这火气腾地蹿了上来。

"明明吃不了路边摊，明明适应不了这一切，为什么你要假装……你要假装和我是同一个世界的人？"

听溪按着头，脑袋似要炸开了地疼，视线模糊看不清周遭的景，唯有莫向远清俊的脸在她的眼前乱晃。

是的，是莫向远。

听溪永远记得，自己第一次遇到莫向远，是在学校的图书馆。

她是在图书馆勤工俭学的学生，每天捧着一大摞书楼上楼下地奔走。那绵薄的报酬几乎是她一个月的开销。

遇到莫向远的那一天她正被月事折磨，两条腿虚软得随时都会打弯儿，她咬着牙想要坚持到闭馆。

怀里那堆书飞出去的时候莫向远正站在她的面前，他的手里拿着一本半开的书，突然被这声响吸引了视线。

听溪说了句不好意思立马蹲下去捡，他没有说话，只是跟着蹲下来帮忙捡。那微凉的指尖触到她的皮肤，好似触了电。

母亲说，手指凉的人性子也是凉薄的，她当时没信，而现在，悔不当初。

莫向远站起来的时候顺势接了她手里所有的书。

他问："这要放哪儿？"

她说："我自己来。"

他皱了眉头："你脸色不好。"

那便是初遇，至今仍不敢相忘的初遇，他怕是忘了吧。

时隔几天之后，莫向远又出现在了听溪的面前。那天阳光很好，熙熙攘攘地穿透书架落在他的身上，她终于有机会看清楚了他，清俊的面庞凝着谦和的笑，茶色的眸子温润如水。

言念君子，温其如玉。听溪以为，就是如此那般了。

她说："一直没有机会对你说谢谢。"

他摇头："以后还要请你多多关照。"

从那天开始他们一起勤工俭学，生活因为他的出现不再阴雨连连，他是她破晓而

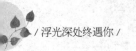

来的一道光，带给她温暖与希望。

后来交往，他从来不开口说起自己的事情。听溪因为勤工俭学的事情先入为主，以为他的家庭与自己的一样贫瘠没有谈资。

却不料，原来他们之间，根本不存在她自以为的相像。他们，根本就不是同一个世界的人。

就像，她和江年锦一样。

10

江年锦沉了一下嘴角。

他不傻，知道苏听溪此时这般失态，肯定不是因为自己。莫名地，他心里的那簇火苗燃得更旺。

苏听溪低头枕在自己的手臂上，两边肩膀一抖一抖的。她在哭，哭声却是那么小。

江年锦看着她，想起了两人的第一次相遇，那时，她那般孤立无援眼泪都不曾落下。

今日，又是为何？

一个连眼泪都流得不肆意的女人，过得得有多压抑？

江年锦踢开凳子往她边上一站。

"起来。"

听溪没动，哭声更大了些。

"苏听溪，起来！"

他扶着额头又着腰，已经不少人正往这边看过来了。

她终于抬起头来，因为眸子蒙了水雾，醉态更加明显。

"去哪儿？"

"带你回家。"

"家？我哪里还有家？"

"你醉了。"江年锦上前一步，俯身握住她的双臂，想要将她带起来。

"我没有醉，你放开我，我哪儿也不去！"她边闹边挣扎着。

江年锦头疼得厉害，他二话不说，双手环拢将她擒进自己的怀里，一把提了起来。

"你干什么你？"她还不气馁地乱动。

那头的老板娘甩下了手里的抹布飞跑过来，上上下下打量了江年锦许久才问："先生你哪位？你看着不像是这里的人。"

这里的人？怎样才算这里的人？苏听溪这样穿着宽大运动衫发着酒疯的女人吗？

老板娘被江年锦这样生生地看了一眼，一时语塞，许久才战战兢兢地再次开口："先生，我不是说你是坏人。我就是问，这苏小姐刚搬来也不久，我们和她都不是很熟悉，就更别说是她身边的人了，或许，你是她的男朋友？"

　　"男朋友？"苏听溪笑了。

　　她转过身来看着江年锦，雾里看花似的。她那冰凉的小手忽然抬起来，覆住了江年锦的左半边脸，她轻轻地摩挲着，像是抚着珍宝一样。

　　江年锦的瞳孔慢慢收紧，他眯着眼藏住了眼里危险的讯息。

　　"是啊，他是我的男朋友。"她对着老板娘呢喃。

　　江年锦"嗤"的一声，她倒好，什么便宜都让她给占去了，也不问问他是不是同意。

　　"哎哟先生实在不好意思，看我这多管闲事的。"老板娘一听，赶紧向江年锦赔不是。

　　江年锦好脾气地扬了扬嘴角。

　　"没关系。"

　　"这苏小姐平时都独来独往的，我们都不知道她有这样出色的男朋友，你以后可得经常过来坐坐，好歹让街坊邻居混个脸熟不是。"

　　"一定。"他一口应允。

11

　　回去的路上，苏听溪跌跌撞撞地走在前头，愣是不愿意让他来扶。江年锦无奈，只能在旁小心翼翼地护着，她东倒西歪的样子惹出他一身的细汗。

　　走到门口的时候，苏听溪才乖顺地停了下来，她扶着门板转过身来看着江年锦。

　　"钥匙。"她的手往江年锦的面前一摊。

　　"什么钥匙？"

　　"我们家的钥匙啊。"她理直气壮的。

　　我们家？

　　江年锦心里有一个地方化开了，明知她是酒醉了胡说的，可是血管里乱窜的火气瞬间平息了不少。

　　"钥匙不是在你身上吗？"他逗她，眼神却是温和的。

　　她胡乱地拍了拍自己的口袋："怎么会在我身上，我们家的钥匙不是一直都放你身上的吗？"

　　一直？

　　江年锦觉出异样，一把捏住她的下巴，问："苏听溪，我是谁？"

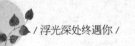

她很配合地凑过来，鼻尖几乎都要贴上他的下巴。

江年锦往后退了一步，她又站在原地仔细端详了许久，忽然如醍醐灌顶："你不是江年锦吗？"

江年锦？

这大概是她第一次这样连名带姓地喊出他的名字，倒也不别扭。

"钥匙还在我身上吗？"

她立马摇了摇头，伸手从自己的裤袋里翻出了门钥匙。

好像在喊出他的名字的一刹那，她的酒就全醒了。

"江先生，你怎么在这里？"

江年锦记得，这个问题她在喝醉之前也问过他，看来这会儿是全忘了。他耸了耸肩没有回答，只是道："不请我进去坐坐吗？"

听溪回神，开了门又侧身闪到一边请他先进去。

这一来一回之间她完全就像是变了一个人一样，江年锦看了一眼她规规矩矩的模样，忽然觉得还是刚刚直呼其名的苏听溪更可爱些。

他就这样堂而皇之大摇大摆地走进了她的屋子。鼻尖凝着清甜的味道，入目皆是暖色，没什么特别的主饰，却处处都是惊喜，无端地显出一股温馨来。

江年锦毫不客气地坐到了沙发上。

听溪确实头疼不已，今天也不知道是什么日子，她这座小庙一下子容了两尊大佛，还一尊比一尊更重量级。

"想喝点什么？"听溪扶着墙问，她人是清醒了，头却还是晕得很。

12

江年锦只要了一杯水，其实连水都不想要，是苏听溪秉着热情的待客之道非要给他倒的。

她端着水杯摇摇晃晃地从厨房出来，没走两步路就把杯子里的水全都洒在了他的身上。

"苏听溪！"

听溪惊得张大了嘴巴，连仅存的醉意都散了。

江年锦死命地按着自己的太阳穴，嘴边的脏话是忍了又忍才给咽回去的。

苏听溪回神，立马揪了几张纸巾扑过来，江年锦的那句"走开我自己来"都没有机会说出口，就一下子被她按倒在了沙发上。

她顾不上他鄙夷的神色，小手胡乱地在他胸前擦拭，那温水还是渗透了衣物触到了他的皮肤，湿漉漉的真是难受。更让他觉得不适的，是她竟然靠他那么近。

鼻尖的馨香乱窜，身上的血液也跟着乱窜。

"苏听溪你给我让开！"江年锦终于忍无可忍地低吼出声。

听溪吓得松了手，手里白花花的纸巾簌簌落了他一身，江年锦起身掸了掸。

脚边的那张请帖就这样落进他的视线里，一模一样的，他也有一张。

"陈尔冬来过？"他敛了情绪问她。

这张请帖是他要陈尔冬转交的，没想到陈尔冬办事的效率这样迅速。

"是。"

"想去吗？"

听溪愣了一下，直到顺着他的视线看到了那张搅乱了她一天情绪的请帖才明白他在说什么，可是她却不知道要怎么回答。

想去，是想见莫向远。不想去，是不想看到他和别人在一起。

"我不知道。"她低着头。

"什么意思？"

"江先生，你先回去吧。等我想好了，我再告诉你。"

她这是在给他下逐客令？

江年锦哪里受过这待遇，他凛着脸，一言不发，转身就往门口走。

"等一下。"苏听溪又伸手拦住了他。

"还想干什么？"江年锦眉心里滚着一团火。

"外面风凉，你这样出去会着凉的。"听溪说着，趿着拖鞋就往那个奶白色的小小衣柜前跑，"我给你找件衣服。"

江年锦压根不想理会她，就她这样的身子骨，衣柜里还能有他能穿上的衣服？

他往前走了几步，她的衣柜门也打开了。

那素淡的衣柜里，他一眼就看到了自己的黑色大衣，夹挂在那些小巧的精致的女人衣服里，明明不搭调却显出几分温情。

他的脚步顿住了，见过了风风雨雨也从没见过这样的画面。

苏听溪踮着脚尖将他的大衣取下来，拢在臂弯里朝他跑过来，那纤瘦的胳膊，像是随时都会被这大衣给压弯了。

"喏。"她的手往前一递，"本来就是你的。"

江年锦嘴角一沉，眉头微舒，伸手把大衣攥了过来披在自己的身上。走到门口的时候他回头对她说："我明天来接你。"

第四章
DI SI ZHANG

还忆旧帆

1

明天？听溪都不知道她是怎样熬过漫漫黑夜等来了她的明天。

江年锦提前一个小时过来接她，听溪下楼却是为了告诉他："江先生，我不去了。"

"理由？"他降下了车窗，目视前方，甚至都不看她。

"文森特太太会邀请的人，都是加安贵圈里的人物，我这样连件像样衣服都没有的人，去了也是徒添尴尬。"

"驳回。"

"我……"

"我知道你想去。"

江年锦的目光扫过来，笃定地看着听溪。

"为什么？"

"我就是想看看，为什么。"他说着，直接下车，拉开车门将她塞进了后车厢。

车子七拐八弯就绕出了闹市，一路飞驰至加安著名的时尚长街。

街角有一家西式洋房式样的店堂。这会儿夕阳红火，染得它看不出颜色，只知道美不胜收。

"来这里干什么？"

"买像样的衣服。"

一楼厅堂里站着的店员很年轻也很热情,她看到江年锦进去,毫不遮掩自己的惊喜。

江年锦看着像是这里的常客。可是这该是女人扎堆的地方,他常来又是做什么?他有多少女人是需要他这样亲力亲为带上门来的?

听溪正胡思乱想着,二楼下来一个女人,看着有些年纪,可是气韵却正盛。

"二嫂。"江年锦侧身招呼道。

"好久不来,你倒还记得我。"被江年锦唤作二嫂的人在笑,眼角起了褶。

"忘谁也不敢忘你。"

听溪看了一眼江年锦,难得听他这样油嘴滑舌地说话。

女人含笑的目光扫过来,朝着听溪点了点头。这从容的气度,让听溪有些无所适从。

"这位是老久的太太,柳惠。"江年锦介绍,转头指了指听溪,"苏听溪。"

听溪怔了一下,柳惠的手就递了过来,她纤长的手指白净得很,掌心里却有薄薄的茧。就那么轻轻地握了一下,听溪感觉自己身上闪过一阵酥麻。

"先带苏小姐上楼。我一会儿就上来。"柳惠对着店员交代。

听溪就这样被带着上了楼梯,憋了一肚子的话也不知道怎么张口。旋身进化妆室的时候,听溪就听到楼下柳惠的声音传上来。

"亲自带来,可是头一回啊。"

门被合上了,江年锦说了什么听溪没有听到。

化妆室很大,四面皆是朗阔的镜子,她进退之间都是自己的影子,素面朝天,没精打采。不想看,却又躲不开视线。

刚坐下没多久,柳惠就上来了。江年锦没有跟上来,让听溪松了一口气却又觉得不安。

柳惠站到听溪的身后,伸手插进听溪的发间将她的一把长发都拢到了肩后。

听溪自镜面里细细打量着柳惠。

"苏小姐,怎么这样看着我?"柳惠发现了。

"不好意思。"听溪低了头。

"没关系,很多人听说我是老久的太太,都是这个反应。"她的语气悠然自嘲,手上的动作却很麻利,"放心吧,我可不是鬼。"

听溪想要摇头,却被她轻轻地按住了头。

"我不是这个意思。只是……"

"只是外界都传老久的太太已经去世了。"柳惠毫不避讳地接上了话。

听溪抿了下唇。

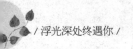
　　的确，老久是个神话，听溪刚来加安的时候有太多的传闻从她的耳边掠过，而她唯独记住了一点，老久爱妻成痴，可是，他的妻子早已病逝。为此老久这些年都郁郁寡欢，性子怪异得难以捉摸。

　　人人都说老久难伺候，唯有江年锦能让他服服帖帖。虽然，老久最后还是离开了Beauty，但这并不代表他和江年锦情谊的终结。

　　老久留下了唯一的弟子陈尔冬，也在公开场合发言说绝不会再为其他公司效劳。

　　这是一颗星星的自我陨落，没有人知道为什么。

　　"久师傅向来行事低调神秘，是我不该听信了外界的传言。"听溪看着柳惠的眼睛，毫不遮掩自己的歉意。

　　"传言是真的。"柳惠笑了，美丽的眸子氤氲着一层水汽，"没听年锦喊我二嫂吗？我是老久的第二任妻子。"

　　柳惠的指腹正搓揉着听溪的印堂，她似乎看出听溪在想什么了，笑意更浓重了些："年锦他们只是玩笑，我倒是一点都不介意他们怎么喊我。别人的看法对我不重要，只是偶尔会介怀，我这辈子都只能在那个男人的心里排第二了。"

　　柳惠还在笑着，却惹得听溪怆然地叹了一口气。她不知道柳惠为什么初次见面就对她说了这么多，可是心里对柳惠的那层戒备，也的确就这样放了下来。

　　"我们除了不能选择自己的出生，同样不能选择的，还有出现在另一个人生命里的时间和顺序。可是久太太，第一个出现并不代表就是可以走到最后的那一个。"

　　就像她和莫向远。

　　是第一，曾经也以为，会是唯一。

　　"无论如何，您是幸运的。"

　　听溪对着柳惠扬起嘴角。

　　柳惠放下手里的眉笔，端详着听溪的脸。

　　新妆宜面，蛾首蛾眉，神色粲如画。这苏听溪再不能更美了，尤其是那双眼睛，水杏似的，明明在笑，却带着哀愁。

2

　　江年锦本就不是什么有耐心的人，没一会儿就跑上来了，看见听溪还穿着自己的衣服，他扶了下额。

　　柳惠笑得有些宠溺。

　　"是谁说让我打扮精致些，才一会儿就先没耐心了。"

江年锦不说话，打了个响指旋身，指着那排衣架子，示意店员都推过来。

"衣服苏小姐自己选？"柳惠的长指掠过那长串的礼服。

她的话音刚落，听溪和江年锦同时伸出手，按住了那件绛色礼服。

听溪看着江年锦，江年锦也看了她一眼，然后他先松了手。

"就这件吧。"听溪说。

店员立刻上前一步把衣架摘了下来。

"没有人喜欢穿绛色，因为怕穿着老气，苏小姐是天生丽质，也是勇气过人。"柳惠说着，瞟了一眼江年锦，"年锦，你说呢？"

江年锦没答话，只是转身往屋外去，边走边说："快换上。"

门里留下柳惠和店员的一阵轻笑，隔着门板江年锦却没有舒展嘴角。

没有人喜欢绛色？

不，不是的。

胸口忽然沉不下气，他的手伸进兜里摸到了烟，斟酌了一下，他又把那烟盒按了回去。

这里，不是个适合抽烟的地方。

他靠在栏杆上，看着一楼大厅有客人进来，也有客人出去。

今天真是个好日子，但他的心情却不能跟着好起来。总觉得，他对苏听溪的那些好奇，今天就能全都得到答案，可是，他不确定自己是否真的想得到答案。

身后的门打开了。

苏听溪走了出来，她正笑着。这一笑，倾国倾城。

江年锦呼吸有些紧，他挪开了目光。

"走吧。"

3

江年锦的车子一路驶入加安会场的大道。

沿途都是关于安培培的宣传海报，没有莫向远，就她一个人，或红唇潋滟，或白裙飘飘。

说起安培培，那也是加安时尚圈响当当的一个人物。

比起沐葵、沈庭欢这些人，她幸运得多，很多机会不用自己争取就会送上门来。除了完美的自身条件，光凭她是文森特太太的侄女，她的一只脚就等于已经跨进了时尚圈的大门。

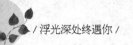
这些年她接受的都是最专业的培训，Beauty 为她打开了加安的市场，让她在 T 台上站稳了脚跟，而苏佩尔布盛典上的大放异彩让她的名字一度风靡整个时尚圈。

后来，同她一起出道的沈庭欢归隐消失，她更是一人独揽了加安各大秀场正角的位置。这一路风生水起，她一直都是充满了正能量的人物，八卦不侵，粉丝成群。

唯一有过的一次争议，是去年她自老东家 Beauty 跳槽到 Modern，很多人纷纷指责她过河拆桥，不懂得知恩图报，可是这一点都不影响她继续大红大紫。

再后来，Modern 经历易主风波，很多人都在揣测安培培的去留时，她却和新老总传出了绯闻，如今已到谈婚论嫁的地步。

Modern 的女主人，这无疑是她辉煌的履历上更为闪亮的一笔。

安培培的人生很精彩，可是再精彩都与听溪无关。听溪在乎的，是那个即将迎娶安培培过门的男人，莫向远。

那是曾许她苏听溪一世安稳的莫向远。

彼时天真，以为说出口的就是誓言，现在，却只剩下惘然。

若不是江年锦，她怕是连重新回到这个故事的勇气都没有。

既然美好的未来已经不可能存在，那么也是时候向他讨一个说法，为过去画一个句号。

江年锦的车子停了下来，有门童过来为听溪开门。听溪顺了顺自己的裙摆，没有马上下车。直到江年锦绕过车头，来牵她的手。

江年锦感觉到她的全身力量都压在了他的胳膊上，她的手很软，握在掌心里都不敢用力，可是不用力，又怕抓不住她。

他好心情地转头问她："不怕传绯闻了？"

她眨着眼睛："你不是说只要你不允许就没人敢乱说吗？"

江年锦挪了目光不说话，她有时候很聪明有时候又很傻。这样轻易相信了他，反倒让他有些无从招架。万一，他允许了呢？

会场之内尽是明星名模，华服斗艳，星光璀璨，却难有人盖过江年锦的风头。一路闪烁的摄像头处处捕捉着他们，好像他们才是这场宴会的主角。

看到江年锦，相熟的不熟的都要过来和他搭话，他们都惊讶于他的出现。

的确，得有多大的气量才能忘记当初的背叛。

江年锦忙着应酬却也可以妥帖地照顾到听溪的情绪。听溪接过他递来的饮料时，隔着水晶杯一眼就看到了普云辉，那个眉间飞扬着桃花的男人。

普云辉的身边果然又换了一张新颜，不变的美艳，不变的性感。

江年锦扬了下下巴，普云辉已经走到他们的面前。

"苏小姐，又见面了，你说我们怎么这么有缘呢。"

"缘分也分很多种。"

普云辉笑："苏小姐言外之意是我们之间只有孽缘？"

听溪皱了眉心："我的确不是和谁都会结桃花缘。"

普云辉神色一怔，明明听出她在暗讽他，却还是忍不住大笑出声。

江年锦的嘴角也不动声色地有了笑意。

可听溪不是故意的，她真的不是故意要将心里的那团气撒在普云辉的身上，只是见了这样拈花惹草还理直气壮的男人她忍不住。

"你们聊，我去透透气。"

听溪松开了江年锦的手，提了裙摆往阳台处走。

4

普云辉看着听溪，这抹绛色在灯光下妖娆出别样的韵味。

他活了这么多年只见过一个能将绛色穿得这样好看的女人，现在，又多了一个。

"你疯了。"他不顾身边人来人往，就把江年锦推到了一边。

"怎么？"江年锦慢条斯理地掸落了普云辉揪在他领口上的手。

"你说怎么？"普云辉看着江年锦悠然的模样，火气腾地就上来了，"你这样带着她招摇过市，不怕招来闲言碎语啊？"

这样是哪样？光彩夺目？还是美不胜收？

他回了下眸，苏听溪已经不见了。

"这世界上已经没有我怕的东西了。"江年锦哼了一声，"而且那个女人在加安的痕迹早已被抹去，没有人记得她长什么样子。"

普云辉语塞，思忖良久，才不轻不重地朝他的胸口甩了一拳："我只是担心你不知道自己在干什么。"

江年锦笑了一下。

普云辉真的太久没有见到江年锦笑了，久到他以为这个男人再也拉扯不出这样的表情。

"云辉，你该去见见尔冬了。"江年锦忽然转开了话题。

"忽然提她做什么。"普云辉的目光闪了闪，随即再不理他，走回去搂住了那个

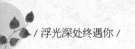

站在原地的女人。

江年锦嘴角的笑意慢慢退去，他摇了摇手里的水晶杯，这不是香槟，只是一杯饮料。

他几时喝过这样甜腻腻的东西，可是刚才，那个女人对他说，今天不能喝酒。

理由也再简单不过，因为不能酒驾。

今天的一切都很微妙，普云辉是感觉到了这种微妙，才会对他大呼小叫的吧。这样了解他的人，也就那么几个。阿府一个，云辉一个，还有尔冬也是一个。

陈尔冬前几天就对他说了和普云辉一样的话。

那时，她急火攻心口不择言，险些落下泪来，她说："我只是担心你不知道自己在干什么。"

江年锦沉默着，那些年很多人在他耳边重复这些话，他几乎可以倒背如流，可是再一次听到，还是会有很深的感触，深得戳进他的心肺里，让他疼，让他苦，让他无所适从。

真是，他在干什么呢？

他不知道，也许，答案在苏听溪的身上。

5

听溪还未拉开阳台的玻璃门，就看到了莫向远，他被一群人簇拥着迎面走来。

也许是太久没见，也许是他这样西装革履的样子不与记忆中的任何一个剪影重叠，又或许是她的心里忘不了这是他的订婚宴，所以即使是久别重逢，她仍旧感受不到一丝欣喜。

莫向远也看到她了，他的表情有些惊讶。同样，没有惊喜。

在自己的订婚宴上遇到前女友，任谁，都不会有惊喜吧。

莫向远侧头交代了几句什么，身边的人很快就散了，他脸上的情绪也散了。

他朝听溪走了过来，星华皎皎的眉目里透着一丝笑意。

听溪尤记他第一次对她笑。谦谦君子，拈花一笑，就是那样的美好。

其实他一直是个不善言笑的人，那时 Z 大就盛传，千金难求莫向远一笑。可是这会儿，本应该措手不及的一刻，他却对她笑得这样自然，唇间上扬的弧度似有朗朗清风。

她又想逃了，因为没有信心去面对他的坦然，但她实在没有要逃跑的必要，应该理直气壮问心无愧的人是她。

她强打起精神回馈他同样妥帖的笑容，听到他低沉的声音如钟鼓在耳边绽放。

"苏听溪，好久不见。"

听溪拢了拢身上的披肩，轻挑起眉毛："不是好久不见，而是，你没想过会再见。"

"你没变。"

"但是你变了。"

听溪强忍着不将自己的手袋砸到他那张俊朗的脸上。

一年，很短。

但他在岁月里洗涤的气质更甚，而她，也早就不再是当年那个不谙世事的小姑娘了。

他凭什么信誓旦旦地说她没变。

莫向远平静的眸子里终于起了一丝涟漪。

听溪细心地捕捉到了他的变化，也只有在这一秒，她才敢确定，他们曾经相识，他们曾经相爱。

他兜里的手机在响，铃声才出来个前奏他就伸手给按了，可是她还是辨别出来，那铃声是她曾经最喜欢的钢琴曲。

莫向远晃了晃手里的手机。

"既然来了，好好玩，我还有事，再见。"

听溪眯了眼，忍不住上前拦住他："莫向远，让我在你的订婚宴上好好玩？这就是此时此刻你要对我说的吗？"

"听溪。"他唤了她的名字，悠长、无奈，又补一句，"别闹，好不好？"

别闹，从前他对她说出这句话的时候，眼神里只有宠溺，如今呢，除了宠溺，什么情绪都有。

听溪真想让他知道，什么才算是闹，她扬起了手，朝着莫向远挥过去，却被人捏住了手腕。

"都说了人多不要乱跑，一转身就找不到你。怎么？遇上朋友了？"

江年锦低沉的声音在耳边绽放，他随手一拖，就把听溪拉进了怀里。

莫向远看着江年锦笑了一下，凛冽出寒意。

"江总，没想到你会来。"

"听莫总的话，好像并不想见我。"

"请帖都是姑妈准备的，她邀请的都是她想见的，她要见的，又怎么会是我不想见的？"

江年锦点头："没别的意思，就是来说声恭喜。"

"谢谢，一切都是托你的福。"

听溪抿紧了唇，看着这两个男人一来一去，好像高手过招，没有锋芒毕露，却各

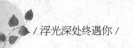

自都有深意。

江年锦是个人精，他早就有所预见，可是莫向远呢，他从来都是不善周旋的人，何时也变得这样八面玲珑？

"你和莫总是旧识？"江年锦低头看着听溪。

"大学同学。"她闷闷地吐出四个字，说完忽然觉得心酸，原来他们之间的关系，用这样简单的四个字就可以全部概括。

听溪不知为何到了最后的关头还是选择了隐瞒，他对她这样残忍，可是她却还是对他于心不忍。

莫向远告了辞，好像是真的有事。

听溪在江年锦怀里缓了缓神，就挣脱出来。她一路扶摇跌撞地往前，推开了阳台的门就闪了出去。

明明已经是春天，吹来的风却很冷，是沁进肌骨的那种冷，也可能，只是心冷了。

江年锦跟出来，将外套罩在了她身上。

听溪抽了抽鼻子，鼻尖充盈着果香，甜甜的，不似他身上该有的味道，可是闻起来那样舒服，像是她刚刚饮下的果汁，暖人心胃。

最近她常常会想，如果没有遇到过江年锦，今天的自己会是怎样。可能，她早已回北城了，她会很想念莫向远，但永远都不会知道，他只是她臆想的美好。

"真的只是大学同学？"

"嗯。"

"撒谎。"

听溪无言。

江年锦抬手，伸过来捏住了她的鼻子。他顺势倾过来，凑到她的耳边。

"撒谎鼻子会变长。"

6

听溪怔住，江年锦翘了一下嘴角，却没有多说什么，他束手站到她的身边，胳膊一弯。

"进去吧，仪式该开始了。"

听溪没动，他叹了一口气，不由分说地抓起她的手，塞进自己的臂弯里。

玻璃门推开的瞬间，暖气也扑面而来。

身上的温度一点一点在回暖，她低头望见江年锦紧紧握着她的那只手，才惊觉他的手这样凉。

"江先生……"听溪埋在他掌心里的手动了动。

江年锦闻声没有扭头看她，而是将手放在唇边比了个"嘘"的手势。

大厅里的灯光随着他的这个动作忽然一齐暗下去，仅留下一束落在二楼旋梯处。

场内的空气似乎凝了一秒，所有人都屏息等待着。

听溪没了言语，她知道，该来的还是要来了。

随着主持人一句"欢迎我们美丽的女主角出场"，掌声就汇聚成整齐的节拍来回撞击着听溪的耳膜，她抬手挤按着自己的太阳穴，侧目之间，看到莫向远正站在那个圆形的光圈之外，换了白色正装的他在黑暗里那么显眼。

莫向远专注地望着众人瞩目的那个方向，好似那里有他唯一的星光。

听溪眼眶一酸，什么时候他们的位置变得这样的尴尬，她看着他，而他的眼里，只有别人。

安培培在所有人的期盼中出场，"星月相随"礼服在她的身上美到了极致，这璀璨的光芒不来自这水钻，而来自她的心底。她一路顺阶而下，嘴角始终扬着甜蜜的笑意。她踏遍无数的T台，这大概是她走过的最幸福的秀。

7

听溪觉得自己做不到平静地站到仪式结束，平静地看着他们含情脉脉，眼里只有彼此。

她转了身。就在那电光石火之间的一秒，随着女人的一声尖叫，人群里发出一阵巨大的哗然。此起彼伏的尖叫声在耳边炸开，场内的灯光忽而又全部亮起，这突如其来的光线扎着听溪的眼。

人群一窝蜂地往旋梯那边拥过去。听溪被挤得缩成了一团，她困难地扭头，发现安培培从楼梯上滚了下来！

听溪吓得抬手捂住嘴，唇边那声尖叫才没有亮出来。

莫向远第一个冲了过去，挡开了混乱的人群，不少记者闻声都闯了进来，场面一度失控。

听溪距江年锦不过两步之遥，这会儿却被生生挤散了。

慌乱中，听溪隐约听见他在喊她的名字。

所有人都在关注着安培培，独独他在找她。

听溪心里的暖意还来不及散开，就已经被推到了最前面。

莫向远蹲在地上，安培培就躺在他的脚边，他皱着眉头，冷静地指挥着现场。

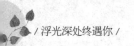

"都不要碰她，快叫救护车，通知安保疏散这里的人群……快点！"

听溪捏紧了外套，恍然想起的却是那一年，撞见她痛经，手足无措到要叫救护车的莫向远。

当时，她疼得辗转呻吟，他在一旁急得满头冒汗。事后，她笑他大惊小怪，他却抱紧了她说以后再不许这样吓他。

是彼时情重，还是此刻爱浅？

听溪觉得自己可笑，直到这一秒她竟然还心存希望。

会场的医护人员很快赶到了，他们伸手就把莫向远拦到了身后，莫向远退了两步就退到了听溪的身边。

听溪仰头看着他，他的脸上只有凝重的神色，站在那里一动不动，平静得像是一个普通的旁观者。

文森特太太在仆人的搀扶下从二楼奔下来，看到地上的鲜血，以及躺在地上的安培培，她险些晕厥过去。

听溪的腿也在发软，她的晕血症又犯了。

头晕目眩的瞬间，她被一双有力的臂膀给环住了，那人将她的脑袋按进了自己的颈间。

是江年锦，光是这熟悉的味道，她就已经辨出，是他。

现在会在她需要的时候出现的人，也只有他。

"不能看，却总是要看，苏听溪，你怎么这么叛逆？"他的声音有些恼。

听溪抬起头，莫向远从江年锦的背后匆匆过去，她不确定莫向远有没有看到躲在江年锦怀里的自己。她只知道，他并没有转过脸来，他的侧脸冷漠得像是凝了冰霜。

不能看，却不愿挪开目光。

不能来，却还是忍不住要来。

是她不好，是她活该。

8

这场聚集了加安各路名流的订婚宴，没想到竟会以这样的方式收场。周围很多人都在唏嘘轻叹，倒是江年锦一贯的沉静如水。

"听说，这安培培，怀着孕呢……"

"怪不得……啧啧……"

听溪被江年锦塞进车里的时候，耳边还充斥着各种风言风语，心中的郁结化不开，头也还是晕得厉害。

车子一路驶进听溪住的居民区，江年锦没有开口问她任何问题也没有说话，这样宁静的氛围让听溪微微放松。

巷口的大排档还是热闹得很，听溪降下了车窗，那香香的味道飘进车里，很家常。

"我饿了。"她说。

江年锦侧过头来："怎么不早说？"

"现在说也不晚。这里的菜味道不比餐厅的差，你要不要也下来尝一尝？"

听溪也不知道自己这是哪里来的胆子敢这样邀请他。

他果然皱了眉："你要穿成这样坐在那里吃？"

听溪打量了一下，两人这样盛装坐在大排档下，的确不怎么妥。她正失望，就听到江年锦说："你坐着，我下去给你打包。"

听溪想要开口说"算了吧"，他已经长腿一跨下了车。

听溪觉得这个暗色的车厢就像金箍棒画下的避魔圈，她像极了软弱的唐僧，而他也像极了上天入地无所不能的孙悟空。

昏黄的灯光将江年锦的背影拉得老长，他穿着单薄的衬衫，也不知道冷是不冷。

他排了一会儿队才轮到他，老板娘似乎还记得他，热络得很。也是，这样的男人，该是过目不忘的。

江年锦折回来的时候，手上多了一个大袋子，瞧着分量，够听溪吃好几天的了。

"我一个人吃不了这么多。"

"谁说你一个人吃，我也饿了。"

9

这是江年锦第二次登堂入室了，比起上一次，他显得驾轻就熟许多。

听溪也不知道自己怎么就这样随随便便地让他进门了，可是她也没有理由不让他进屋。

她将他的外套放在沙发上，自己回房换衣服。走出房间的时候，江年锦正坐在餐桌前，那些餐盒一列开。

她在他的对面坐下，顺势扫了一眼桌上的菜色，林林总总，都是她爱吃的。

"你怎么知道我爱吃这些菜？"

江年锦抬眸，捕捉到她眼里那抹细微的惊喜。

"快吃吧。"

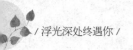

他要怎么答她，刚才那位老板娘一口一个你女朋友爱吃，让江年锦根本无言以对。

他觉得老板娘一定是诓他的，但本着宁可错杀一百绝不放过一个的原则便全都买了下来，没想到真是她喜欢的。

他想起离开的时候老板娘还拉着他说："不挑食的女人，最适合做媳妇。苏小姐在我们院儿人气可高呢，不少老太太眼巴巴地想把她带回家去做儿媳妇，你可得抓紧啊。"

他连声说好，老板娘才算放了人，而他临时改了主意说要留下来吃饭，也不过是想尝尝，她喜欢的味道，那是什么味道。

屋子里静静的，两个人闷头吃饭，气氛是说不出的奇怪。听溪悄悄地看了一眼江年锦，他比她自然得多，握筷子的姿势好看，吃饭的动作也优雅……

江年锦忽然抬起头来。

听溪立刻挪开了目光，为了掩饰自己的慌乱，她随手按住了桌上的遥控器，装作是要看电视的样子，电视屏幕跟着亮了起来。

广告的声音充斥着整个屋子，听溪不再觉得静谧压抑。这样的氛围反倒显出几分温馨。

"下面请看本台记者发回的最新报道。今日 Modern 新任总裁莫向远与超模安培培的订婚仪式上出现意外，新娘不幸滚落楼梯导致流产……"

耳边传来娱乐主播情绪不明的声音，听溪手上送饭的动作一顿，还未来得及抬头，就见江年锦抓过遥控器一把按停了电视。

屏幕恢复一片漆黑的时候，他搁下了筷子。

"吃饱了就进去睡觉，明天不用去公司了。"

10

听溪很快被打发进屋睡觉，这样不平静的夜，因为他在，也慢慢平静下来。

一夜无梦，她睡得意外的好。

听溪起来的时候，江年锦已经不在了，连带昨天餐桌上的所有垃圾，屋子里没有留下一丝他存在的痕迹，就好像一切都是做了一场梦，江年锦和莫向远，都不过是她梦中的海市蜃楼，美则美矣，却始终都抓不住。

听溪一进公司，就遇到了沈庭欢。

沈庭欢一袭白色亮皮抹胸雪纺裙子，性感至极。她的助理也是个漂亮机敏的姑娘，只是站在高挑的沈庭欢面前，显得有些娇小。

一色说，总要有个地方及不上沈庭欢，才能做她的助理，若是让助理抢了主子的风头，那是万万不能够的。后来他又补了一句："所以苏听溪你搁哪儿都没有做助理的命。"

听溪从不把这话当作赞美来听，她知道那是一色为了把她调走说的抬举话。

"苏听溪。"沈庭欢叫住了她。

听溪没有应声。

"怎么脸色不好？"沈庭欢笑吟吟地在听溪的身边绕了一圈，"看来文森特太太的邀请让你受了不小的惊吓。"

"是啊，沈小姐幸亏没有被邀请。"

沈庭欢的高跟鞋点着地板，似乎是在忍耐。

"我一直以为苏小姐聪明，现在看来，其实也不然。聪明的人都懂怎么找准自己的位置，可不会像苏小姐一样什么场合都往前凑。这下好了，被吓着了吧。"

"听说安培培小姐和沈小姐关系甚密。现在看来，传闻只是传闻，因为沈小姐你这会儿的态度都不及一个普通的旁观者。"听溪目视着前方，沈庭欢如此尖酸刻薄，让人觉得看她一眼都是多余。

"我什么态度？幸灾乐祸？"

"我可什么都没有说。"

沈庭欢不恼反笑。

"苏听溪，安培培是福是祸我不知道，但是，如果你再不听劝离江年锦远点，那么你很快就会知道，什么是飞来横祸。"

"谢谢你的提醒，我自己会判断，该离什么人远点。"

听溪说罢就走了，身后传来沈庭欢的嗤笑，和她对助手交代的话。

"去医院之前先去金福楼买个燕窝，培培爱吃那里的燕窝。"

所谓闺蜜情深，原来不过尔尔。

11

听溪一天都是没精打采的，静竹也恹恹的一天无话。

好不容易等到下班，静竹先跑没了影，听溪一个人出门等电梯。

因为是下班时间，电梯口聚了一些人，正窃窃私语着。看到听溪过去，有人往边上挪了几步，紧接着众人就自觉地让开了一条道儿。这状况，让她想起了沐葵出行的架势。

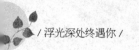

听溪来不及看清他们眼里的深意，兜里的手机就响了起来。这一响，所有人都跟着噤了声看过来。

电话是陈尔冬打来的，她开口就问听溪在哪儿。

电梯正好"叮"的一声打开了，可破天荒的没有人进去，都在看着听溪。

"我下班了。"

"你是不是在等电梯？"那头的陈尔冬应该是听到了声响，"你马上回办公室待着，哪儿也不许去，等我们来。"

她说完就挂了电话，听溪甚至来不及思考陈尔冬说的我们是指谁。

电梯发出了关门提醒，身边的人走了进去，电梯外只剩下了她一人。

"哎，看新闻了没？听说安培培流产，都是苏听溪……"

电梯门合上了，所有声音都消弭在了耳边。

听溪觉得有什么不对了，可是又不知道哪个环节出了岔子，她折回去，刚走了两步就看到了一色迎面跑过来。

"苏听溪，我的小姑奶奶，你摊上大事了你知不知道？"

"怎么了？"

"怎么了？你说怎么了？安培培接受采访的时候透露说从楼梯上滚下来是因为你送到维尔特堡搭配'星月相随'的那双高跟鞋有问题！你现在可红了！什么搜索引擎上你的名字都排第一！"

一色把整句话说完，听溪彻底蒙了，她不知道这飞来的横祸为什么会找上她。

"什么时候的事情？"

"就刚才……哎，苏听溪你去哪儿！"

一色一把攥住了转身就跑的听溪。

"现在全加安的记者都在等着围剿你，你还想去哪儿？"

"就是因为知道全加安的记者都在，我才更要下去。一色老师，我不能平白无故被人扣了这么大一顶帽子还无动于衷。"

"你现在能做什么？"

"我至少可以澄清我没有做。"

听溪一把挣开了他的手，电梯正好停在了她的面前，她一头扎了进去，把一色隔在了外面。

她不知道自己的决定对不对，可是如果她不为自己说点什么，谁还会来替她说话。

这个弱肉强食的圈子，她几乎一眼就可以看穿自己的命运。

而且，那个小小的生命，她要怎么承担起那份罪责？

莫向远，那是他的孩子啊，他又会多么恨她。

他已经不能爱她了，又怎么能让他恨？

12

Beauty 楼下果然有很多记者。

那闪光灯就好似是对准听溪而来的枪械，她走到近处的时候忽然有些怯步，可是走到这一步，就真的退无可退了。

那些记者发现她后，如狼似虎般地朝她扑过来。

"苏小姐，请问真的是你在安培培的高跟鞋上动了手脚吗？"

"苏小姐，请问你这么做的理由是什么呢？"

"苏小姐……"

听溪步步败退，直到被逼进了墙角。

正如一色所说，她太天真了。

这些牙尖嘴利的记者，根本不想听她要说的话，没有人在乎她有没有真的在高跟鞋上动手脚，因为所有人都已经认定她做了。

听溪所有一厢情愿的辩驳都哽在了喉头，耳边如雷的人声似要吞没了她，而她根本无法招架。

"哎？那是江先生！"

众人闻声纷纷回头，听溪终于在这一刻得到了喘息。

她稳稳心神，才看清拨开人群而来的江年锦，她一直攥得紧紧的拳头才松开。

"江先生，你对这次安小姐流产事件有什么看法？"

"江先生，Beauty 和 Modern 之间的关系会被这次的事情影响吗？"

"江先生……"

江年锦一路沉默，任记者如何相问他都不予理会。应付这样的事情，他已游刃有余，所以才更会觉得苏听溪鲁莽，可是他又不能不管她。

江年锦走到听溪身边的时候，听溪感觉到一阵暖流在自己的身侧四散。江年锦那张棱角分明的俊脸这会儿暗淡无光，但他的眸光依然很凌厉。

"不是让你别出来？"他侧头在她耳边低语，责怪的话听来却像是担忧。

听溪不说话，江年锦来之前她一直在想自己该如何突出重围，江年锦来之后她却开始担心，她会不会害他身陷舆论是非。

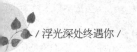

　　她本是孑然一身来到加安，可是才这么短的时间，她需要瞻前顾后畏手畏脚的人和事越来越多。

　　而她，承受不了那么多。

　　江年锦一把捞起了听溪的手，将她揽到自己的身边。群起而攻的记者看到江年锦的这个动作，先是一怔，紧接着一片哗然。

　　记者的中心问题从安培培的流产事件忽然转变为："江先生，你和苏小姐是什么关系？"

　　江年锦不答，阿府和陈尔冬跟着挤进来，替他们挡开了部分的人群。江年锦趁着这个空当，攘着听溪快步离开。

　　他的掌心热得像是一团火，炙烤着她腕子上的皮肤。

　　她不知道他要带她去哪儿，只知道，跟着他就是安全的。

　　江年锦把她带上了车。听溪坐在驾驶座后面，看到陈尔冬正在接受一众记者的访问，而她身侧的阿府正保护着她，不让任何人靠近。

　　听溪叹气，都是因为她，才让这么多人置身这样的境地。

　　江年锦的车子缓缓地驶离 Beauty 的大门，是非被他渐渐抛在身后，可听溪的心依旧无法平静。

　　13

　　"我们去哪儿？"她看着窗外渐渐陌生的街景，不安在放大。

　　江年锦不说话。

　　"我们去哪儿啊？"

　　她不停地问，终于，在问到第五遍的时候，江年锦选了个人少的街口把车停了下来。

　　听溪以为是自己惹恼了他，正等着他开口赶她下车，却见他靠在椅背上抬手按住了自己的额头。

　　"苏听溪，有驾照吗？"

　　"有，但是……"

　　"有就行了，下车，你来开。"他打断了她。

　　江年锦侧身推车门的瞬间，听溪才看到，他满额头虚浮的汗。

　　她猛然觉醒："你在发烧？"

　　江年锦点头。他的头疼得快要炸开了，视线也是模糊的。他从来没有烧到这种程度过，所剩的力气，也只够踩下最后那脚刹车。

听溪连忙坐到驾驶座上，心里更添一层紧张。直到，江年锦侧身给她系上安全带，她才微微沉静些。

"一直往前开，过第三个路口的时候左转。"

听溪应声，也不问他去哪儿了。

车子左拐右拐的，由着他的指挥，以蜗牛爬行般的速度一路开到了江年锦城郊的别墅。

他们一路畅通无阻地进了大门，女管家冲上来扶住了江年锦。

"先生，这点滴才打了一半，你是往哪儿跑啊，可把我给急死了。"

江年锦看了她一眼，她噤了声。

"李医生呢？"江年锦问。

"还在休息室等你。"

"让他上楼，继续。"江年锦回了下头，没把听溪落下，"你也上来。"

这坦长的楼梯踏着并不费力，可是听溪斟酌了一下，还是跑上去一把揽住了江年锦的胳膊。他回头看了她一眼，没伸手推开她。

江年锦的卧室很大，卧室的主色调是深色，唯一的活物是窗口那修剪得很漂亮的盆栽，是棵柠檬树。树叶绿得发亮，明黄的柠檬远看像是假的，凑近的时候，却能闻到清朗的香气。

江年锦倒在那暗色的床单上，抬肘搭在额头上。

听溪看着医生将那细小的针孔重新插进他手上的经脉里，回血的瞬间她挪开了视线。

第一次觉得，江年锦也是个普通人。他也不是刀枪不入，也不是无坚不摧。

清柠的味道蹿进鼻腔，回过神来，是酸的。

14

医生出去之后，房间里只剩下了她和江年锦两个人。

他闭着眼睛，可是听溪知道他并没有睡着。

"江先生。"听溪走到他的床边，轻轻地唤他一句。

他睁开眼睛看着她。

"我没有在安培培的高跟鞋上动手脚。"她眨巴着眼睛，声音渐渐地弱下去，"你相信我吗？"

江年锦静静地看着她，她可人的面容就在自己的手边，明明有些委屈，却还是咬

紧嘴唇不愿多说其他的，只问他相不相信。

"不相信你，我把你带出来干什么？"江年锦的声音哑哑的。

听溪莫名地安了心。好像他说相信，她就有了底气。

"谢谢你。"

听溪看了一眼他倦意横生的面容，默默地站了起来。

"你去哪儿？"江年锦抬手握住了她的手腕。

"你睡吧，我回去了。"

他用了力，听溪被他攘倒在床沿上。

"在我有力气处理这些乱七八糟的事情之前，你就待在我的身边。"

听溪看着他坚定执拗的表情，第一次觉得江年锦于她而言这样的温暖。

她静静地坐在江年锦的身边，看着吊水一点一点地流进他的身体。

他一直皱着眉，她无数次地伸手想抚平那眉间的小川都忍住了。

一直到吃饭的时间，江年锦的水还未吊完，管家上来请听溪下楼吃饭，江年锦点头默许之后，听溪才离开了他的房间。

管家姓姚，说话彬彬有礼却多少显得有些疏离。

她说先生昨天出去参加宴会的时候受了凉，半夜回到家里就开始发烧了。这么大的人，出去也不知道披个外套……

听溪想起来，江年锦不是没有披外套，他的外套是借给她御寒了，直到他半夜离开都没有带走外套。

见听溪沉默，管家接着说："尔冬小姐赶过来照顾了先生一天，连口水都没有顾得上喝，我再没见过比尔冬小姐对先生更用心的女人了。"

听溪听着管家略带警告的语气，看着管家饶有深意的目光，瞬间明白了什么。

原来，陈尔冬喜欢江年锦！

这个意外的认知像是闪电一样刺穿听溪的身体，又麻又痛。

江年锦拖着生病的身子还要亲自救她出水火，也不知道陈尔冬会怎么想。这些天发生的事情，会造成她和陈尔冬之间的隔阂吗？

听溪没有再进江年锦的房间，她一直坐在楼下。李医生下来说点滴已经吊完了，江先生出了一身的汗应该不会再有什么大碍。

她悄悄地松了一口气，正想着起身搭接送李医生的车子离开这里，江年锦忽然从二楼的栏杆上探出身来。

"苏听溪，等我洗完澡，就送你回去。"

听溪想说不用，可他已经转身又进了屋。

夜凉如水，小区门口的大排档已经收了摊，昏黄的灯火一盏一盏地从窗扉中透出来，整条巷子静谧安详，白天的一切纷扰都在远去。

听溪从江年锦的车上下来，合门的时候见他也松了安全带下来。

"外面凉，这儿也没事，你回去吧。"听溪想制止他。

"我送你上去。"他锁了车门，走在她的前面。

15

电梯很小，两个人站着显得有些挤。江年锦身上干净的味道，混着青柠香，好闻得让人沉溺。

电梯打开的时候，听溪先走了出去。

只见一个素白的方盒子放在门口，一下子就攫住了听溪的视线。

"这是什么？"听溪弯腰将它拿起来。

江年锦那句"别打开"刚刚出口一个"别"字，听溪已经手快地掀开了盖子。

"啊！"

随着一声尖叫，她手里的盒子也跟着被甩了出去。眩晕感和恶心感同时涌上来，江年锦伸手将她一把揽了过去。

盒子里的东西着地的时候迸了出来，江年锦低头扫了一眼。

是一只死老鼠和一封血红的信。

他盯着那抹红，仔细一看能够辨出并不是血，而是红漆。这常见的唬人把戏，竟然玩到了他的眼皮子底下。

江年锦眼里蹿出一团火，怀里的人儿抖得停不下来，抖得他的心也跟着烦躁起来。

"没事。"他沉着声，大掌覆着听溪的后脑勺，轻轻地拍抚着。

苏听溪揪着他胸前的衣襟，使劲地往他的身上蹭。

"没事……"他喃喃地又重复几遍。

除了这两个字，他再说不出其他的话。这是他的安慰，也是他的承诺。

他绝对不会让她有事的。

两个人就这样站了许久，苏听溪终于平静下来，这整个过程里她不哭也不说话，就只是抖。

江年锦将她打横抱起来，开门一路走进她的卧室。

这是他第一次进她的卧室，与他的卧室相比，她这里小得就像是个鸡笼。

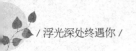

他开了灯，那束温和的光一下就把她碎花的床单和整整齐齐的书桌给照亮了，书桌上放着一个相框，照片里的苏听溪倚在一个妇人的身上，两个人都扬着浅浅的笑。他从没有见她这样发自内心地笑过，眼底的光像是能把阴霾照亮。

这个房间虽小，这样瞧着，却能把心填满。

江年锦把她放在床上，替她掖好了被角，转身的时候却被她握住了胳膊。

江年锦低头，对上她水盈盈的目光，心底软得化不开。他弯下腰去拂开她额头上的刘海，忽然很想吻一吻她的眉心。

"我不走，只是出去把外面的东西处理一下。"

听他这样说，听溪还有些犹豫着不愿意放手，直到江年锦扬了扬嘴角，她才意识到自己太依赖他了。

她松了手。

江年锦往门口走，感觉到她不安的眼神还落在他的身上。他斟酌了一下，折回来，将一个吻落在了她的额头上。

16

听溪瞪大了眼睛。

江年锦颀长的身影在自己的眼前一晃就过去了。额头上并没有留下他的温度，可那么蜻蜓点水的一下却让她的心越跳越快，刚才的恐慌刚刚退下去，瞬间又漫了上来。

江年锦，他对她做了什么？

她屏息，门口传来些许的响动，那恶心的画面又蹿进她的脑海里，她翻了个身，把头埋进了枕头里。

死老鼠和血书，那简直就是电视上才有的情节，听溪没想到有朝一日还会发生在自己的身上。

她得罪了谁？安培培吗？

她们之间根本没有过正式的交集，若要说有，那只有莫向远。为什么与这个名字有关的回忆，忽然都变得这样残酷？

门口没了声响，江年锦许久都没有进来。

"江先生？"她轻轻地唤了一声。

没有回应。

听溪眼巴巴地望着门口，心忽然就像是破了一个洞，没了底。

"江先生！江先生！"她唤着，耳边静得发沉。她腾地从床上坐起来，也不顾穿鞋就蹿出了房间。

地板很凉，身上更冷，她环顾了一圈客厅里也不见人。

"江年锦？江年锦你在哪儿啊？"她几乎要哭出声来。

"你叫我什么？"江年锦从门外进来，目光深深浅浅的。

"我以为你走了。"她的眼泪在眼眶里打转。

"怕你又看见，所以想着扔远些，顺便打了个电话。"他的目光扫到了她那双光洁白皙的小脚后，大步走了过来，他有力的双臂轻巧地将她抱起，而她，连犹豫都没有就伸手紧紧地攀住了他的脖子。

江年锦忽然笑起来，不是漫不经心地翘起嘴角，是真的在笑。

"我陪你睡？"

他的声音像是带了蛊。

听溪看着他小心翼翼地在自己的身边躺下，都不知道这一切是怎么发生的。他从来都是这样，决定了的事情说一声只是礼貌。而她的回答根本不重要。

的确，没什么是重要的。他抱着她，什么都没有做，而他身上的味道，让她觉得安心。

听溪更近地往他怀里凑了凑。

她希望今天所有好的、坏的、甜的、苦的，都是一场梦，希望明天太阳升起的时候，梦也会如期而醒。

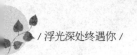
第五章
DI WU ZHANG

帘外红墙

1

听溪早上醒来的时候，江年锦已经不在她的身边了。

窗外阳光很好，世界井然有序，什么都像没有发生过一样。

听溪下楼的时候顺手在报亭里买了一份新鲜出炉的娱乐时报。

安培培的流产事件无疑成了加安时尚圈万众瞩目的大事件，就连这件事情衍生出来的枝节都可以独立出一个全新的版面。

比如，安培培和沈庭欢的闺蜜情深。

沈庭欢高调入院探望，并且寸步不离地陪伴了一天之久，这条新闻被多家媒体转载，有关于两人的许多前尘往事都被挖掘出来成了人们茶余饭后的谈资。

传闻，沈庭欢和安培培是同一时期出道的，那个时候她们就情同姐妹。她们两个合拍的第一个广告，就是安培培的洋人姑父诺曼·文森特出资的。

后来沈庭欢销声匿迹，安培培对此缄口不言，当时很多媒体猜测沈庭欢消失是因为她太过锋芒毕露抢了安培培的风头被雪藏了，但是按照现在这个状况来看，之前的一切猜测还真只是捕风捉影。

闺蜜情深？这中间又包含了多少虚情假意，听溪不敢认真去计算。只是她隐约预感到，安培培忽然对外宣称跌落楼梯与她有关这件事，沈庭欢定是逃不了干系。

毕竟，安培培根本不知道有她这么一号人物的存在，沈庭欢却是与她积怨已久。

听溪将报纸翻了一整圈儿，都没有找到她和江年锦的绯闻，这倒让她有些出乎意料了。她松了一口气，可能真的像江年锦说的那样，只要他不许，就没有人敢乱写他的绯闻。

"怎么下来了？"耳边忽然响起熟悉的声音。

听溪扭头，看到江年锦站在她的身后，早晨的阳光打在他身上，神采奕奕。

他没走！

"出去买个早饭的工夫，你又在看什么乱七八糟的东西。"江年锦说着，抽了听溪手里的报纸，随手扔进一旁的垃圾桶里，"上去。"

"我以为你走了。"听溪跟在他身边，轻声地道。

"所以，失望了？"

"我……"听溪语塞，不是失望，是失落。

"嗯？"

"我没有。"

"口是心非。"他笑。

"才不是。"听溪低头，脸又红又热。

江年锦的手伸过来，揽住了听溪的肩膀。

"我不会让你一个人的。"

2

安培培将流产的矛头直指苏听溪之后，江年锦第一时间做出了反应。他没有与安培培方面做任何软沟通，直接诉诸法律。

除此之外，江年锦在对外接受采访时，也处处高调地维护着听溪，给了她强大的声援。

只是，听溪的日子并没有因此好过。

"这苏听溪平日里看她闷声不响的，原来心机这样重。Modern 和 Beauty 本就关系不好，她这个小小助理还跑来火上浇油，看看江先生这几天走哪儿都要被质问半天，多惨。"

"我看她就是故意的。沐葵、沈庭欢，现在又来一个安培培，她就专挑红的招惹，你看，她的曝光率不是上去了吗！"

换装间里不时有议论声传来，听溪的脚步顿住了，身旁的静竹看了她一眼。

"江总也不知道是吃错了什么药，竟然这么帮着苏听溪，这不是公开与 Modern

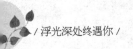

作对吗？”

"肯定被苏听溪蛊惑了呗，那个妖精一样的女人。"

"你们都在这儿放什么Ｐ！"

听溪还没反应过来，静竹已经推门蹿了进去。

换装间的模特儿们被这突如其来的一吼吓得不轻。众人回过神来看到静竹的身后还站着苏听溪，都心照不宣地冷笑起来。

"我当是谁呢？原来是苏听溪啊！"坐在最外围的红衣模特儿站了起来，她满脸不屑地拈着自己的下巴，"这几天还来上班，真是敬业，难道不怕被记者和安培培的粉丝生吞活剥了吗？"

"你们能不能嘴上积点德？"静竹眼里冒着火。

"嘴上积德有什么用，手上积德才好。那么小的生命，也亏得有些人下得了手。房静竹，你每天和这样的人走在一起，不觉得脊背发凉吗？"

"怎么会脊背发凉呢？都说物以类聚人以群分啊。"

"你说什么！"静竹一把甩下了手里的衣服，上前一步揪住那人的领子。

"静竹，别这样！"听溪冲上去，想要把她拉开，却根本使不上力。

"房静竹你这个狗腿子，你现在这样护着苏听溪，真以为她能红吗？"

一时间，房间里的所有女人都拥了过来。

她们显然是人多势众的一方，静竹和听溪没几下就被按倒在地上了。静竹嘴硬一副势要死磕到底的模样，红衣模特儿随手拿起茶几上的咖啡杯，将杯中的咖啡泼了过来。

听溪见状，连忙用身体护着静竹，顿时身上一阵烫一阵凉。岂料这还不算完，红衣模特儿手里的杯子也跟着飞了出来，静竹猝不及防，一下子被打中了额头，血丝很快冒了出来。

"静竹！"

听溪握住了静竹的胳膊，只看了一眼，就觉得天旋地转地晕。

众女人见这场纠纷见了血，也开始紧张起来。

"你们都在干什么？！"门口传来一声大喝。

隔着重重的人影，听溪看到一色正叉腰站在门口。

"你们这些姑奶奶，还嫌最近不够乱是不是，你们这是干什么！要杀人啊！"一色在原地跳脚，"还不快叫救护车！"

3

　　静竹的伤没有什么大碍，但是为了预防脑震荡，得在医院观察一晚。医院联系了静竹的家人，她母亲匆匆赶来，看到静竹头上蒙着纱布，一下子就哭了。

　　"最近这是怎么了？家里怎么三灾九难的！"

　　听溪这才知道，静竹前段时间魂不守舍的，是因为家里出了事。

　　静竹父亲的公司倒闭了，她父亲留下她们娘俩儿举债出逃，现在静竹和她母亲天天被人追着要债，都快被逼疯了。

　　从天堂落到地狱的感觉，听溪懂，因为太懂，反而无法安慰。

　　不过好在，静竹比她幸运。静竹不是孤立无援，她还有母亲陪在身边。

　　听溪陪着静竹直到她睡着才离开。

　　医院大厅来来往往都是伤患，听溪好不容易走到门口，却发现门口守了很多记者。

　　听溪不知道这些记者是在等谁，她下意识地往回走，可刚转身，就撞到了一个人。

　　"听溪。"

　　这个城市会这样喊她的人不多。

　　听溪抬眸，看着莫向远。

　　俊朗的眉目，简短的发，他看起来并没有因为未婚妻流产而有所憔悴。

　　"你不舒服？"他问。

　　"没有。"

　　"那是朋友住院了？"

　　"这不是你需要关心的事情了，莫先生。"

　　听溪越过了他，想要走，莫向远跨了一步挡在了她的前面。

　　"这次的事情……"

　　"不管你相不相信我，我都没有害你的孩子。"

　　"我相信。"

　　"你相信？你相信为什么不帮我说句话？你知不知道因为这些莫须有的指控，我的朋友现在受伤住在医院里！"

　　听溪提高了声调。有记者往这边看过来了，莫向远侧身挡住了听溪。

　　"对于这件事情我很抱歉，但是现在不是说这些的时候，你先走，往医院侧门走。"

　　听溪还没反应过来，就被莫向远一把推进了阴影里。

　　她看着莫向远疾步朝大门口走过去，意识到这些记者并不是来等她的。

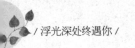

　　果然，没一会儿电梯里就出来了一大群人，安培培全副武装地坐在轮椅上，由她的助理和经纪人陪着出来，好几个保镖为她开路。

　　门外的记者见状早已蠢蠢欲动了，虽然莫向远挡在了前头，但出于人情面，安培培经过记者的时候还是停下来回答了几个问题。

　　在被问到会不会走法律途径维护自己的权益时，安培培低着头泪眼婆娑："这场官司无论输赢，受伤害的人都是我。我失去的可是我的孩子啊！"

　　"安小姐，那你觉得那位苏小姐为什么要害你？"

　　"我不知道。我真的不知道她为什么这么对我。就算我这么多年走得一帆风顺惹人妒忌，但也不至于要来害我的孩子啊！"

　　"那关于苏小姐……"

　　"好了。别再问了！"莫向远一口打断记者的问话。

　　安培培的经纪人也站了出来："考虑到安培培小姐现在刚刚承受失子之痛，希望大家能给她一个安静的环境慢慢恢复，我们一定会维护自己的权益，让作恶的人受到惩罚，希望各位媒体朋友以后能多多支持。"

　　"一定一定！"

　　莫向远使个眼色，跟在身后的保镖上前开路，安培培顺利上了车。

　　保姆车扬长而去，只留下听溪一个人还站在原地。

　　4

　　听溪转身，脚上的鞋带四散纠结成团，而那个会蹲下替她系鞋带的少年，却永远不会再回来。

　　她抱着膝盖蹲在原地，心底的怅然无边无际，她忽然想，如果此时此刻江年锦在该多好。

　　最近她时常这样，无论是伤心或者忧愁，第一个闯入脑海的总是那个男人。

　　他太多次在她需要的时候出现在身边，这样的感觉是会上瘾的。

　　"又晕血了？"江年锦的声音忽然出现在自己的头顶。

　　听溪木然回眸，看见他真的站在自己的身后，长身玉立，风采无边。他伸手取下自己的墨镜，弯腰将她一把搀了起来。

　　听溪还来不及看清楚他什么表情，他已经顺势将自己的墨镜架在了她鼻梁上。

　　世界在她眼前暗了一个色调，心却没来由地明朗起来。

　　"我没有晕血。"她仰头望着他的下巴。

他的神色严肃，伸手将她按进自己的臂弯里。

"出去再说。"

江年锦一路阔步流星地走，丝毫没有平日里的绅士之风。

即使听溪坐进他的车里，他依旧凛着脸。

"你怎么知道我在这里？"听溪摘下他的墨镜，递还给他。

江年锦沉默地戴上墨镜，发动了车子。

怎么会知道？一色那张嘴，模特儿间的小打小闹都有半天可讲，更何况闹到头破血流的地步呢。

他是担心她才过来的，只是没有想到，看到的竟然是她和莫向远在一起的画面。

虽然早就知道这两个人一定有着什么纠葛，可是他眼见着两个人拉拉扯扯的模样，心里还是起了火、翻了缸，而莫向远走开后，她软绵绵地蹲在地上。那无力伤感的模样刺痛着他的眼。

他真不想管她，就是这脚不听使唤，他安慰自己没准她是晕血呢，可是她竟然还敢这样若无其事地澄清自己没晕血，是怕他担心还是怎么的？

他想她晕血了才好呢！

"刚才，为什么蹲在地上？"

"我在想事情。"

"想什么？"

"在想，为什么安培培她们睁着眼说瞎话都有人信，而我，却只能躲着。"

江年锦安静地开车，并不答话。

"我知道你一定有答案。"

江年锦笑了。

"苏听溪，还记得我在巴黎和你说的话吗？"

"什么话？"

"我说我可以给你机会，给你一个把挨到的巴掌甩回去的机会，给你一个站到金字塔顶端的机会。"江年锦的手指在方向盘上跳动，他的面前是一片拥堵的车海和温暖的阳光，他说，"也许你忘了，可我还在等。"

"等什么？"

"等你说你要这个机会。"

听溪语塞。

"我不是逼你，更不想趁火打劫，但是在加安这个圈子里，我们都得遵循弱肉强

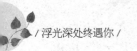

食的规则。你只有比她们强大，才有资格说话。"

"可我什么都没有，怎么可能比她们强大？"

"你有我。"

5

苏听溪加入 Beauty 的模特儿团队，直接由一色收入麾下，这大概是 Beauty 内部一年中最让人觉得不可思议的八卦谈资了。

听溪倒是无所谓别人怎么看她，只是有些担心陈尔冬。

江年锦病中赶来带她突出重围，没过几天，她又忽然答应了加入 Beauty，这谁看都觉得暧昧的情况，不知道陈尔冬会怎么想。

在她答应成为 Beauty 的模特儿之后，他们已经有半个月没有见面了。江年锦偶尔会来 Beauty，她也总遇不到他。中间，她主动找过他一回，被阿府一句"江先生很忙"给打发了。

她不是死缠烂打的女人，被打发了才猛然想起来，自己这是想要干什么！明明，也没有什么非要见他的理由。

她控制自己再没找过他，可是，却控制不了想起他。

"啪！"

一色的小皮鞭落在她的掌心里，一阵酥麻的痛感在她手心里绽放，她回了神，看到一色瞪着眼站在她面前。

"苏听溪，你又在发呆！"一色厉声一喝。

周围的姑娘都扭头看过来，那些冷艳的笑脸，带着几分不屑。

一色门下的这些女孩子，虽然都是刚刚毕业的，但她们多数科班出身，年轻漂亮。不像听溪，是个彻头彻尾的空降兵。

这条康庄大道，她还未真正上路，就看到了前面布满的荆棘。

听溪偶尔也会后悔，可是她没有余地。从遇到江年锦那天开始，她一只脚就已经迈进了这白骨森森的名利场。

"头不垂，颈不歪，肩不耸，胸不含，背不驮，膝不弯。"

一色又在重复他的三字经。

"我都说了多少遍了，无论发生什么事情都不要动！作为一名专业的模特儿，不仅在舞台上，在任何地方任何的场合都要有优雅的站姿。优雅是一种习惯，你们到底懂不懂，懂不懂？"

"她们若是都懂了，还要你干什么？"

因为得了一色的教训，没人敢转头去看让一色下不来台的是何人，只有听溪听出来了，那是陈尔冬的声音。

6

一色扭着身子过去，看到是陈尔冬，轻哼了一声。

"无事不登三宝殿，陈姑奶奶你又有什么事啊？"

"就不许我来叙叙旧？"陈尔冬朝着听溪扬了扬下巴。

听溪忽然觉得紧张起来，不少姑娘也忍不住看过来。

作为新人，能近距离瞧着著名设计师陈尔冬的机会并不多。

一色的视线扫过来，看着听溪，故作嫌弃地挥手："走走走，给我带走，这动不动就走神的出息样儿，真想给你还回去。"

陈尔冬笑了："那我可真要回去了？"

"我同意可不算。"

一色饶有深意地眨眨眼，陈尔冬的笑意凝注了，她唤了听溪一声，听溪连忙跟着她出去。

屋外的天气很好，陈尔冬的背影却略显萧条。

"我带你去个地方。"

听溪点了头跟着坐进她的车里。

车子一路南下，把听溪带到了南郊的一个庄园之内。

四谷庄园，门匾之上寥寥几笔行书，闲散悠扬。

阳光暖融融的，这庄园之内绿树红花，生机盎然，听溪的心情也跟着放松下来。

她和陈尔冬下了车，慢慢踱步进了庄园。庄园之内的工作人员似乎都认识陈尔冬，见了陈尔冬远远地就在挥手致意。

"这是江年锦的庄园。"陈尔冬说。

听溪"嗯"了一下，不意外。只是这里，温情得有点意外了。

她放眼望去，有山有水，长长的木廊外是高矮不一的果树，再远一点，是割裂成块的麦田，排屋幢幢，散着袅袅炊烟……天地连接成一片，一眼望不到边，所以也不知道，究竟还藏了多少她没有注意到的惊喜。

"认识江年锦的人，都把他看作是神，在商界翻云覆雨只手遮天，似要把整个加安都握在手里才好。听溪，你是怎么看他的？"

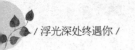

陈尔冬开门见山就聊起了江年锦，听溪一时难以招架。

"我认识江先生时间不长，不知道该如何评价。我想，尔冬姐你比我更了解他。"

陈尔冬扬唇，笑容掩不住酸楚。

"的确，我和江年锦认识很久了。我见过他翻墙逃课，惹哭老师的叛逆模样，也见过他……"陈尔冬顿住了，随即摇摇头，"算了，不说也罢。"

"原来你们是同学。"

"抛开一切，我们的确只是同学。"

"那加上一切呢？"

陈尔冬斟酌良久，才又笑了起来："苏听溪你真的很聪明，对，加上一切，就是我喜欢他。"

"尔冬姐……"

"我没事。"

陈尔冬继续往前走，听溪跟着。

"这些年我一直藏着没说，不是我自命清高，想要和这个圈子里的女人划开界限，其实我和她们都一样，也觊觎着这个男人。"她望着满坛绿叶，伸手摘了一片，放到鼻尖，"我不说，只是因为我知道，即使说了，也没有用。"

"江先生，他有喜欢的人？"听溪忍不住问。

"那是以前。"

"那现在呢？"听溪穷追不舍，连她自己都没有注意到，她的语气有多急切，回过神来想要遮掩，却已经掩不住了。

陈尔冬看穿却没有揭穿。

"现在？现在整个加安的女人都希望成为他喜欢的人，可是他却再也学不会喜欢了。"

听溪没有再问，她多少能够猜到，江年锦有过深爱的人。

"听溪，你能告诉我，你为什么忽然想要进这个圈子了吗？"

问题绕啊绕，终于又绕回了最初。

"说实话，我并不知道自己为什么忽然改变了主意。"

也许，她是想站在高处证明自己的清白。也许，她只是不想再做一个人人都能捏上一把的软柿子，但又或许是，她贪心得更多……

"在加安，进入这个圈子的女人，想要的无非就是名、利或者江年锦。我记得你刚来的时候斩钉截铁地告诉我，这个圈子对你一点诱惑都没有。我看得出来，那个时候的你的确不重名也不重利，所以我一直都很相信你。当然，我不是说你现在就看重名利了，我只是想说，你当时的淡然，会不会只是因为那个时候，江年锦还不是你要的？"

听溪瞪大了眼，手心里又在冒汗，黏糊糊的。

陈尔冬的意思是，现在，她对江年锦有欲望了？

怎么可能，她爱的人，明明是莫向远，她来加安，也全是因为莫向远。江年锦，不过是她在这座城市最意外的奇遇。

"尔冬姐……"

"你不用对我解释什么。虽然我认识江年锦比你久，我也的确喜欢他。但是，他并不是我的。"陈尔冬握住了听溪的手，"听溪，其实你和所有人一样，甚至算不上真正了解江年锦。他不是神，他比神更难捉摸，我在他身边十多年都从未看穿过他的心思。"

"尔冬姐，你到底想对我说什么？"

"我没有恶意，只是作为过来人，我想要提醒你，这个男人，不是我们能爱得起的。"

7

"驾！驾！驾！"

东边闪过来两道黑影，打断了她们的谈话。

放眼望去，马背上的两个男人披着金光，一前一后直奔不远处那面彩旗而去。

跑在前面的那个人在夺下彩旗的瞬间勒停了他胯下的红棕色骏马，马儿在原地转了个身，那人长腿一跨，跳下马来。

是江年锦。

落在后面的黑色骏马也在终点处停了下来。

只差分毫，却定了输赢。

普云辉从马上翻身下来，他抬肘狠狠地往江年锦的胸口一撞，没好气地道："陈尔冬在，你就不能给我点面子吗？"

江年锦的目光往圆坛边一扫，转身将彩旗插回原地："又不是只有陈尔冬一个人在。"

普云辉这才看到，陈尔冬的身边，还站着一个女人。嫩绿的毛衣，洗白的牛仔，素淡得根本让人注意不到，可江年锦却一眼就看到了，难怪他不愿意把这个风头让出。

"你这个重色轻友的！"

江年锦没作声，只是伸手往竹筐里拿了一把苜蓿草递到马嘴边，这匹红棕色的马，

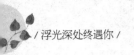

叫小腾。在这个农庄里，就它和江年锦最亲昵。

陈尔冬和苏听溪走了过来，小腾见了苏听溪，甩了一下尾巴。

普云辉愣了一下，哑然失笑："苏小姐，你看，我们又见面了。"

"好久不见。"听溪说。

江年锦一直专注地喂马，没有转身。

普云辉觉察出几分怪异，他看向陈尔冬，状似识趣实则带着私心地问："要不要带你去溜一圈？"

陈尔冬还没有回答，就被普云辉推到了马边。他一把托住了她的腰，帮助她上了马。

"喂！"陈尔冬惊叫一声。

普云辉装作没有听到，他吹了一下口哨，拉着马的缰绳，慢悠悠地牵着马儿往他们来时的路走。坐在马背上的陈尔冬回头看了一眼听溪和江年锦，最终什么都没有说。

听溪站了好一会儿，总觉得江年锦似乎是有意晾着她的。

她哪里得罪他了？

"这马叫什么名字？"她先开口。

那马儿乌溜溜的眼睛，一眨一眨的，似乎听懂了听溪的话，它又甩了一下尾巴，朝着听溪乖顺地蹭过来，听溪抬手摸了摸它的脸。

"小腾。"

"你取的吗？"

江年锦放下了手里的苜宿草，掸了掸衣袖，朝听溪靠过去。

听溪脸一红，往后退了两步："不是吗？"

"是。"他冷冰冰地答道。

"好听。"听溪说完，侧身想躲，却被江年锦捏住了下巴。

"问完了？是不是该轮到我问了？"

"你想问什么？"

"告诉我，你和 Modern 的莫向远，到底什么关系？"江年锦沉着气。

听溪晃神，随即反应过来。

"江先生，你查我？"

"怎么？怕我查？"

"你查到了什么不关我的事，但是你没有权利这么质问我。"听溪一把推开了他。

江年锦再次将听溪攥住。

"我要听你亲口告诉我，你和莫向远的关系。"江年锦一字一顿地道。

半个月来，这问题心魔似的挠着他，不让他安生，去北城调查的人说，莫向远和苏听溪是恋人，两人并没有分手，只是莫向远去了别的城市，没有了消息，苏听溪才跟着去了那座城市。

那座城市，就是他们现在所在的加安。

江年锦将此前种种事情连贯起来，醉酒、订婚宴、医院……

苏听溪到底为什么留在他身边，又为什么临时改主意愿意加入 Beauty 的模特儿团队？

普云辉说，怕他一个坑掉进去两回。他怎么可能允许自己一个坑里掉进去两回？

于是，他索性不见她了。

阿府说："苏小姐没找到你看起来有些失望。"

呵，平日里少言寡语的阿府什么时候这么会看人情绪了？

一色说："苏听溪很刻苦，只是最近老是在跑神儿。看着像谈恋爱了。"

谈恋爱？谁说跑神儿就是谈恋爱了？他突然发现一色怎么这么招人烦，索性连他也一并不见了。

只是，他们这一言一语的，他忘不掉。

他见到她才发现，原来他想她也不是一点点。

"我和莫向远的关系……"听溪扬了下嘴角，苦笑道，"我和 Modern 的总裁莫向远，曾经是恋人关系，江先生是因为这个，以为我是 Modern 派来的间谍吗？"

江年锦神色凛冽。

"你是吗？"

"如果我是，我一开始就不会拒绝你的提议！"

听溪满腹的委屈快要化作眼泪掉下来，而她不愿意让他看到，便立马转身离开了。

江年锦站在原地，看着那抹纤细的身影在阳光下越来越小。他没追，而她，也十分倔强不肯回头。

他心里窝着团火，不知道要怎么灭，原地踌躇了一下，抬脚就踹翻了脚边的竹筐。

苜宿草散了一地，小腾吧唧着嘴，自顾自地吃，他气得将竹筐踢得更远，这架势分不清他是在跟人生气还是在跟马生气。

一晃神的工夫，苏听溪已经不在他的视线里了，他心里更是没底了。

那女人，本就分不清东南西北，庄园这么大，她怎么走得出去？

他没再往下想了，翻身上马，提着缰绳，一路向北。

苏听溪这个傻子，他若真不信她，一开始也不会管她。

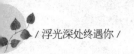

他不相信的，是他自己。

8

听溪快步走着，身后一片安静，风吹过树叶的声音都在这空无一人的小道上被放大了好几倍。

她蹲坐在原地的石头上，眼泪不争气地冒出来。

远处有马蹄声传来，她辨不清声音的来源，只是站起来四下地张望，看到江年锦驾着小腾真的追上来的时候，她的委屈反而更浓。

她没有惊觉自己的心情已经像个闹情绪的小媳妇儿一样了。她只是转了身，像是没看到他一样，继续往前走。直到小腾冲到她的面前，拦住她的去路。

江年锦的脸色还是没有缓和，居高临下地看着她。这架势，倒像是追上来找她吵架的。

她绕过小腾，还想假装没看到他。

江年锦翻身下马，他拉住了听溪的手。

"上马。"

他说罢，不似普云辉对陈尔冬那样的温柔，直接半推半抱将她托上了小腾的背。

听溪想不从，无奈又不敢乱动。

江年锦自己也跨上马，张开了双臂将她锁在臂弯里，他提起缰绳，驾着马往前奔去。

清凉的风从身边吹过，却散不去听溪周身的热。

江年锦的怀抱灼烧着她的背，他温热的气息，全都落在她的耳边。那是，她一转头，就可以吻到的距离。

"你想去哪儿？"他的声音被风吹得零零散散。

听溪指了指前方说："那片麦田。"

江年锦侧头来看她，这颠簸起伏之间，他的唇擦过了她的脸，只是那样若有似无的一下，听溪的耳根子就热了起来，她别扭地继续看着前方，没看到身后的江年锦嘴角染上了一丝笑。

那麦田原来真的不像看到的那么近。等到小腾跑到的时候，听溪已经被颠得晕晕乎乎了。

一望无际的麦田啊，美得无边。

江年锦先跳下马来，他环顾了一圈，将风景纳入眼底，这庄园是他刚来加安的时候买下的，偶尔烦闷或者得空想起的时候就会过来转转。

"拉我下来。"马背上的听溪朝他嘟囔一句。

江年锦仰起头来看她，她乌黑的长发被风吹得有些凌乱，微红的脸上，瞳孔盈着阳光，亮得他不能直视。

他扬起左手，递过去。

听溪毫无戒备地握住他的手。江年锦用力一扯，在她猝不及防地弯下腰时，他的另一只手按住了她的后颈，他扬起下巴，吞没了她的那声惊呼，吻住她的唇。

听溪瞪大了眼睛，天旋地转之间隐约看见他的眼里有笑意。

小腾不耐烦地撅了一下马屁股，听溪整个人落下来，扑进江年锦的怀里，他用力地抱紧了她，两个人一起跌进身后软软的秸秆地里。

听溪趴在他的胸口，还未反应过来到底是怎么一回事，他已经一个翻身，将她置于身下。

"苏听溪你给我记住了，你现在是 Beauty 的人，是我江年锦的人。"

9

听溪被江年锦那个霸道深长的吻折腾得好几天没有缓过神来。

这个总在她需要的时候出现在身边的男人，以摧枯拉朽之势推倒了她心上为莫向远筑起的高高城墙。

她真的如陈尔冬那个心思清明的旁观者所言爱上江年锦了吗？

"听溪，你还愣着看什么呢？江先生都走过去很久了。"

一起培训的小模特儿脸上笑吟吟的，她冲着江年锦那群人消失的走廊扬了一下下巴。

听溪顺着她的视线，看到走在最后面的阿府。

她苦笑。

人前，就算迎面碰上，江年锦也不会多看她一眼。

这明明正合她意，可她心底还是空落落的。

"这江先生比杂志上还要好看啊！"那小模特儿感慨了一句。

听溪不知道如何应话，匆匆转过去。

那小模特儿自然熟地追上来："哎，你听说了吗？那个超模沐葵今天要来给我们培训呢。"

听溪点点头。

沐葵要来，她知道。她不知道的是，这样大牌的沐葵为什么会推了档期答应一色

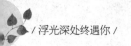

来给她们做所谓的培训?

听溪虽然进 beauty 不久,可她自然不会再像那些被 Beauty 作为新鲜血液的小模特儿一样,不谙世事。她深知,无论是娱乐圈还是时尚圈,前辈这种生物的存在,绝对不是为了传道授业解惑的,毕竟此时不足为惧的无名后辈,日后有可能变为汹涌而来的长江后浪。

练功房四面都是宽阔的玻璃,透明得没有一点私人空间。

沐葵带着几个助理出现在走廊上的时候,屋子里面的小模特儿们都隐隐有些兴奋了。

她一袭酒红色的西装披风,内搭黑色玫瑰印花包臀长裙,脚蹬包踝尖头高跟,手里还捏着一个高定系列的黑白大花手袋。即使黑超遮面,也能感觉到她那凌厉的视线。

"真美啊!"

"她穿的衣服我今天早上还在杂志上看到了呢,都是还没上市的新款。"

"大咖就是这样。"

身边的女孩子已经隐隐炸开了锅,羡慕、嫉妒……什么情绪都有。

沐葵似乎看到听溪了,她摘了墨镜,嘴角扬起了一丝笑意,从敞宽的大门里闪了进来。

"苏听溪,你也在啊。"

听溪对她扬唇一笑,算是礼貌。

沐葵手握着墨镜,镜脚支着下巴,红唇微微启开。

"听说你要人这一行?陈尔冬现在的心情,该是像养了一条中山狼一样的后悔吧?"

沐葵大笑起来,笑声轻佻又震耳。

周围的模特儿都听出些端倪,面面相觑又摸不着头脑。

听溪凝了脸色,沐葵用这般讥讽的语调说起陈尔冬,让她的心莫名难受。

"不过也难怪,陈尔冬看人的眼光一直不准。"

"尔冬姐,她支持我的决定。"

听溪一忍再忍,可还是忍不住up了嘴。

"对嘛,小嘴麻利起来才像你。"沐葵满意地在原地踩了个圈,又不咸不淡地接了一句,"不然,我还以为江先生喜欢哑巴。"

一色眼见着状况不对,立马跳了出来圆场:"好了好了,我的姑奶奶,别说这些有的没的了,忘了我请你来是有正事的嘛。"

沐葵买了一色的账,又或者,她觉得欲言又止留给别人想象的余地这样比较有意思。

只是,她收了话锋,听溪心底的一池春水却已经乱了。

10

沐葵把手里的东西一并交到了助理的手中，那架势倒还真的有了几分要言传身教的模样。

"我想这会儿站在这个屋子里的人，都是奔着时尚圈的锦衣玉食荣华富贵而来，既然如此，关于进入这个圈子能够得到什么就不需要我再多说什么了，没准你们比我还清楚，那我今天就来和大家说说，你要进入这个圈子，首先要失去什么。"

"我的姑奶奶，你这是要干什么呢！"一色急了，一把扯住了沐葵的胳膊。

沐葵伸手将一色推开："一色老师，你有你的理念，我也有我的教育方法。既然你把我请来，那就让我自己发挥吧。"

一色知道阻拦不了，索性也不愿意再管。

气氛有些尴尬，但沐葵依旧怡然自得。

"你们知道外面的人怎么形容模特儿行业吗？"她忽然发问。

周围响起一片唏嘘声，每个人心里可能都有一个答案，可是没有人敢作声。

"美丽的女人，肮脏的行业。这就是别人对模特儿行业的形容。是不是听来直叫人想入非非，也毛骨悚然？"

沐葵在笑，其他人却一个都笑不出来。

"脏。知道哪儿脏吗？"沐葵提了声调，"就是有人，不通过自己的努力想要靠着男人上位。就是这样的人存在这个圈子里，所以这个圈子，才脏了。我平生最见不得这样的贱人。所以在这里也给各位提个醒，男人就像一朵云，他愿意载你时你俯瞰众生，他飘到别处的时候，你只能万劫不复。"

沐葵说着，就把目光挪到了听溪的身上。

"一个男人他能捧红多少人，他就可以毁灭多少人。有些人很聪明，可是聪明得不得要领。"

听溪抿了一下唇。

沐葵说的男人，是江年锦，而她说的有些人里，也有听溪。

"这个圈子的生存规则就是这样的不公平。你们这儿多少人是既想得到金钱名誉，又想做盛开不败的白莲花的。我告诉你们，这也不可能。"她顿了顿，转着自己手指上的那枚花形戒指，"一旦进了这个圈子，华美的衣服穿在身上，可是在别人的眼里，你不一定着了衣服。"

沐葵说着，就朝着听溪走过来。

听溪瞪着她，她却只是笑。

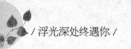

"进入这行，每个人或早或晚都要交出她的入行通知书。我和大家也不熟，唯一认识的，就是这位苏听溪小姐了。不如，由她给大家做个示范？"

听溪还未审度出沐葵话里的深意，沐葵的手臂就朝她伸了过来，那纤长的指，钩住了听溪的衣领。

"哗"的一下，听溪的Ｔ恤被生生地撕裂。

"你干什么？"听溪抬肘捂住了自己胸口，她的文胸，已经毫不遮掩地露出了大半。

在场的所有姑娘都被吓得倒抽了一口凉气，一色也愣住了。

"这就受不了了？"沐葵攥住了听溪的胳膊，她凑到听溪耳边轻轻地说，"苏听溪，这点羞辱你都受不了，以后还想在这个圈子里混？"

听溪甩开了她的手，眼眶泛酸，她紧紧地护着自己的身子。

"都在干什么！"江年锦的声音忽然传了过来。

11

阿府走在前头，给江年锦推开了一条道儿。

江年锦凌厉的目光扫过听溪又扫过沐葵，阿府已经脱下外套，别着脸罩在听溪的身前。

"怎么回事？"江年锦问。

周围静悄悄的一片，气压很低，似乎连正常的呼吸都有困难。

"我只是在给她们培训。"沐葵手一摊，瞥了一眼听溪，"这不过是必要的示范。"

"苏听溪，你来说。"

江年锦打断了沐葵的话，目光紧紧地锁着苏听溪。他们只隔几步之遥，她的脸红彤彤的，是受了惊吓的那种不寻常的红。她的手指用力地捏着阿府的外套，指关节都泛白了，可她还是不愿意看向他。

从来没有女人这么不爱与他为伍。

听溪沉了一口气，思绪复杂。

江年锦总是喜欢让她自己选择要不要他的帮助，而他的帮助，用好了是轩然大波，用不好，万劫不复。

"沐小姐，只是在示范。"她的声音轻轻的，隐忍着情绪怕他听出来。

沐葵怔松了一秒，抿紧了唇看着她。

江年锦却像是早有预料她不会借题发挥，他耸了耸肩，目光扫过众人。

"既然这样，大家继续。"

他说完，阔步流星地往外走，走到门口忽然又停住，他回身来看着顿在原地的听溪，声音明显有些火气："苏听溪，就你穿成这样了还要继续？"

阿府折回来，轻轻地比了个"请"的手势："走吧苏小姐。"

听溪低着头，眼前模模糊糊的。她跟着江年锦走出练功房，江年锦那冷漠的背影，晃得她没有丝毫的安全感。好像他走着走着，就会离她越来越远。

江年锦身边的人各归其位各司其职，冗长的走廊，只留下她一个人还跟在江年锦的身后。

他终于转过身来了，只是走了这么久，余火还没有散。

"苏听溪，你到底在想些什么？"

"我只是不想将小事闹大。"她抬起头来看着江年锦，"如果你帮我，这件事情一定又会被借题发挥。"

"借题发挥又会怎么样？"

"不会怎么样。我只会得了这件事的庇佑，从此再没有人敢得罪我，从此也再不会有人用正常的目光看我。"

"怕得我庇佑，所以处处与我保持距离？"他瞪着她，瞳仁更深。

"你不也是处处与我保持这距离吗？"听溪咕哝一句，一时泄露了心里的小情绪。

"原来是在怪我不热情。"

他伸手想去拂她的发，却被她一把推开了。

"江先生，你是光，所有人都会注意你，可我想靠自己的努力在这个圈子里立足。"

她虽然不喜欢沐葵的行事作风，可是，沐葵说的却是句句在理。

没有不移动的云，没有不会倒的山，而她并不希望，江年锦只是她的靠山。

"被这样欺负，就是你的努力？"

"若不能步步为营就只能先选择节节败退。"

"苏听溪，你还真是聪明。"

"不，我不够聪明所以才会选择更谨慎。"

"我就这样让你不能相信？"

相信，她曾经把对全世界的相信都给了一个人，可是后来呢。

后来再也没有了后来。

听溪看着他黑亮的眸子，忽然有些动容，有些犹疑。

"那我，可以相信你吗？"

12

江年锦的私人电梯"叮"的一下停在了他们的面前。

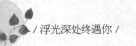

他二话不说,一把钩住了听溪的脖子,半推半就之间将她带进电梯。电梯门合上的时候,他低头吻住她。

那霸道的唇齿,含着怒意,含着火气,痴缠不休间似要将她撕咬成两半。

他可以相信吗?她竟然敢这样问他。

而他生气,是因为什么呢?

是因为她不相信他。还是因为,他自己都不知道自己是否可信。

听溪的后背抵着轿厢的镜壁,一片冰凉,可是身体却是火热的。她攻防不力,任由他撬开了她的牙关之后,就失去了所有主动权。

阿府的外套从她的手里滑落,她黑色的文胸连同那片粉白的肌肤暴露在他的眼前,隐隐绰绰之间,反倒更加诱人。

他的掌心瞬间像是起了火,灼人心魂。

听溪的理智和他的吻一起乱了节奏。

直到他伸手扯掉她身上残存的那片布料的时候,听溪终于一把推开了他。

"江年锦,你要干什么!"

他眯着眼凑过来,鼻息落在她的颈间。

"你又叫我什么?"

"我……"

"就这样叫。"

他说完双手一起自后揽住了听溪的腰,轻轻地一拉,他又吻住了她。

比起之前的野蛮,这次他温和许多。只是缱绻磨合之间,刚刚入戏,电梯就到了一楼。

"叮"的一声,听溪吓得一头扎倒在江年锦的胸前。

一楼是江年锦的专属地盘其实没有人,可是她还是惊恐万分,瑟缩在他怀里。此刻她几乎半裸的模样,若是让人见了,那还了得?

对于她不自觉地投怀送抱,江年锦很满意,他将她抱得很紧。

电梯门又关上了。

听溪果断地推开了江年锦。她蹲下去想要将阿府的外套捡起来,被江年锦制止了。

江年锦直接脱下了自己的外套,罩在她的身上,那片裸露的肌肤,只有他的东西,可以亲密碰触。

从电梯里出来之后,听溪就一直坐在江年锦的办公室里发愣。

刚才那个深长的吻已经彻底捅破了隔在他们之间的窗户纸。江年锦对她是有占有欲的,而她打从心底里就不抗拒这危险的关系。

江年锦的秘书很快找来了一件崭新的 T 恤给听溪换上，听溪把外套还给江年锦的时候，他放在口袋里的手机掉了出来。

手机落在厚实的地毯上，秘书眼疾手快地捡起，递到江年锦的手里。

江年锦看了屏幕一眼，没有接。

"让阿府送苏小姐回去。"他说。

"不用麻烦阿府了。"听溪对江年锦的秘书点头表示感谢，转身就出去了。

江年锦并没有再说什么，他直接捞起外套，跟着她走了出来。

"你去哪儿？"

"你不想麻烦阿府，那就由我来送。"

"……"

江年锦去取车，听溪在门口等他，没想到绕了一圈，又遇到了沐葵。

听溪想避开她，可是她却还是不依不饶地要挡住听溪的去路。

"沐小姐，你还想怎么样？"听溪瞪着她。

"为什么不对江先生告状，说我欺负你？"

"你有没有欺负我，大家都看到了，用不着我用嘴说。"听溪冷冷的。

"你真是让人惊喜连连。"沐葵眼里有了笑意，"不过我奉劝你一句，记住我刚才说的话，千万不要让男人掩盖了你的光芒，因为你自己也可以发光。"

沐葵说完就走了，她纤细的背影在听溪的视线里拉长，长得似乎一折就会断。

她竟然只为了对她说这些话？

听溪想沐葵那些不可一世的骄傲，会不会也只是她自己的伪装。

沐葵的车还没走远，江年锦的车就过来了。见听溪站在原地出神，江年锦降下车窗，倚在窗台上看着她。

"沐葵又对你做什么了？"

"没做什么。"

"你就不能学习一下怎么告状？"

"她真的没对我做什么。"

江年锦无奈地按了一下眉角，说："这是最后一次。"

"什么最后一次？"

"最后一次放纵你所谓的节节败退。"

也是最后一次，他眼睁睁地看着她被欺负却无动于衷。

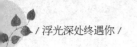

第六章
DI LIU ZHANG

灯火千衢

1

沐葵来练功房大闹了一场之后，听溪感觉到那些小模特儿对她的排斥更明显了。

不过，自从决定踏入这个圈子，她没想过还能交到真心实意的朋友。

整个下午，一色都把她们关在练功房里走猫步。

一色说今天这一课是极具毁灭性的一课，因为练完猫步之后她们很可能会发现，自己以后连路都不会好好走了。

这话，又把好多姑娘逗笑了。

一色在的时候，这里通常都是其乐融融的，没有人想给他留下坏印象。

江年锦的秘书出现在练功房门口的时候，听溪刚刚停下来休息。

李秘书通知听溪，今天晚上江年锦在巴蜀的 VIP 包间订了位置，要听溪和他一起共进晚餐。

听溪还没有回答，李秘书又说："苏小姐，江总的意思我已经传达到了，那我先下去了。"

那一板一眼的神态，机器人似的。

听溪说了谢谢，李秘书的身影很快消失在楼道里。她转身的时候，一屋子的人都静悄悄地看着她。

练功房的小领队任中美"哼"的一声，才把众人的神智都拉回来。

听溪知道，这些天发生在她身上的一切，都显得有些招摇了，这有违她的原则，可是一颗心的失控从来不需要遵从原则。

她是想见江年锦的。

好不容易熬到了训练结束，听溪只是去洗手间洗了个脸的空当，练功房的人就都不见了，只留下一个眼生的小模特儿似乎还在等她。

"苏听溪，一色老师临时又安排了一个集训，在天台，大家都已经去了，他让我留下来通知你，走吧。"

听溪点头，抽了张纸巾擦了擦手就跟着走了。

她并不觉得奇怪，这不是一色第一次搞这样的突击，他之前就曾带着她们去街口的广场上集训，美其名曰让她们提前习惯各色目光。那次他也提起过，下次会带她们上天台，让她们享受俯瞰众生将一切踩在脚下的感觉。

一色的点子总是那么奇怪，却又那么有意思。

2

听溪推开了天台的门，就被一阵风迷了眼睛。白天阳光还很好，可是这到傍晚一起风，气温骤降了好几度。

天台很大，听溪左左右右绕了一圈也没见一色他们，心里顿时生了疑惑，等她意识到什么飞快地跑回去开门的时候，发现天台的门已被人锁严实了。

"开门！谁在外面，快开门……"听溪抬手拍着门板，噼里啪啦的声音震天响，可是许久都没有应答声。

最后她嗓子都哑了，知道自己再这么下去也只是徒劳，干脆坐倒在天台的台阶上不吱声。

这是个圈套，她早该想到的。刚刚她进洗手间的时候，任中美在那方硕大的镜子前补妆，阴阳怪气地道："现在就开始准备了，今天你能不能见到江先生还没个准儿呢？"

最近这样的话听溪听得太多，她压根就没有往心里去，现在她才知道，事情根本没有她想的这样简单。

夜幕一点一点地将整个天台覆盖，耳边呼啸着风声，一遍一遍穿过她的耳膜也穿过她的身体。

Beauty 的大厦很高，少有大厦能够和它比肩，她目之所及没有一丝光线。无尽的黑暗和无尽的冷让她心生恐惧。

听溪忽然想起那一年她被管理员误锁在图书馆里，莫向远找到她的时候，她已被

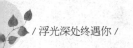

吓得直冒眼泪了，可是他也没有图书馆的钥匙，只好席地坐在门外陪她。

　　他隔着玻璃门的那一道缝儿不停地和她说话，没什么实质内容，只是天南地北地瞎扯，那夜莫向远对她说过的话，也许可以抵上他们在一起的那几年。

　　后来，她的困意就上来了，莫向远让她放心睡吧，他说他不会走的，会一直在这里陪她。听溪说她睡不着，还耍赖让他给她唱摇篮曲，他也真的给唱……

　　现在想来，莫向远深情的时候有多深情，绝情的时候就有多绝情。

　　她不该又想起他的，他再也不会在她需要的时候出现了。

　　"阿嚏阿嚏阿嚏……"听溪连着打了好几个喷嚏，起了一身的鸡皮疙瘩。她脑袋里的眩晕感和胃里的空洞连贯起来，她觉得她要晕倒了。

　　听溪模模糊糊地渐渐没了意识，不知道就这样过了多久，才隐约感觉到天台的门被打开了，有一个人影在她眼前晃来晃去，那人手忙脚乱地将自己的外套裹在她的身上，用那双略微粗糙的手掌轻拍着她的脸，不停地喊她："听溪，听溪，苏听溪！你给我醒醒！"

　　她用尽力气咕哝了句什么，那人就不再说话，冗长的沉默之后，她就被抱起来了，那人的怀抱很暖，跑起来很快，颠得她全身的骨头都在疼。

　　她好像，就记得这么多了。

　　3
　　听溪睁开眼睛的时候，入目是一片白，她知道自己这会儿一定是在医院，手背上被针扎的疼痛清明万分。

　　她偏了偏头，看到江年锦坐在病床边的那张白色沙发上。

　　他铁青着一张脸，两条俊眉几乎拧作一处，见她醒来，他也没有立马站起来问她还有哪里不舒服，就这样一瞬不瞬地瞪着她，似要瞪出两个窟窿来，才能解气。

　　"你怎么在这儿？"听溪看出他这要吃人一样的情绪，小心翼翼地问。

　　江年锦终于站起来了，他冷冷道："正常人醒来都会问自己为什么会在这儿。"

　　"我记得我为什么会在这儿。"明知道这句话可能会触到他的燃点，可听溪还是忍不住小声地说出了口。

　　果然，江年锦阴冷的面容冒起了火。

　　"记得自己为什么会在这儿也不记得我？那你是记得谁了？"

　　"哎哟我说锦少爷，你今天吃火药了是不是？"一色从门外跑进来，看到听溪醒了，顿时有了几分底气似的指着江年锦就是一通抱怨，"刚刚把我一通死吼也就算了，人家苏听溪还是个病患，你能不能温柔点？"

江年锦没有说话，还憋着一股气似的别过了头："医生怎么说？"

"低血糖外加着了凉。没什么大事，用不着你吃人一样的。"

一色说着，那幽怨的小眼神往江年锦那边飘过去。瞪他还是便宜了他，今天一色的心都差点被这个男人给剜出来。

当时，江年锦的电话打过来的时候，一色刚刚将一张面膜铺到自己那干巴巴的脸上。他按下了接听键，还未开口说喂，那头的江年锦劈头盖脸就问他："苏听溪呢？"

"您老行行好吧，现在可是下班时间，更何况你今天让秘书下来通知苏听溪，其实摆明了是通知我提早让训练散了吧，我这点眼力界还能没有吗？"

一色说着说着，忽然觉察到有什么不对劲儿了。

那班小模特儿最近对苏听溪有多虎视眈眈他很清楚，今天江总的钦点定是火上浇油了。

"苏听溪怕是现在状况不妙！"他拍案而起，面膜"啪"的一声掉在了地上。

江年锦也暴躁了起来："一色，现在马上带着你手底下的那帮人出现在我的面前。"

大晚上的将那群小模特儿召集起来费了不少劲儿，关键是她们还死活不愿承认自己知道苏听溪的去向。

江年锦本就没有什么耐心，这样拖沓的审问简直就是要他的命，他扶着额放了狠话，说如果再不坦白，今天这个屋子里的所有人，明天都不用再踏进 Beauty 了。

这是多大的威胁？这就等于前段时间的所有努力全都前功尽弃，她们要等一个成名的机会不易，而江年锦要重新找一群模特儿又何其简单。

这群姑娘缔结的联盟就这样在江年锦的威慑下变成一团散沙。

江年锦在天台找到苏听溪的时候，她已经晕过去了，可是比苏听溪还要让人担心的那个，是江年锦。

那么冷的天台，江年锦的额头却冒出了一颗颗细汗，他惨白着一张脸半跪在苏听溪的身边，向来冷静自持的江年锦这次却连自己的手都不知道要往哪里放了，他拧着眉，像个无措的孩子。

这么多年的交情，一色从来没有见过江年锦这般模样，他有些于心不忍，其实当年的事他也有所耳闻。

传闻，江年锦当年的未婚妻，就是从天台上跳下去自杀的……

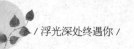

4

江年锦眉心的结微微松开，他抄在裤袋里的手抽出来对一色挥了一下。

"既然没事，你回去休息。"

一色扫了一眼床上的苏听溪，又看了一眼执拗的江年锦。他开始相信，苏听溪对江年锦而言是特别的。

这些年因为和江年锦传绯闻而红的模特儿有不少，沈庭欢就是其中之佼佼者，但因为和江年锦传绯闻而被其他模特儿排挤到混不下去的人，也不在少数。

苏听溪可以因他变得万众瞩目，也可以因为他变成众人之矢。所以，江年锦刚才那样愤怒，多少也掺杂了自责的成分。

后来江年锦交代他说："一色，跟这件事情有关系的人都不用再留在 Beauty 了，另外，天台封了吧。"

天台封了吧。

他说这句话的时候嗓子都是哑的。

一色难得没有扭捏就出去了，病房里顿时陷入无边的静。

江年锦还站在床边，他在看着她，又像在走神。

"你在想什么？"

听溪眨巴着眼睛，不知道自己现在应该表现得精神些还是可怜些，才能消散他心里凝着的那一团气。

"饿了？"江年锦回神问她，并不回答她。

"还真饿了。"

江年锦转身。

"哎，你去哪儿？"听溪飞快地伸手想要攥住他。

江年锦感觉到自己垂在身侧的手被她拉住了，他怔了一下，低头，看到自己的小指被捏在那白嫩的手心里，他的气势也不自觉地温和下来。

"你不是饿了吗，我去给你买点吃的。"

听他这样说，听溪手上的力道松了些。

"别太久。"她撇了撇嘴，松开了紧握的手指。他的手却在听溪缩手的瞬间追过来，一下子将她反握住。

听溪抬眸，看到他另一边的手伸进裤兜掏出手机。

"阿府，去'粥记'带些吃的来，清淡些。"

江年锦交代完就又低下头来看着她。

"现在可以放心了？"

听溪被窥见了心事，不好意思地想要抽手，他却握紧了。

"苏听溪。"他叫她，冷冰冰的，好像她昏迷的时候那个唤着她的人真是幻觉似的。

"嗯？"

"我跟你说过手机要随身带着，你怎么老是不听话？"

你怎么老是不听话，明明是责怪的话，为什么从江年锦的嘴巴里说出来，却像是一句彻骨的情话。

听溪没有还嘴，她不能再火上浇油了。

"你是不是在巴蜀等了我很久？"

"你以为我哪里来的耐心等你很久。"他否认。

"那就好。"听溪笑了一下。

他弯腰过来，把她的手塞进被单里，转身将空调的温度稍稍调整，然后坐进了沙发里。

"她们，以后会怎么样？"她扭头看着他，小心翼翼地试探。

江年锦知道她说的是把她关上天台的那群人，也知道她一定又是想为别人求情。他跷起腿，往沙发里一仰。

"没有以后了。"

"这件事，不能让我自己处理吗？"

"你要怎么处理？还是不能步步为营，所以继续选择节节败退？"他学着她的语气。

"喂！"听溪有些窘。

江年锦抿了一下嘴角，被她吴侬软语的一句"喂"戳到了心坎里。

他缓了缓神："这件事必须听我的。"

听溪本也没有什么意思，只是觉得这小小模特儿之间的纠纷，让他出面不太合适。因为光是他这个名字摆出来，就显得兴师动众了些，何况，这件事情还因她而起。

"不是为了你。"江年锦似看穿了她的想法，"Beauty 内部的暗斗屡禁不止，这次就当是给所有人敲敲警钟。"

嗯，杀鸡儆猴，江年锦惯用的招数，她知道的。

听溪懒得与他争这些事。困意袭上来，她打了个哈欠。

"想睡就睡会儿，阿府来了会叫你。"

听溪眨眨眼，目光清明起来，她瞧着他义正词严又不胜其烦的模样，不知为何忽

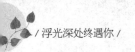

然想笑，也真的"扑哧"一声笑出来。

"又怎么了？"他更不耐烦了。

"我什么时候能出院？"

"急着出院干什么？"他瞪着她。

听溪笑而不答，哪是她急着出院，是她想快些放他出院好不好，瞧他，像是被关在这里受酷刑似的。

江年锦挑了一下眉毛，她皎皎星华般的笑意就在眼前，真实得能晃人眼睛。

他刚才多担心这些光芒会熄灭。熄灭了，就再也回不来了，任多少想念，都回不来了。

她没事，挺好，真的挺好。

阿府敲门进来的时候，一阵粥香也跟着飘进来。他看了一眼躺在床上的苏听溪，把手里的袋子放到茶几上。

"阿府，去办出院手续。"

"哎？"

听溪一声惊呼，和阿府一齐扭头看着这个忽然改变主意的江年锦。

江年锦冲着阿府朝门口扬了扬下巴。

阿府是他的人，也只是惊讶一下就转身出去了。

"怎么又急着出院了？"听溪问。

"你既然不喜欢医院，那就回去吊水。"

江年锦神色淡淡的，俯身将那袋子里的盒子取出来。

听溪看着他的背影，他今天如此顺从她的意，让她有些受宠若惊了，忽然觉得生病也没什么不好。

"自己能吃吗？"他端着粥盒坐到她的床边，那枚玲珑的勺子捏在他的手上有些奇怪，他不动声色地舀了一勺粥，递到听溪的嘴边。

她怔住，半晌不张嘴也不说话。

他皱了眉："又不饿了？"

"饿！"

生怕他的手会突然收回去似的，她飞快含住了那勺尖。

"啊！烫！"听溪囫囵吞枣般咽下，那口粥跟团火似的一路滚过她的喉咙。

江年锦，这是谋杀吧！

他也急了，立马给她递了杯水，边拍她的后背边埋怨她："没喝过粥啊？不知道会烫吗？"

听溪吐着火辣辣的舌尖，呼哧呼哧地吸着气，也没多余的力气去顶撞他。

江年锦坐回凳子上，看着那一跳一跳的舌尖，胸口就滞着一团气。这女人，真让他头大。

5

他又重新舀了一勺，放在自己的嘴边轻轻地吹着气。听溪张大着嘴，忽然就不动了。

时光都好像凝在这一瞬间，病房里白冷的光不知道为什么披在他的身上看起来是暖的。有谁见过这样的江年锦，俊朗的、温柔的、贴心的，像在编织着所有女人都会深陷的牢笼。

江年锦虽然低着头，但也可以感觉到苏听溪那紧裹着他的目光，他几时干过这样的事情？现在干着也觉得不可思议。

听溪正感动得不知道如何是好的时候，却见江年锦施施然地将他吹凉的那口粥塞到了自己的嘴里。

"哎！"

"吹来吹去卫生吗？"他气呼呼的，摆开床架上的小桌子，将粥盒往桌子上一放，"你自己吃！"

听溪撇了撇嘴，和她共用一个勺子，那就卫生了？

阿府很快办好了出院手续，听溪输液架上的水也快吊完了，医生说只要晚上不发烧就不会有什么问题。

阿府开车一路直奔江年锦的别墅。管家和江年锦的私人医生都在，听溪都见过并不陌生。只是这样晚了还要麻烦别人，着实让她觉得不好意思。

"要给苏小姐收拾个客房吗？"管家凑上来。

"不用了，你给李医生收拾个客房。"江年锦对阿府使了个眼色，"你们都休息吧，有事会叫你们。"

"是。"

江年锦的手伸过来牵住了听溪。听溪没敢当着这么多人的面儿问他那我睡哪儿，谁知道他的回答会不会吓得他们都掉了下巴。

果然，听溪猜得没错。江年锦就是让她睡他的房间。

那郎阔的房间，早就有人贴心地打开了空调和加湿器，鼻尖柠香宜人，舒服得很。

"那你呢？"听溪问。

"你说呢？"他反问。

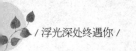

听溪窘，拥着他扔过来的睡衣，那是他的睡衣。

"今天先将就着，浴室在那边。我还有点事情要去书房处理，不用等我。"他说罢，往前一步，伸手探了探听溪的额头，"如果觉得不舒服，就叫李医生。"

"只是感冒而已。"听溪小声地咕哝着。

他已经转身却还是听到了。

"我知道只是感冒，而已。"他的语气里似还有余留的惊慌。

听溪怔了一下，这多不像他。

"江年锦。"她唤了他一声。

他的背影因为这声叫唤僵了一下，但他没转身。

听溪踌躇在原地，她捏着那件柔软的睡衣，心底也是柔软一片。

"为什么要对我这么好？"

明知道他不会回答，可是她还是忍不住问了出来。

江年锦站着没动，只是半侧了头，那棱角分明的侧脸，顺着光显出几分温情来。

他说："因为你很特别。"

6

夜深了，听溪辗转在江年锦的床上，那柔软的被子裹着她，四周都是他干净的气息，从她的鼻尖钻进她的心底，扰乱着她的心绪。

"因为你很特别。"

刚才，他背对着她，留下这句意味深长的话抬脚就走了。

她不知道，自己到底哪里特别，可她心间的那池春水，还是乱了。

门口传来了些许的响动，很轻很轻，是那人刻意在压低了自己走路的步调。

听溪翻了个身，闭上了眼睛。

床头壁灯还亮着一盏，温和的光懒懒散散地落在床被上，江年锦扫了一眼，第一次觉得他的床这么大，她躺在上面，一眼都扫不到的感觉。

他轻轻地走近。

苏听溪侧着身枕着手背，纤瘦的身子套在他的睡衣里，唱戏似的，看着却挺和谐的。

他俯身盯着那张好看的容颜，为什么她和那个女人那么像？

听溪感觉到他的目光落在她的身上，似羽毛一样摩挲着她的皮肤。她有点紧张。

忽然，她的额头被江年锦的手背覆住了。

她知道自己没有发烧，唯一滚烫的，是她的脸颊。

江年锦收回了手。身旁许久没有传来动静。

整个房间静得发沉，听溪终于忍不住将眼皮打开了一条缝儿。

江年锦侧卧着，抬肘撑着自己的脑袋正看着她，那眼神，不止像是在看着她，更像在走神。

为什么这个男人，看着她的眼神里有哀伤，那哀伤丝丝缕缕的，远看的时候并不明显，可是这样的距离看着，才发现原来它这么深厚。

他看到她睁开眼睛，既不觉得奇怪也没有因为被抓现行而显出几分心虚，他依旧与她对望着。

他的坦然如斯，让她觉得不太好意思了。

听溪想翻身的时候，江年锦的手伸过来，用力将她圈进了怀里。

他的心跳忽然在她耳边放大了几倍，连同心跳传进她耳朵里的，还有他的那一声叹息。

为什么她越靠近，越觉得这个男人，不快乐。

7

第二天一早，听溪只回家换了身衣服，就回 Beauty 了。

江年锦让她多休息几天，她没同意。最近多是专业培训，她哪怕错过一天都会落下别人好大一截。

之前的领队任中美已经不在了，连同平日里处处与她为伍的两个姑娘。

一夜之间可闻名遐迩和一夜之间可销声匿迹，这就是这个圈子的刺激。玩得起也要输得起。

听溪走进练功房的时候，很明显地感觉到里面的气压变了，她本就已经是这些人眼中的出头鸟，经历这一次的事件之后，该是有了更多供别人背后议论的谈资。

不过她不在乎这些了，以前是她自尊心太强，现在渐渐明白，江年锦给她的屏障和她自己继续努力这两件事，一点都不冲突。

遇到江年锦，是她的幸运，至少，暂时是。

一色进来的时候，看到她在也不觉得奇怪，好像他就知道她会来一样。

他朝着练功房里三三两两站着的姑娘使劲地拍了拍手掌。

"姑娘们，加安今年的模特儿新秀大赛很快就要开始报名了，别被一些莫须有的事情影响了斗志，都给我打起精神来，打起精神来啊！别死气沉沉的，Fighting！"

一色似乎自带一种暖场的本领，很多姑娘喜笑颜开之间已经被他带动了情绪。

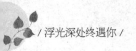

"你！你！你！还有你！你！"一色的指尖最后落向了听溪站的方向，他朝她眨了眨眼，"你们五个，先出来一下。"

被一色指定的几个女孩子面面相觑了一下，都跟着走了出去，听溪走在了最后。

身后又响起了窃窃私语声，一石激起千层浪，在这样随时可能定夺命运的关键时刻，每个人都成了惊弓之鸟。

一色神秘兮兮地将她们五个人带到了会议室，还随手关上了门。

他说："今晚在巴蜀有个饭局，你们五个跟我一起去参加。"

有人问："什么饭局？"

一色微微一笑："问得好！你们都竖起耳朵给我听好了，今天饭局上的，可都是至关这次新秀大赛结果的重要人物。你们这些人平日里表现都不错，所以才有这次机会先去混个脸熟。记住了，今晚都表现得大方些！"

一色说罢，意味深长的目光扫了一圈。

大家都心照不宣地笑起来，那模样，是像已经领先了练功房其他人一大步的扬扬得意。

听溪却并不觉得这样一餐饭能够决定什么，如果这一餐饭真的能定夺输赢，那么未免也有些胜之不武，她这么努力，不是为了胜之不武。

等所有人都走光了，她拉住了一色。

"我能不去吗？"

"怎么？还觉得不舒服吗？"一色打量着她。

听溪摇头。

"不是不舒服就没有其他问题了。我知道你在想什么，但是进入这行，终究要走到这一步的，况且只是吃顿饭而已，少不了你一块肉的。而且苏听溪你傻啊，其他人想要这个机会还没有呢！"

"可是我……"

"Stop！"一色比了个打住的手势，"今晚谁都可以不去，你一定要去，因为有人指定要你去！"

8

一色说的那个人，竟然是莫向远。

包间的门被推开的瞬间，听溪就看到了他。他坐在圆桌的主位，一身浅色的休闲装，在一群西装革履的男士中间，显得格外闲散也格外抢眼。

他身边的人正在和他比画着什么，他的嘴角噙着一抹笑，时不时地点着头。

听溪的脚步在原地顿了一下。

走在身后的姑娘等不及似的推开了她，先挤进了包间里。

今日同行的这些女孩子，都一改往日清纯的形象，个个浓妆艳抹，明艳动人。只有听溪，从练功房里出来的时候只匆匆洗了个脸，素面朝天的，毫无特色。

可是即使这样，莫向远还是一抬眼就看到了她，而且那锐利的目光，只看着她。

听溪局促起来。

这算什么？

走在前头的姑娘已经在开始自我介绍了，在这些清脆的声音和男人浑厚的笑声里，她更觉难堪。

一色推了一下听溪的肩膀。

"哟，一色，怎么才来！"

谁喊了一句，所有人的目光都挪到了门口。

"怎么站着？都过来坐啊。"莫向远笑着，指了指他对面那些空着的位置。

箭在弦上，已不得不发。

听溪硬着头皮走了进去，人多，包间里的空气有些稀薄，她觉得自己透不过气来，好在，没有人吸烟，倒不至于乌烟瘴气。

她的位置就在莫向远的正对面，虽然隔着几十英寸的桌面，可是她还是觉得不舒服。

一色很快热热闹闹地和大家打成了一团，听溪听出来，这些都是加安模特儿公司的老总，还有的，是一些媒体人。

平日里对立的立场，上了酒桌就可以其乐融融，不管真心假意，至少表面上是这样。

商场上，没有永远的朋友，自然也不会有永远的敌人。

不知道是谁说了一句："可惜江总从来不亲自参加这样的饭局。"

场面冷了一下。

听溪抬头，莫向远的目光还锁着她，好像从进来开始就一直没有挪开过，哪怕她低着头的时候。

一色哈哈哈地笑着，转了话题，没人敢再重新提起关于那个男人的只言片语。

江年锦总是让人又敬又畏的那一个。

9

庆幸的是，接下来的话题比听溪想象的少些风尘，她只管自己低头吃着菜，耳边

是此起彼伏的笑声，好笑的不好笑的总有人会捧场。莫向远偶尔会说话，在那些娇笑中，他的嗓音显得有些沉，让她微微走了神。

"苏小姐，怎么一直低着头，来，我敬你一杯。"

莫向远忽然站了起来。

众人的目光都落到了苏听溪的身上，这个从进屋就一直安安静静的姑娘，她淡雅得像是一抹烟，若不是莫向远提起，他们压根就不会注意到她，而这会儿注意到又挪不开视线了。

这样的容颜，粉黛未施，却从骨子里散发出一种惊艳。

一色扭头，看向苏听溪。

听溪这会儿抬着头，手里的筷子慢慢搁落。两道深深的目光笔直地向前，哪怕对面那位莫总已经站起来了，她也一点不着急的样子。

Beauty 和 Modern 交集不深，但是关于莫向远的事迹，一色也听过不少。

那年，莫氏濒临倒闭，莫氏前总裁莫向临重压之下病倒，所有人都以为莫氏这次回力无天的时候，是他一点一点挽救了这个企业。

莫向远钦点苏听溪的时候，一色着实吃了一惊。倒不是因为惊讶莫向远解释的大学同学之说，而是苏听溪，这个低调的姑娘到底还藏了多少他不知道的富贵人际，和她沾边的人，哪一个动动手指，都是可以让她少奋斗好几年的角色，可是她却从来不把这些当成资本，甚至因为想要摆脱这些光环而更加努力。这从容不迫的气度，啧啧！

了解越多，一色就越欣赏这姑娘。

只是个人的理解不同，他眼里的低调在别人的眼里，也许就成了高调。

身边刚刚还热情高涨的小模特儿们很明显地变了脸。

从开始上酒一直到现在，都是她们舰着脸主动在敬这个总那个总，而这位莫总，敬酒的时候总是第一个被关注到的。

他年轻俊朗、举止优雅，在这整圈中年男人之间就像是一颗耀眼的星星，可他眼里总闪出一种生人勿近的讯息，让她们最多也只敢在一色敬他的时候，在边上搭敬一杯。但这会儿，莫总竟主动敬起了苏听溪，这天差地别的待遇，任谁也高兴不起来了吧。

苏听溪端起了自己手边的玻璃杯，因为今夜还未沾过酒，她的杯子还是空的。听溪身旁的那位男士见状，立即站起来，替她倒了半杯葡萄酒，她轻声说了谢谢之后，朝着莫向远的方向举了一下杯子。

"谢谢莫总，先干为敬。"她仰头喝尽了杯中的酒，那醇香的液体滚过舌尖，其实觉不出什么味道。

在莫向远若有深意的注视下，她坐回了位置上。

所有人都朝莫向远看过去，比莫总晚站起来算是情有可原，可是这又施施然地比莫总先坐下，就显得过分了。

莫向远不怒反笑："苏小姐好酒量。"

这句话像是一根导火索，餐桌上的人都纷纷效仿莫向远站起来给听溪敬酒。

听溪不声不响，一概大方喝下，她的豪爽将饭局推向了高潮。

莫向远开了个头之后一直倚在椅背上，她来者不拒的模样，让他的脸色一点一点难看起来，可是他想让她怎么样呢？她怎么样他才会觉得心里舒坦呢？

难道是苏听溪直接将酒杯里的酒悉数泼到他的脸上他才会觉得开心吗？

他不知道，但肯定不是这样。他不再是苏听溪认识的莫向远了，而苏听溪，也不再是他认识的那个苏听溪了。

时光最残忍的地方，不就是在这里吗？

听溪终于觉得胃里开始火辣辣的，头也开始发晕，觥筹交错之间的人影开始一点点变得模糊。

她起身推开了椅子说："失陪一下，我去下洗手间。"

推开包间的门，清冷干净的空气扑面而来，感觉得了一次新生。

她只洗了把脸，就觉得头脑清醒不少，她一出洗手间，就看到莫向远倚在走廊上等她。

他的指尖夹着一支燃了一半的烟，一口烟圈吐出来，她都看不清他的表情，但她已经死心了，她不会再期待那个纯粹干净的莫向远回来。

听溪想要无视他直接走过，他却伸手攥住了她，把她拖到墙角。

"你要一直这样躲着我吗？"他的脸色有些难看。

"我不是按照莫总的吩咐来了吗？"听溪抬眸，眼神迷离。

"我不这样，你会愿意见我吗？"

"不会。我们之间早就没什么好说的了。"

"听溪……"他忽然伸手把听溪搂进了怀里，"你能不能别这样和我说话？"

莫向远的怀抱还是这样的温暖，可是此时此刻，这暖，却显得有些烫人了。

她一把推开了他："莫总，请注意你的言行！"

她皱着眉头，想起莫向远第一次拥抱她的时候，两个人如雷的心跳撞到了一块，扑通扑通的，好像会穿透这肉体永远在一起似的。

彼时年少，却也只是因为年少，才那么轻易地认定了一个人，也放掉了一个人。

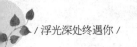

"听溪，当年的一切，我都可以解释。"

"对，但前提是我愿意听。莫向远，我为什么还要听？我听了又能怎么样？你会离开安培培和我在一起吗？"

莫向远怔了一下，良久才反问道："是你，还愿意和我在一起吗？"

他的眸光暗淡，听溪看着他，摇了摇头。

她想说不愿意的时候，脑中忽然闪过江年锦的脸。

10

"苏听溪。"

身后忽然响起了熟悉的声音。

江年锦？她才想起他，他就出现了吗？

听溪忙不迭地回过头去。

宽阔的走廊里，江年锦和他的秘书并排站在一起。他的外套披在肩上，看起来也像是喝了不少的酒。

"又遇到莫总了，真是巧。"江年锦往前走了两步，脚步虚浮，秘书想要伸手扶他，被他一把给推开了。

"是巧。江总今天没有参加我们的饭局有些可惜了，Beauty今年新秀的胆识和酒量，怕是你也没有见识过吧。"莫向远笑吟吟的，像是又戴上了假面。

江年锦噙着嘴角那抹笑，笑得人瘆得慌。

"苏小姐，大家都在等着呢，再进去喝一杯？"莫向远对着听溪朝包间的方向指了指。

"她不去了，莫总请便。"江年锦一口拒绝。拒绝的同时，他牵住了听溪的手。

莫向远耸耸肩，直接忽略了他们紧握在一起的手，转身就走。

走廊里的气压很低。

听溪正想说点什么的时候，江年锦的脑袋忽然凑了过来，她紧张地屏起了呼吸，他却并没碰她。

"你喝了很多酒？"江年锦眯着眼。

"你确定那酒味是我身上的？不是你身上的吗？"

听溪心虚地狡辩，只是话未说完，他的唇忽然就贴了上来，吞没了她所有的话音。他并未加深这个吻，只是辗转了几下，便松开了她。

"红酒？"他挑着眉，似尝出什么，"我今晚可没喝红酒。"

听溪咂舌，江年锦真是只老狐狸，这样也行。

"我没喝多少。"她企图给自己减刑。江年锦却并不买账，他凛着脸问她："苏听溪，谁准你参加这样的酒局的？"

听溪还未反应过来，江年锦扭头看着他的秘书。

"去把一色给我叫出来。"

"是。"

李秘书得令，很快就把一色带了出来。

一色聪明，一猜就猜到发生了什么事情。

"哎哟，锦少爷，就算你是 Beauty 的王，但也不能这么专制霸权啊，这些模特儿又不是你后宫的妃子，怎么？还见不得别的男人了？"一色白眼一翻，让听溪想起了古代电视剧里那些公公。

"一色，我从不过问你的营销手段。但是你记住了，苏听溪想要往上爬，不需要陪别的男人吃饭。我一个，足矣。"

11

江年锦说完，攥住了听溪的手，直接往外走，这一路人来人往，他火气很大，路人都唯恐避之不及。

阿府的车停在门外，江年锦一下就把她塞进了车里。

"我和莫向远没什么。"听溪也不知道自己为什么要解释，只是嘴边的话自然而然就说出了口。

江年锦没有作声。难怪，刚才阿府吞吞吐吐地拦着他，不让他往里走，原来是怕他看到苏听溪和莫向远在走廊里搂搂抱抱，可他还是看到了，因为他喝了酒之后，谁的话都不会听。

"我没想到会遇到他。"听溪又补了一句。

江年锦转了头，看着窗外。

听溪气馁，心里也不乐意起来。就算她和莫向远真的有什么，江年锦凭什么对她发火，他又不喜欢她，特别又不算喜欢。

"刺！"

车子忽然来了个大急刹。

听溪止不住地往前倾去，眼前一片漆黑。几乎同时，她的肩膀被一双有力的手臂裹得紧紧的。她的鼻尖撞在江年锦胸口柔软的织物上，那熟悉的味道凝着酒香席卷而来，

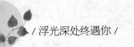

她脑袋里一阵眩晕。

"阿府！你怎么回事！"江年锦一声厉喝，松开了听溪，顺势抬手揉了揉她的脑袋，"没事吧？"

听溪摇头，他近在咫尺的俊颜满满都是对她的担忧。

刚才还火气冲天的一个人，在危险发生的时候还是会第一时间保护她，这到底是不是喜欢？

"不好意思。"阿府道歉，"只是前面忽然蹿出一个人。"

阿府话音未落，他口中的那抹人影已经趴在了引擎盖上，隐约间看出是个女人。她惊慌失措地跑到驾驶座边，边敲打着车窗玻璃，边不停地往身后张望。

"救命！救命啊！"她边拍玻璃边大喊着。

阿府转过头来看着江年锦，江年锦点了点头，阿府降下了车窗玻璃。

"先生，救命啊，救命，那些人要抓我去……去……"女人的声音带着哭腔，接下来要说的话似乎让她觉得难以启齿，"救救我，带我一程好不好？"

阿府又转过头来看着江年锦。

江年锦皱着眉，并未点头。

"文欣？"

听溪看着这个长发散得满脸都是的女人，不确定地唤了一声。

那女人闻声扭头看到听溪，瞬间，眼泪就崩出来了。

"苏小姐，救我！"

不远处的街口忽然跑出几个膘肥体壮的大汉，他们的目光像是雷达一样四下搜寻着。文欣频繁地回头，显得更加紧张。

"苏小姐……"

听溪一把按住了江年锦的膝头。

"救救她！"

江年锦垂了一下眼睑，看到苏听溪按在自己膝头上的指关节都微微泛起了白。

他的眉头皱得更紧，这个女人，真是多管闲事！

苏听溪又摇了摇他的腿，撒娇似的。

他的心忽然就软了，手也不由自主地握住了她的手，他朝着阿府点了点头。

"快上来吧。"阿府指了指副驾驶座。

"谢谢！谢谢！"文欣飞快地坐进车里。

阿府关上了车窗，车子"咻"的一下越过那些大汉奔进街道。

文欣看到彻底安全了，才松了一口气，她转过头来看着后座的听溪和江年锦，目光自然也没有落下他们交握的手。

　　江年锦似是故意不松开听溪，听溪有些尴尬地笑了一下，问她："他们都是些什么人？为什么要追你？"

　　文欣低了头："那日被沐葵当众欺辱之后，大家都明里暗里欺负我，我实在受不了就从 Beauty 出来了。我没有工作也没处可去，所以去了酒店做陪酒的小姐，我真的只是陪酒而已。今天来的客人，要非礼我。我不从，他们就来硬的，所以我才跑了出来。那些人，就是那个客人的手下。"

　　"阿府，查一下什么人。"江年锦交代。

　　"不用了江先生，不用为我这么麻烦。"文欣摇头，然后朝着窗外看了一眼，对阿府说，"就在这儿把我放下吧！"

　　"你要回哪儿？"听溪身子往前一仰，攀住了她前面的座椅。

　　"我……我不知道我还能回哪儿。"文欣又低了头，她散乱的长发掩着她的面容。听溪看不清楚，只觉得暗淡得让人心疼。

　　"那你今天去我那儿住吧。"她几乎下意识地说出了这句话。

　　江年锦握着她的手明显一紧，不乐意了。

　　"阿府，在这里放下我和苏小姐，然后送这位小姐去贵安酒店住下。"江年锦继续交代。

　　"是。"

　　"可是……那些人会不会找上门来？"听溪还是不放心。

　　江年锦瞟她一眼。

　　"贵安里入住的多为政要人物，安保难道还比不上你那小笼子？"

　　阿府已经停了车。

　　江年锦将苏听溪一把拉了下来。听溪看了看文欣，到底没有再坚持。

　　"走吧，回去算账。"江年锦握着听溪的手，走了两步去拦车。

　　"算什么账？"

　　"你陪别的男人吃饭的账。"

　　"……"

12

　　第二天一早，听溪就去了贵安，见文欣睡了一觉之后精神状态都不错才放了心。

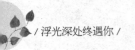

文欣告诉听溪,她当初在急景会场撞到了江年锦,被沐葵教训之后,Beauty的那些模特儿都开始有意无意地排挤她,她根本无法继续在那个地方立足。她狠下心离开,却发现自己最爱的还是T台,离开那些灯光,她根本什么都做不了。

说起被处处排挤,听溪想起了自己近来的处境。只是比起文欣,她唯一幸运的,就是她还有一个江年锦。

文欣最后近乎是恳求般希望听溪能够和江先生说说,再给她一个回到T台的机会。她说瘦死的骆驼比马大,好歹,她还有那么多年做模特儿的经验在身上。

听溪有意帮助文欣,但这事一提到江年锦那儿,江年锦一口就回绝了她。

他说:"苏听溪你是真傻还是假傻,现在她的加入,对你而言,就是多了一个对手。你就这么有自信,能在新秀大赛上夺魁?"

听溪撇嘴:"我的对手从来只有我自己,而且,我也从来没有想过要在新秀大赛上夺魁。"

他不语,任由她软磨硬泡半天都没有松口答应。

听溪赌气,从那之后三天没有接他的电话。

三天之后,一色忽然宣布说最近会有几个姑娘加入她们这个团队以替补任中美她们几个的空缺。一色宣布这条消息的时候,还饶有深意地看了一眼听溪。

听溪当时不懂,后来看到文欣以新人练习生的身份出现在练功房里的时候,忽然就懂了。

原来是江年锦举白旗投降了。

下班之后,为了表示自己已经消气,听溪主动给江年锦打了和解电话。

电话是阿府接的。阿府说:"江先生的手机在我这里,他现在正在出席一个开幕活动,可能暂时不能给你回电话。苏小姐有什么事情吗?"

"告诉他我在家里等他回来吃饭。"

这话有些温情了,阿府那头愣了一下,才应声说好。

听溪挂上电话就打开了电视,阿府所说的开幕活动正在现场直播。

叠叠的人影里要发现江年锦的身影并不困难,他身上的光环太多,所有镜头都聚焦着他的脚步。

听溪看着屏幕里的江年锦,人前的他总是优雅逼人的,所向披靡到好像无所畏惧,可她知道,他其实不是。

江年锦有他的故事,从陈尔冬的只言片语中她可以知道,江年锦故事里的那个女子有多么让人难忘。

画面切近了江年锦，他四周环绕的都是加安的名媛，那些女人，个个明眸皓齿，身份尊贵。她心里开始隐隐地难受，说不上来的，就是觉得不踏实。

站在他的身边不显逊色，要这样的程度，才够吧。

即使她再努力，可是他们现在，依旧不是同一个世界的人。

手机忽然响了起来，听溪看到屏幕上闪现的是文欣的名字。

文欣心情不错，她说："听溪，今天江先生还命人在 Beauty 附近给我安排了房子，谢谢你。"

"他做的好事，怎么谢我？"

"江先生会帮我，还不是因为你。"文欣语气里掩不住羡慕，"听溪，你和江先生是在交往吧？"

交往？

虽然现在的他们亲近到会一起吃饭，会一起相拥入眠，可是，这些算交往吗？

不，不算的。

他从没说过喜欢她。

在他没有回应之前，这些都不过是她的独角戏而已。

"我们没有交往。"

13

江年锦从觥筹交错的寒暄中脱身，已经是半夜。

阿府进来说："苏小姐今天给您打过电话。"

江年锦看了一眼时间，没有把电话拨回去。

他开车到小区，看到她屋子里的灯还亮着，心里沉淀了一天的情绪，才慢慢打开。

她还在等他回来，这是今天最值得他扬起嘴角的事情。

楼道里静悄悄的，他也不自觉地放轻了脚步。那枚小小的钥匙躺在他的掌心里。

这枚钥匙，是前两天苏听溪主动给的。

这件事情的源头，可能要从新秀大赛刚报名的那段时间说起，她天天被一色逮着训练到老晚，而那一天他临时被推了一个会议，到家的时候她还没有回来。

其实也没什么关系，虽然他耐心不好，但是等她他还是乐意的。

巷子里的大爷们吃完晚饭就出来拉帮结派地摆棋局摆牌局。他闲着也是闲着，就下了车凑过去看热闹。哪知，每天报到的朱大爷那日正好回女儿家探亲去了，麻将桌上三缺一。

"哎，那个小苏家的。"

他正安安静静地看着人下象棋，肩膀就被人按住了。

那个小苏家的，原来是喊他。听着，有些怪却不赖。

他礼貌地应了声。

那大爷问他："会打麻将不？"

打麻将？普云辉喜欢，全国各地区的麻将玩法他都不在话下。江年锦被拉着凑过数，稀里糊涂地输掉过一套古玩，这种程度，算不算会？

他还来不及回答，几个大爷就拖着他坐到麻将桌前。

他想着，凑合着玩吧，反正苏听溪也还没回来。

没想到第一局他就赢了，也不知道赌注是多大，反正他还挺开心。

不过，姜终归还是老的辣，到最后他手里的赌注砝码输到几乎所剩无几。

那些大爷都说："小苏家的今天输惨了。"

输惨了，那是多惨？

结账的时候，他竟然输了9块5毛！

9块5毛啊！

他看了一眼这平和的小巷，原来9块5毛，已经是输惨了的级别。当初他输掉一套古玩的时候，普云辉他们那群狗友还嫌从他身上刮的油水太少。

可是，他掏遍全身也掏不出这些零钱，摸出一张整钞大爷们就不高兴了，说是家里的老婆娘不许台面上出现这样的大钱，况且他们也找不开。

正当他不知如何是好的时候，苏听溪回来了。

他看到她简直跟看到救兵似的两眼放光："苏听溪，快拿钱捞人。"

后来，她就把家里的钥匙给他了。

她说："还有下次的话，你直接上楼等着吧。"

他问："怎么，嫌我给你丢脸了？"

她瞪他："可不是嘛，不止丢脸，还给我输钱了呢。"

她那样子，跟数落外出赌博丈夫的小妻子似的。他知道，她哪里是怕他给她丢脸，她是在替他考虑。

的确，他卷着衣袖摸牌的那个样子，若是让这小区之外的其他人看到，足够撑起人家报社的一个版面了。到时候，指不定惹出什么风波来。

可是，他喜欢。

1

江年锦走进屋里，屋里静悄悄的，餐桌上摆满了菜盘。而苏听溪，趴在桌角上，已经睡着了。

他轻轻地走近了，扫了一眼，桌上摆放的都是些他爱吃的菜。

他承认，被她这样细心地注意到了喜好，这样的感觉很好。

自从他离开北城之后，就许久没有人这样亲自为他下厨做一桌他爱吃的菜了。前几天他回北城的消息不胫而走，家里的老太太就给他打电话了，说："回家吧，回家好歹能吃上我给你做的菜。"

他匆匆就把电话挂了，这么些年过去了，他依旧不习惯接这样温情到让他动容的电话。他怕说多了，就会泄露情绪。

苏听溪流瀑一样的长发落在她的背上。他抬手轻轻地拂了拂。那细白的颈子，凝脂一样地泛着光。

她的脖颈上光秃秃的，他想起在巴黎她丢的那条链子。那天他为了找到它费了不少的周章，当然是在她不知道的情况下，她不喜欢兴师动众。

她不喜欢的事情，他做也只敢做得不动声色。

那条链子，他并不知道是谁送给她的，但是他知道，那个时候的苏听溪，身上还带着别人和过去留下的痕迹。

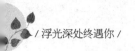

而今呢?

链子取下了,他肉眼看得到的痕迹都消失了。那么曾经刻在她心尖上的印记呢?

那个女人也曾那样对他说过,那些他以为是真心话的谎言。

"江年锦,我已经放下过去了。"

"江年锦,我喜欢你。"

"江年锦,你娶我吧。"

......

可是到最后,她还是离开了他,用那样决绝的方式,让他变成全北城的笑话。

陈尔冬说,苏听溪和她,是不一样的。

她们,是不一样的,可是她们,相似的地方,也不止一点点。

可能是他目光太过沉重,听溪忽然睁开了眼睛。

那惺忪的睡眼,还带着雾气,迷迷糊糊地问他:"你回来啦?"

江年锦点了下头。

她揉了揉眼睛踉跄着站起来:"我去给你把菜热一下。"

他挪了一下脚步,揽住了她的去路。她"嗯?"的一声抬起头,就被他抱住了。

江年锦低头深深地吻住她,像要吻醒她,也吻醒自己。

无论如何,此刻在他怀里的苏听溪,是真实的。

2

听溪翻了个身,身边的那个人没在。她已经开始习惯这样,被他拥抱着入睡,又独自一人睁眼。

她趿了棉拖走进客厅,客厅的窗户开着,楼下嬉笑的声音顺着风从窗户口飘进来。她走到窗口,视线下移的瞬间就看到了江年锦。

他穿着蓝黑的运动服,淡淡地负手站在朱大爷的身后,朱大爷他们一早就在下棋。

听溪发现,江年锦很喜欢凑这样的热闹。他看的时候只是安静地看,玩的时候又是投入地玩,搞得楼下的大爷都很喜欢他。

朱大爷就不止一次地对她说过:"小苏,小江这个人人品不错。"

麻将桌上看人品,也亏得这些大爷想得出来。

对于江年锦这个人的人品,在加安这座城市一直都是众说纷纭的。她刚来的时候就听过很多诸如负分的评价,什么冷血、什么无情……那时候她还无心去了解这个男人,流言从耳边过的时候她都记不住。

而现在，她只相信自己的眼睛和感觉。

江年锦是刚刚跑步回来，鬓角的汗意在阳光下亮晶晶的，晃着她的眼睛。她扬了一下嘴角，才转身走进了洗手间。

小小的洗手台上摆满了洗漱用品，有她的也有他的。

这段时间以来，江年锦的东西在属于她的空间里一点一点多起来，这种侵略是以一种潜移默化的姿态出现的，她起初不经意，察觉时他已经攻城略地。

听溪刚刷完牙，江年锦就回来了，他将早餐往桌上一放，去衣柜取了自己要换的衣服就挤进浴室来。

"我要洗澡。"他说完就脱下了自己的上衣。

听溪猝不及防地抬头，看到他麦色的皮肤这样大面积地暴露在自己的面前，忍不住就红了脸。

他精壮的胳膊撞过来："不出去？"

她瞬间回过神来，逃窜了出去。关门的时候，她分明看到他的脸上有明朗的笑意。

和她待在一块儿的时候，他时常会流露出那种近乎迷惘的神情，让人看不出深意。但是渐渐地，他对她笑的时候，越来越多。

他笑的时候总是流光飞舞，那种感觉不是高高在上的江总，就简单的只是楼下大爷口中的小江。

她走过去将桌上的袋子打开，早餐腾腾的热气冲进眼里，她有些动容。

他们就这样，一起吃晚餐，一起入睡，一起吃早餐。这温暖的模式，像寻常的夫妻一样。

这些曾经被她勾勒了千万遍的小幸福，莫向远走后，她本以为再也不可能实现，没想到有朝一日，她的生命里还会出现这样一个男人，给她莫名的安全感，也让她莫名期许有他的未来。

3

江年锦看着听溪，问她，今天有没有什么安排。

安排？

听溪想了想，周末的时候她通常都会窝在家里，收拾收拾屋子看看书就过去了，这应该算不上安排。

见她许久不说话，他替她做了决定："如果没有安排，就跟我去庄园骑马。"

这是听溪第二次来到四谷庄园，比起第一次的忐忑，这一次自然许多。

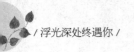

是的，第一次来这里的时候，是忐忑的，因为不知道陈尔冬会对她说点什么。

听溪已经很久没见陈尔冬了，前段时间陈尔冬去法国培训了，那次培训，是她自己努力争取了很久的，如愿以偿的那天，她还兴奋地给听溪打了电话告别。算算日子，正是今天回来。

庄园的园长牵着小腾从马棚里走出来，小腾吃饱了心情不错，那油亮尾巴一甩一甩的，有一种难言的洒脱和帅气。

听溪拍了拍它的脸，它拱过来蹭了蹭，似乎还认得她。

"我也想学骑马！"听溪转过身去看着江年锦。

江年锦正从园长的手里接过缰绳，听到她说话，抬眸看了她一眼。

她有些兴奋，睁大了眼睛看着他，那宝石似的瞳仁闪着那么美的光泽。

江年锦愣怔着，而听溪见长久没得到他的回应，她还皱了皱眉尖，调皮的模样有几分像是小腾。

园长笑道："苏小姐想学的话，随时可以来。"

江年锦又看了她一眼，这次是仔仔细细地打量。

"下次穿成这样来，不许她上马。"

听溪听罢忙低头，她今天穿的有什么不妥吗？她已经拣着自己最轻便的衣服穿了，骑马，完全没有问题。

园长一听便知晓了江年锦的意思，他点头："江先生放心，我们必会做好最完备的安全措施，不会让苏小姐有任何闪失的。"

江年锦"嗯"了一声，踩着马蹬纵身一跃直接跳上了马。

"上来。"他对她伸出了手。

听溪想起上次颠得七荤八素的，心里生了犹豫。

"要说高手，江总可是我们这里顶级的，谁的技术也比不过他。"园长似是为了让听溪宽心，朝着她竖了竖大拇指。

"噢？"听溪仰头看了一眼马上的江年锦，居高临下，若是披了盔甲，一定是个战无不胜的将军。

她眨着眼睛："等我学会了骑马，他就排不上顶级了。"

她朝着江年锦扬了扬下巴，半挑衅半耍赖似的问他："你说是吧？"

园长愣了一下，大概是没想到听溪会开这样的玩笑，他随即大笑起来："苏小姐好大的魄力。"

江年锦从来没见过这样的苏听溪，像个自信满满的孩子，好像吃准了他会为她让步。

他挪开了目光，清了清喉咙："等先赢了我再说。"

她还不依不饶："等我赢了你怎么说？"

"随你怎么说。"

"那你就得答应我一个要求。"

江年锦又"嗯"了一声，尾音拖得很长又微微上扬，带着无奈也带着宠溺。

"园长，你可听见了，要给我作证啊！"

"听见了，作证作证。"园长乐呵呵的，他可从来没有看到过无所不能的江总在女人面前吃瘪。

"现在可以上来了？"江年锦晃了晃自己的手。

听溪点头，在园长的帮助下小心翼翼地上了马背。

4

四谷庄园依山傍水，风景秀丽，处处透着烟火气息。这是一个有人情味儿的地方，适合游玩更适合居住。

小腾走到一个小湖边就停下了，岸边的那片青青草地，大概是正好合了小腾的口味。

江年锦先跳下马去将小腾的缰绳缠在树上，才慢慢地将听溪搂下来。

听溪双脚一落地，就挣了江年锦的手朝着小湖边跑去，她的长发在风里飞起又落下，流苏一样的美。他没有跟着，只是坐在草地上，看着她小鹿一样半跪在湖边去伸手汲水。这样安静的一天，对他来说，才是美妙的。

苏听溪一个人玩了好久才折回来，鞋子也脱了，袖子也湿了，她还是很兴奋的样子。

"如果每天可以来这里晃一晃多好。"她在他的身边盘腿而坐，光秃秃的脚丫子在绿油油的草地上更显白嫩。

"只要一色放人，我就没有意见。"

听溪撇了撇嘴，想起最近的魔鬼式训练，总觉得扫兴了。文欣说她入行这么多年，从没有受过这样强度的训练，果然一色手下常出名模是有迹可循的。

"你怎么忽然改变主意留下文欣了？"

听溪歪头，江年锦听到听溪的问题，也没有太大反应，就好像知道她一定会问一样，只是他还没有准备好答案。

他本是真的不想答应的，从 Beauty 出去的人从来没有再回来的。只是，他的原则在遇到关于她的问题，就不再管用了。

一色说："缺失的名额总要补上去，反正横竖都是多人，多一个原来的熟人也没

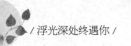

什么不好。况且，文欣和听溪关系不错，这样，对听溪而言，多少也算有了一个照应。"

他以前处处想护她周全，可是对于她现在所处的真实环境，他却忽略了，一色说得对，因为他处处受人排挤的苏听溪，虽然嘴上从来不说，可是心里一定也是孤独的。

如果有一个人能够陪伴她，那么一切原则，都变得可以退让。

"她重新回到 Beauty，你感觉怎么样？"江年锦反问她。

"我觉得很好啊，很高兴。"听溪答得爽快。

江年锦看着她的眼神忽然变深了，他仰头看着天空。

"只要你快乐，其他一切都不需要理由。"

他悠然的声音缓缓地传过来，风一样拂在她的脸上还有心上。

5

这也许不算是一句甜言蜜语，但是对于江年锦而言，能说出这样的话，已经在他的尺度之外了。

听溪觉得风里都带着电流，她全身酥酥麻麻的。

江年锦别扭地站了起来，说："走吧。"

"还去哪儿？"

"早上吃得少，现在有些饿了。"他神情轻松，弯下腰把手递给她。

听溪握住了他的手指，趁着他没有防备的时候使劲将他往下一攥，她两条纤细的胳膊钩住了他的脖颈，那微如轻羽的吻小心翼翼地落在了他的左脸颊上。

"苏听溪，你！"

听溪飞快地放开他，抚着小腾，红着脸回过头来说："江年锦，我们扯平！"

他想起，那次在麦秸地里，他也是这样偷袭了她。可是扯平？怎么扯得平？他可不像她这样只是敷衍地蜻蜓点水。

农庄里有农家餐馆，江年锦将小腾交给餐馆的工作人员，刚刚与听溪走进餐馆择桌坐下，迎面又有嘚嘚的马蹄声和女人隐约的笑声。

门被推开了溪愣了一下。来的人竟然是沈庭欢。

沈庭欢一身碎花运动服，头戴鸭舌帽，看起来悠闲靓丽又不失大气。

"年锦。"沈庭欢同江年锦打招呼，紧接着坐到了听溪的身边，"好久没来了，今天忽然想来跑一圈，没想到会遇到你们。不介意我坐下一起吃饭吧？"

沈庭欢看向听溪，听溪没作声，倒是江年锦晃了晃腿，朝沈庭欢推过去一个茶杯。

"你怎么忽然想起来这里？"

"怎么，我不能来吗？"沈庭欢拎起茶壶给自己倒了杯水，"其实我一直想来看看，但是你也知道，最近我特别忙。前两天为了春秋那场秀，我都快累散架了。不过，那场秀走得可真是畅快。年锦，你看了吗？"

沈庭欢像个急于炫耀成绩单的小孩，全然不顾听溪也在现场。

江年锦摇了一下头。

听溪看到沈庭欢眸子里的光暗了一下。其实，春秋那场秀，她看了。

那日的沈庭欢妆容简单，唯一浓重修饰的是她的唇妆。

沈庭欢走台时的台风和节奏感都是无可挑剔的。她抬步之间总像只骄傲的孔雀，把重心稳得很好，可是唯一不足的是她的个人气场太强，让她和服装之间产生了几分喧宾夺主的尴尬感。

菜很快就上齐了。

沈庭欢几乎不动筷子，任眼前美食诱人，她都不吃。听溪知道，作为超模，为了保持身材，要付出的代价比一般人想象的还要惨烈。

自从听溪踏入这个圈子之后，她也开始节制自己的饮食。不过好在她本就比较注重均衡的饮食，健康在她眼里比什么都重要。

饭桌之上，江年锦很照顾听溪。他时不时地给她夹菜，心细如丝。

沈庭欢的脸色越来越难看，不过她还是不动声色地坐着。中途，她的手机响了起来。

听溪扫了一眼屏幕上的那个号码，随着这个号码跳出来的是一张小小的照片，照片上隐约是个孩子，只是看不清楚脸。

沈庭欢接起来，刚说了一句"喂"就按住了听筒往外走，那样子颇为神秘。

没一会儿，她接完电话折回来。

"年锦。"沈庭欢凑到江年锦的耳边，低声说了句什么。

江年锦虽不言不语，但也没有闪躲沈庭欢的亲密。

听溪顿时觉得不是滋味。

6

沈庭欢和江年锦说完话就匆匆走了。

江年锦倒仍是不疾不徐，他耐心地等着听溪放下筷子，才起身说送她回家。

只是那天晚上，江年锦没有留在听溪那里过夜。

他不在，听溪在床上翻来覆去地难以入眠，心里空荡荡的。于是，她打开了电视机。

"沈庭欢一直是时尚圈的传奇女子，她消失两年去向成谜，情感归属亦是成谜。

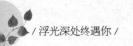

在各种猜测众说纷纭之时，本节目的记者今日拍到也许足以解释一切的画面，下面就让我们来看一下。"

屏幕上缓缓闪现了一组照片，照片的背景是一片模糊的黑，隐隐绰绰之间闪着两个人影，一大一小。

小孩子因为被搂在怀里，只能辨出个轮廓，可是那个大人，纵然画面再不清晰，她都可以认出来。

没有人可以模仿出江年锦的气场，哪怕只是个侧影。

江年锦从蹲倒在地上开始直到那个小孩子奔跑着扑进他的怀里，这一系列连贯的动作一个都没有被狗仔队的镜头给落下。

江年锦竟然有个孩子？

看到这里，此刻在电视机前围观的群众大概都是和听溪一个反应，那就是惊诧到不能自已。而这离奇的一幕，因为沈庭欢进入画面之后，顿时有了一个不能更圆满的解释。

原来，沈庭欢消失的这两年，是给江年锦生孩子去了。

这个念头蹿过听溪的脑海时，她忽然狠狠地打了一个哆嗦。没来由地，就像是心口自我膨胀的一个世界被谁用利器"嘭"的一下猛然扎破了的那种感觉，毫无防备又疼痛难挡。

她几乎是跳起来关上了电视。眼里的酸涩让她再也无法直视画面里的那些人。

她如临大敌般逃进那个小小的房间，只是那柔软的棉被裹在身上，还是驱不散身上彻骨的冷。

手机在枕边振动，她伸手过去摸了过来，黑暗里那方屏幕更加亮。

江年锦，屏幕上闪着这三个字。

新手机刚刚买来的那会儿，是她自己小心翼翼地将那个号码输进手机的。

那时候，他们的交集牵扯还那样浅，浅到没有想过会有以后，而现在，竟然已经不知不觉深到割舍会痛的程度。

时间真是良药，治愈了她旧时伤疤。时间也是毒药，重新在她身上碾下新鲜伤口。

她没有回应，手机振了几下也就不振了。

江年锦没有耐心，一直没有。

7

浑浑噩噩的一夜，醒来时，沈庭欢和江年锦的绯闻已经上了各大新闻版面的头条。

江年锦本有一夜的时间去处理这些琐碎，可是这条消息并没有被扼杀在摇篮里，反而，它以疯长之势在蔓延。

"沈庭欢"这三个字一下子又冲到了热搜词汇的第一。

很多人揣测，这是Beauty的公关团队在为沈庭欢虚张声势，可是这个观点很快又被推翻，Beauty的公关团队纵使再想出彩，也不敢拉上江年锦做赌注。

听溪因为江年锦的绯闻闹心，训练也没有精神，但偏偏在这个节骨眼上，一色又玩出了新花样。

一色决定把练功房的这群新人带到急景去体验一下兵荒马乱和真刀真枪的秀场。

听到这个消息，所有人都像是被关了太久的笼中之鸟，兴奋得跃跃欲试。

在急景的化妆间里，听溪碰到了沐葵。

在沈庭欢的桃色绯闻出来之后，其实最大的受害人，是和沈庭欢彼此替代存在的沐葵。

很多口头协定还未签约的广告商为了博取眼球，都将代言模特儿由沐葵改成沈庭欢，弱肉强食，见风使舵……这些都是身处在风云突变时尚圈里的每一个人所需要承受的，纵然大牌如沐葵，也一样。

沐葵在后台化完了妆，情绪很平淡，似乎并没有被影响。看到一色领着她们一大帮姑娘进来，她只是挑了一下眉毛。

大家都对沐葵有几分敬畏，尤其是经历了上次的"撕衣"事件之后。

一色和沐葵打了个招呼说明了来意，沐葵听着就笑了。

"一色你就是喜欢搞这些噱头，模特儿的路是走出来的，可不是看出来的。"

"哎哎哎，姑娘们都听到沐老师的话没有。"一色回身朝着大家扬了扬手，"我决定等下看完，带大家上台溜一圈。"

所有人都笑起来，在稀稀落落的笑声里，大家都往台前走去。

听溪她们走在了最后，沐葵站起来的时候，目光忽然停在了文欣的脸上。

也许是当初被沐葵那样拳打脚踢的往事让文欣有些无法面对沐葵，她低下了头。

沐葵却并没有因为文欣的闪躲起恻隐之心，她直接走过去捏住了文欣的下巴。

文欣偷偷求救似的看了一眼听溪。听溪上前一步，却被沐葵一手挡了下来。

"哟，这是谁？真是怪事年年有，今年特别多啊。你不是走了吗？怎么又回来了？"

"江先生让我回来的。"文欣低声地道。

"你可真有本事。"沐葵松开了文欣，转而按住了听溪的肩膀，"苏听溪，收一收你的大善心，把眼睛放亮点，看人可别只看表面。"

气氛有些尴尬，但沐葵已经松手走人了。

8

今天这场秀的主打品牌是运动服和背包。

沐葵依旧是压轴出场，她单肩背包，步履轻快，从T台尽头走来，让人感觉迎面而来都是一股带着活力的风。走到台前的时候，她左右侧身，将背包和运动服的细节都展现给了台下的观众。

一色轻轻地拍了一下掌，回头看着她们这群姑娘。

"看到沐葵了吗？知道她最厉害的在哪儿吗？"

所有人一起抬头。沐葵已经转身往回走了，走这类型的秀，最没有负担的地方大概就是不用穿高跟鞋，但是这样的秀，要走出特色，也很难。

"沐葵最厉害，就是她了解和体会设计师对产品的用意，包括对每一个细节的精雕细琢。她清楚地知道这场秀要给大家展示的是什么……"

一色一边看一边评说，听溪听着觉得受益匪浅。

这场秀清场之后，一色如他所说，把整个场地空留出来给她们过瘾。

同行的小模特儿们飞奔到T台上就开心得忘了形，听溪却依旧打不起精神，她坐在台下只是看着。

江年锦从昨晚之后，就没有再给她打过一通电话。

他难道都不需要解释一下吗？

"怎么心不在焉的？"一色忽然靠过来，挨着听溪坐下。

"没事，只是没睡好有点累。"

一色"喊"了一声，接着道破："是因为江年锦和沈庭欢的绯闻吧？"

听溪没作声。

"今天因为这桩绯闻头疼的人，可太多咯！"

一色话音刚落，就听化妆间里传来沐葵摔东西发火的声音。

"听听，里面那位姑奶奶脾气可比你痛快。"

听溪无奈地扬唇："我怎么比得过她。"

"哪有什么比得过比不过，你和沐葵啊，其实就是一类人。"

一色洋洋洒洒地谈起了沐葵的过去。

沐葵进Beauty之前也不过只是个连名字都让人记不住的N线小模特儿，受尽了各种不公的待遇。被人介绍进Beauty是她人生最大的一个机遇，而她很好地抓住了这个机遇。

但是机遇只代表一个转折，就好像人走到十字路口的时候，选对了方向也并不代表前方的路会就此一帆风顺。但沐葵很倔，很努力，她出道至今几乎零绯闻，事业巅峰也是她凭着自己百折不挠的意志一步一步踏着血泪爬上去的。所以，她最见不得那些想要不劳而获，靠着和男人的绯闻上位的模特儿。因为她极尽所能地打压那些歪风邪气，很多人在背后说她嚣张，骂她疯子。

其实，沐葵是悲哀的。她所处的环境不可能有她要的清明干净。她可以保持自己的原则，却无法让所有人和自己一样保持原则，有些竞争从一开始就是不公平的，比如她和沈庭欢之间。

普通的人遇到挫折的时候才想到要听一听那些励志的故事，但人遇到挫折的时候总是少数的，一般情况下，凡人多需要八卦的谈资来调剂自己的生活，而且是越新鲜越热辣越不可思议的八卦越好。

沈庭欢比沐葵深谙这个道理。

"沐葵几年的努力却抵不上沈庭欢一夜的心计。"一色说完这句话的时候，目光直勾勾地看着听溪。

听溪有些茫然，一色很少对她说这么多的话，尤其还是说别人的故事。

一色像是看出听溪的心思，他耸了耸肩，又恢复之前那轻佻的模样："苏听溪，我说这么多只是为了让你明白，刻苦努力在这个圈子里并不受用，你比沐葵更努力，但你死板也不逊色于她。有时候太过有原则也是一种病，得治，你这样对自己的病情不管不顾，会把自己逼上死路的。"

听溪无言以对，只能扬唇而笑。

"一色老师，你就别吓我了。"

一色扶额："我吓你？我哪儿是吓你？我这是在骂你傻呢！你看你手里本来握着多好一个资源，这下好了，被别人抢了个先。"

听溪知道，一色说的资源是江年锦，可是，她从来没有把江年锦当成她的资源。

她说过，她要凭着自己的努力在这个圈子里站稳脚跟，但是，照现在这样的情势和一色所言，江年锦若是听了她这样大言不惭的话，一定打心眼里觉得她可笑吧。

这样一个初出茅庐，又自不量力的苏听溪！

9

沈庭欢在出席公开活动的时候接受记者的采访，在被问及她和江年锦的关系时笑

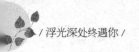

而不语，将这条绯闻剧情发展推向了高潮。

听溪身边那些小模特儿谈话的内容也渐渐变质。衣服化妆品这些简单的话题已经不在她们谈论的范畴里了，听溪从她们嘴里听到更多的是上位、绯闻，还有，江年锦那个男人。

训练结束之后，她又在练功房里留到了最后一个走。

出了Beauty的大门，她看到了江年锦的大奔，规规矩矩地停在门口。看到她的时候，江年锦将车窗降了下来。

听溪却像没有看到他一样，兀自拦了一辆出租车走了。

她这次是在躲他，实实在在地躲他，但江年锦也不是她想躲就能躲得过的。

听溪的出租车兜兜转转停在巷口的时候，江年锦的大奔早先她一步到了。

大排档今天人不多，他就那样跷着二郎腿悠悠坐在那塑料方凳上，和老板娘聊天。

听溪继续假装没有看到他，随口点了两个常点的菜。

"苏小姐，你男朋友都已给你点好了。我刚刚还在和他说，我老公要是有他一半贴心就好了。"

"这个人他不是我男朋友。"

听溪打断了老板娘的喋喋不休。

老板娘张着嘴，视线飞过去看江年锦。

江年锦的嘴角往下一耷拉，听溪挪开了目光，低头去找自己的钱包。

"你们是不是吵架了？"老板娘凑过来，压低了声调问她。

听溪不答话，手指在那方小小的空间里摸索了半天也没有摸到自己的钱包。刚刚，付车钱的时候还捏在手里，难道是落在出租车上了？

"哎哟，小吵怡情，我说苏小姐，这样又帅又体贴的男人现在可打着灯笼都找不到啊。"老板娘边说着边麻利地将几个菜打包装好，"一共35块钱。"

"老板娘，我钱包掉了，你看能不能明天一起给？"

听溪正踌躇着，江年锦不知何时已经站到了她的身边，他把钱递了过去。

"我不要他的钱……"

"走吧。"

江年锦没有给听溪把话说完的机会，他左手拿起餐盒，右手直接拉住了听溪的手，将她拖着往前走。

老板娘意味深长地笑起来。他们现在这样，横竖看，都像是闹情绪的小情侣吧。

听溪不想在人多的地方与他纠缠不清，索性就由着他走。

两个人就这样一直沉默着走到听溪住的套间门口，她甩开了他的手，侧身拦住了他的去路。

"好了，谢谢你送我回来，也谢谢你的晚餐，再见。"

江年锦又握住了她的胳膊，与来时不同，这回只是轻轻地握着。

"你躲我，也得给我一个理由是不是？"他柔声细语的，像是在哄她。

听溪的心又软又酥，她不断地提醒自己，这一切都是假的。

"理由？"听溪终于抬起头来，瞪着他，"江年锦，你到底想怎么样？你明明有自己的家庭有自己的孩子，为什么还要与我纠缠不清？你是想包养我让我做你情妇？"

这一番话，她到底是说出来了，连同积压在心底的那些不满与不快。

"包养你？"江年锦的嘴角微扬，他上前几步，一抬手就将她桎梏在他的臂弯和墙壁之间，脸上的表情凛冽起来，"怎么，我掏了35块钱就能包养你？"

"我不是说这个。"

听溪伸手去推他，江年锦直接按住了她的腕子。

"如果我想包养你，就不会只是抱着你盖棉被纯睡觉，我会……"他故意打住了话音，温热的气息全都落在她的颈间，气氛一下子暧昧起来。

听溪恼羞成怒："江年锦，你流氓！"

江年锦笑："那你呢，你在干什么？生气？吃醋？"

听溪眼角开始发酸。

"我只是觉得自己傻，傻到被你玩弄在股掌之间还认真地考虑要不要相信你。"

她的坦白让江年锦脸上的表情慢慢凝固，而听溪在他怔忪的片刻逃开他，转身就进了屋，她合门的动作很快，怕他会硬挤进来似的，可是事实上他并没有。

江年锦站在门外一直没有作声，就当听溪以为他走了的时候，听到他的声音稳稳地传进来。

"这一次，你可以相信我。"

10

沈庭欢的风光只维持了几天，接下来的状况就如偏轨的列车一样再难让她掌控。

原因是她女儿的照片被狗仔曝光了。

听溪也在新闻里看到了，照片上的小女孩儿，金色的鬓发，宝蓝的眼睛，粉嫩得跟个洋娃娃似的。

这一看，就不是纯正的中国血统。

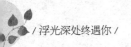

知道这不是江年锦的孩子，听溪松了一口气，也隐约生出了几分愧疚。她不该那样误会他的。

"哎，看到今天报纸上的那张照片了吗？"

练功房里不知谁起了个头，整个屋子里的女人几乎全都扑了过去附和。

"你们说江年锦得什么能耐才能和沈庭欢生出混血宝宝啊？"

"什么能耐也生不出来啊，除非，是被戴了绿帽子。"

"沈庭欢也太有能耐了吧，竟然能往江年锦头上扣绿帽子。"

"绿帽子和安全套一样，是个男人都戴得上！"

"……"

听溪也不知道哪里蹿出来一团火，手里握着的水杯"嗖"地就甩了出去。

"啪"的一声巨响，水花四溅，那些谈论正酣的女人都受了惊回过头来。

"你们胡说些什么？"

所有人都被听溪护犊一般凶狠跋扈的神情震慑了几秒，紧接着屋子里响起了冷哼的笑声。

有人冲过来重重地推了一下听溪的肩膀，问她："苏听溪，你以为你是谁？"

是啊，她是谁？有什么资格为江年锦打抱不平？

"你了不起也不过是江年锦现在正在玩的女人，还真把自己当正菜啊！"

听溪被噎住了话语，冲上去几乎与那人打起来。好在一色及时冲了进来。

一色把听溪拉出了屋子，没好气地问她："苏听溪你刚刚是被什么附身了吗？那样不像平时的你！"

平时的她，是什么样，低调谦和安静？不管怎样，总之，一定不是现在分分钟就可挽起袖子打架的样子。

听溪不说话，一色便接着没好气地数落她。

"江年锦还需要你来护着？她们说说怎么了，这么说说江年锦能少块肉？少块肉也是疼他不是疼你！"

听溪撇了撇嘴，只是说："你别告诉他。"

一色跳起来，急得直戳听溪的脑门："我当然不会告诉他。你以为他闲得要听我去说这些话吗？苏听溪你给我醒醒，江年锦可不是能陪你花前月下谈天说地的男人！"

对，他一点都不像能给她安定未来的男人，她不能喜欢他。

她都懂。

可是控制不住自己的心，又能怎么办呢？

"江年锦在哪儿？我想见他。"

"他在会客，没空见你。"

11

江年锦看着坐在他对面的那个风姿绰约的女人。

曾经一代天娇，而今风韵犹存。每次见每次都会让人觉得眼前一亮的文森特太太，吴敏珍。

"年锦。"吴敏珍亲昵地唤他一声，表情却很淡漠。

江年锦冲她扬了扬手里的咖啡壶。

"喝一杯吧。"

"我今天来可不是来找你喝咖啡的。"

江年锦扬了一下嘴角，依旧慢条斯理地给她倒好了咖啡。

"不问问我为什么来？"

江年锦放下咖啡壶："洗耳恭听。"

屋子里霎时静下来，吴敏珍似乎是在酝酿着如何开口。

江年锦晃了一下手里的杯子，等着她。虽然，她要说的，他都可以猜到。

"我和诺曼认识的时候，我就知道他是一个不折不扣的花花公子。"吴敏珍的嗓音有些缥缈。

动之以情，先礼后兵，江年锦眼里浮现出一丝笑意。对手，可不比他想象的简单。

他点了下头，示意他在听。

"嫁给诺曼的时候，是我事业最辉煌的时候，我原以为我为他放下一切，就能将他感动。可是，我错了。都说江山易改本性难移，更何况，花心还是你们男人的天性。"

江年锦又点头，不置可否。

"他娶我，等同于娶了一个可以帮助他维护名声的傀儡。他依旧在外花天酒地，夜夜笙歌，生活没有任何的改变。而我的人生，却在嫁给他的那一天彻底变了模样。为了守住这段婚姻，我放弃我所拥有的不算，我还变成我最看不起的那一类人。你知道那是什么人吗？"

江年锦耸肩。

"就是光有名头的正妻。"吴敏珍苦笑一下，"从知道他出轨的那一天起，我就走上了打压那些女人的道路。这么多年来，我早记不清自己到底赶跑了多少女人。"

江年锦的表情倏然变冷，她当然是记不清了，那些在她手心被碾碎的女人。

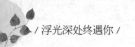

"我知道，现在外面的女人听到我的名字都闻风丧胆，可是这一点都不影响诺曼继续招蜂引蝶……"

"文森特太太，你一定不是来向我诉苦的，不如，我们直接说重点？"江年锦打断了她，他实在看不得这个女人伪善的表情。

吴敏珍看出江年锦的不耐烦，她收敛了一下情绪，从包里掏出一张照片，一把拍在茶几上。

"既然你这样说了，那我也就不拐弯抹角的了。沈庭欢的孩子在哪儿？"

江年锦抿了一口咖啡顺势看了一眼照片。

"我不知道你为什么这么问。"

"年锦，我一直都拿你当朋友。可是最近，我越来越不知道你究竟想干什么。沈庭欢不过是诺曼万千女人之一，我分分钟可以让她在这个圈子里销声匿迹，可是你为什么要护着她。甚至，还掩护她生下了孩子！"

吴敏珍指着照片上的孩子，语气越来越激动愤怒。

江年锦的表情却依旧很淡。

"我还是不懂你的意思。"

"江年锦！"文森特太太大声一喝，"你别再给我装蒜，所有事情发展到今时今日这步田地，你什么不知道什么不懂？沈庭欢的孩子是诺曼的，你不是应该比谁都清楚吗？"

"你又想把她怎么样？"江年锦往后一仰，悠然地跷了一下腿。

"我不想把她怎么样，急景那场车祸没把她撞出加安，我就知道我暂时动不了她了。我现在只想知道你想怎么样。这个孩子的存在是你故意让我知道的吧。"

江年锦眼里闪过花火。她倒是聪明。

"我不想怎么样，只是沈庭欢，在这样孤立无援的节骨眼上，也许会想要一个名分。"江年锦的眼神有些阴鸷。

"医生已经确诊了我不孕，诺曼渐渐上了年纪也开始想要一个小孩，这哪里是沈庭欢孤立无援的节骨眼。这分明是离间我们夫妻婚姻的节骨眼。江年锦，我们有仇吗？"

"夫人，你未免把我想得太厉害了，世人眼中的情比金坚的婚姻、恩爱有加的模范夫妻，岂是我离间得了的？"

吴敏珍瞪着江年锦。

这个男人，如雾一样神秘又让人捉摸不透，他第一天出现在加安出现在他们的生活里，她就隐约感觉到他是带着目的的。直到后来，有消息传出沈庭欢签约了他旗下的 Beauty，她才真正嗅出了阴谋的味道。只是为了不让丈夫看出端倪，她一直忍着没有撕破脸皮，没想到，江年锦倒是先动手了。

正当气氛冷凝的时候，吴敏珍忽然笑了，那笑容满是危险。

"听说苏听溪也入行了，我好歹也在这一行混了这么多年，你说，我要不要给她一点入行经验？就比如，我给沈庭欢的那样。"

"你敢！"

江年锦只吐出两个字，却也泄露了自己的情绪。

"你看我敢不敢。"

吴敏珍笑得越发胜券在握。

的确，以"文森特太太"在这一行的影响力，要左右一个人的命运太容易。就像她能让安培培一路走得顺风顺水，也能让复出之后的沈庭欢跌跌撞撞磕碰不断。

"诺曼这段时间正好在国外，我希望他回来之前，你能让这则新闻消失匿迹。我知道，你一定会有办法的。"

这句话，像是最后通牒。

江年锦深吸一口气。

"我不喜欢别人威胁我。"他拿起咖啡杯抿了一口，"不过，我喜欢做公平的交易。"

"你说，你想让我怎么做你才愿意让这孩子的事情销声匿迹？"

"一码抵一码。我要你说服安培培站出来澄清她失去孩子的事情与苏听溪无关。"

吴敏珍沉思几秒，点头。

"成交。"

12

江年锦和吴敏珍一起走出办公室时，听溪已经在门口晃悠很久了。看到他们出来，她有意想别过脸去装作刚刚过来的样子，可是已经来不及了。

"苏小姐。"吴敏珍上前一步，亲昵地拉住了听溪的手，"好久不见。"

"好久不见，文森特太太。"听溪一边说一边偷偷地瞄了江年锦一眼。

他淡然地站在一旁看着她。

"刚刚还和年锦说起，上次培培的订婚宴太乱了都没来得及和你们好好说上话。"

听溪没想到吴敏珍会主动提及那场订婚宴，毕竟，这对谁都不是一段愉快的往事。

吴敏珍似是知道她在想什么一样，她拍了拍听溪的手背。

"培培呀从小就是耳根子软，容易受到贱人的蛊惑，你和她往日无冤近日无仇的，

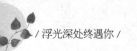

怎么会想要害她肚里的孩子呢是不是。她就是昏了头了才会瞎说，你千万别和她计较也别放在心里。"

听溪的心里泛出丝暖意。

"谢谢您相信我。"

"我一直都相信你。前段时间我是看在培培刚刚失去孩子心里难受也不忍心责怪她。最近我看她也慢慢走出了伤痛，你放心，我一定会让她站出来还你一个公道的。"

"谢谢。"

虽然这清白来得太晚，但是听溪仍是觉得感动。她等了这么久，终于等到一切都过去。

江年锦的面孔依旧冰冷如霜。

"那我先走了。"吴敏珍松开了听溪，又饶有深意地看了看江年锦，"年锦，我们再联系。"

"慢走，不送。"

江年锦不动声色的样子，让听溪感觉到了这周遭有暗流汹涌，可是她却抓不住头绪。

偌大的空间里忽然只剩下他们两个人。

"进来说。"江年锦却自顾自背过了身去，听溪连忙跟上去。

他的办公室里还凝着一股咖啡香，好闻得很，回过神来却是苦的。听溪低头，看到茶几上的那张照片。

那小女孩的眼睛，宝石似的，有几分沈庭欢的神韵，却一点都不像江年锦。

"找我有事？"江年锦收拾了一下桌上的东西，包括那张照片。

"我……我也没什么事。"

江年锦坐进沙发里，看着听溪就像个做错事的孩子一般，那长长的睫毛翠羽似的抖啊抖啊，抖得他心尖发麻。

"过来坐。"

江年锦拍了拍他身边的那个位置。

听溪犹豫了一下，还是听话地走了过去。他却在她走近时毫无防备的瞬间忽然扬手，长臂一扣，直接将她按在了膝头。

"听一色说，你刚才差点和人打架？"

听溪一惊，一色那张嘴真是靠不住，他不是说不会告诉江年锦嘛！

"你竟然敢打架？"

江年锦摩挲着听溪的手，他又想起一色眉飞色舞的神情，一色说："还不是为了给你摘掉头上那顶隐形的绿帽子嘛。"

呵，这些子虚乌有的东西，他自个儿都不介意，她倒替他瞎操起心来。

"我连喜欢你都敢了，还有什么不敢的。"听溪看着他的眼睛。

"你说什么？"江年锦闪了一下神，更用力地捏住她的手，"你刚才说了什么？"

"我说，我喜欢你。"她的目光虔诚、婉转、郑重。

江年锦愣住了。

"对不起，我不该误会你和那个孩子的关系，只是我……"

江年锦没有让她说完，他直接按住了她的后脑勺，吻住她的唇，加深，再加深。

13

"咚咚咚！"

办公室的门忽然被叩响，听溪触电似的从江年锦的怀里挣脱出来。

"我……我先出去。"她整了整头发，抬手指着门口。

江年锦扬唇，眼前的女人面颊绯红，眸间夹笑，灿若三月的桃花，几乎让他欲罢不能。他整了整衣领站起来，听溪已经拉开了门。

敲门的人是沈庭欢。

沈庭欢在和听溪擦身而过的瞬间，轻轻地"哼"了一声，若有似无但却嘲讽满溢。门合上的时候，听溪听到沈庭欢带着哭腔喊了一声"年锦"。

江年锦坐回办公椅上，抬腕看了看表。

"我五分钟之后有个会，你长话短说。"

沈庭欢原是满腹的委屈要倾吐，却生生被他一句话截住了话音，她上前一步。

"年锦，你为什么要把 Ailey 送出国？"沈庭欢抿了一下唇，艰难地开口，"她还小，不能没有妈妈在身边。"

"Ailey 出生之后，你一年有几天在她身边？"

沈庭欢答不上话。

的确，Ailey 断奶之后，她就不太回去。再后来，她忙着减肥，忙着策划一场华丽的复出。

"可是……"

"没有可是。"江年锦"啪"的一掌拍在桌面上，吓得沈庭欢一颤，"我早就提醒过你，没有我的允许，这个孩子的存在不能公开。现在，你是玩火自焚。"

江年锦冷峻的面容让沈庭欢无措，她想起那日在四谷庄园之内自己对江年锦撒谎

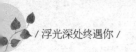

说 Ailey 生病了的事。

她不该算计江年锦，可她就是想赌一把，她赌江年锦会体谅她急于改变这沉沉死水一样的现状，她赌江年锦会因为心疼 Ailey 而默认媒体的揣测不去公开 Ailey 的身世。

她以为她赌赢了，没想到这风头才起，她还没享受爆红给她带来的名利，这么快就出现了幺蛾子。

沈庭欢快步绕过办公桌，握住江年锦的胳膊："我错了，我不该借用孩子编造和你的绯闻。可是年锦，我真的受够了这样惨淡的局面。我可是超模沈庭欢啊，我只是想把我之前的风光找回来。"

江年锦拂开了沈庭欢的手。

"你用错了方式。"

"我知道错了。"

"来不及了。"江年锦冷冷地看着她，"你应该清楚，让那个女人知道 Ailey 的存在是什么后果。如果你还想继续在这个圈子里待下去，送走 Ailey，是你现在唯一的选择。"

第八章
DI BA ZHANG

梦俱明灭

1

江年锦和沈庭欢的绯闻没热几天就沉了下去，因为模特儿新人大赛开赛在即，媒体的焦点渐渐回归了正途。

静竹也提早回来销假了。在这重要的时刻，陈尔冬一个人里里外外也的确忙不过来。

听溪很久没有见静竹了。静竹气色不差，额上的疤虽然还没有完全好但并不影响她的美丽。

为了答谢静竹当时的义气，听溪决定请她去巴蜀吃饭。

静竹之前说过她父亲生意还不错的时候经常带她到巴蜀吃饭，后来父亲出走，她做梦都想再回巴蜀好好吃上一顿饭。

听溪记住了，自然要带她实现。

静竹熟稔地点完菜，就开始和听溪闲聊，正说到兴头上，静竹忽然休了声。

听溪抬眸看着她，她朝着门口努了努嘴。

"听溪，你认识那个男人吗？"

听溪顺着静竹的视线回头，看到莫向远正站在门口，暖光落了他一身，耀眼得不像话。他的身后跟着一个高挑的蓝衣女人，不是安培培，却也不比安培培逊色。

听溪刚看着他，他也往她们这边看过来了。视线相撞的刹那，听溪扭回了头。

"认识。"她说。

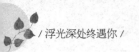

静竹兴奋起来："原来你们真的认识啊。你知道吗，那天你从医院离开之后没多久，他就出现了，他自称是你的朋友，然后在医院帮忙打点了很多。多亏了他，我在医院被照顾得特别好。哎，这人到底是谁啊？"

听溪稳了稳神。

"你没在电视上见过他吗？他是安培培的未婚夫。"

静竹恍然。

"原来他就是安培培那个低调的未婚夫啊？"

说起低调，莫向远的确很低调。

除了那张请帖，听溪还真没有看到过他与安培培的身影出现在同一画面里。哪怕是订婚前的那些巨幅海报，也只有安培培一人在独领风骚。

他们明明是名声在外的恩爱眷侣，可是表现得，却丝毫不像眷侣。

莫向远和那位蓝衣女子已经走了进来，那个姑娘一直在说话，而莫向远，一直在微笑。

听溪别开了头，静竹倒是毫不避讳地盯着他们看。

菜刚上齐后，静竹的手机就响了起来，她出去接电话的时候，莫向远忽然走过来坐到了听溪的对面。

"这位置有人。"听溪提醒他。

莫向远施施然点头。

"我知道。"

"莫总是有什么要说的吗？"

"听溪。"莫向远目光温和地看着她，"明天就是你的生日，我只是想提前和你说一句生日快乐。"

2

若不是莫向远提起，听溪根本不记得自己的生日要到了。

从小到大，生日对她而言一直都不是一个隆重到需要被铭记的日子。无论是母亲在的时候，还是和莫向远交往的时候，她都不过生日。

她匆匆说了谢谢，静竹也接完电话回来了，莫向远识相地回到自己的位置，继续与那位蓝衣女子谈笑风生。

原以为这就算过去了，可隔日，听溪一上班就被门卫拦住了。

"苏小姐，你的花。"

听溪看着被塞到自己怀里的那束花，一时愣住了。

那小花细如豆，一朵一朵凑在一起，用一张素色的玻璃纸精致地包裹着，云团似的没有重量，可她却忍不住想要撒手。

"谁这么有心？"文欣问着，伸手过来捻住了花束里的那张卡片。

听溪下意识地想要伸手去抢，却没有抢回来。

没人知道她喜欢满天星，只有莫向远。

那个时候，他是Z大万千女同求的莫向远，而她就是站在他身边默默相配的满天星。她说过她喜欢满天星，也说过愿意一辈子站在他身边哪怕只能做衬托他的满天星。

"生日？听溪今天是你生日啊？"文欣看着卡片上的字。

听溪的目光扫过卡片，并没有落款，她悄悄地松了一口气。

"嘀！"

身后忽然响起了车子鸣喇叭的声音，文欣吓得退到一边，惊落了手里的卡片。

听溪回头，是江年锦的车，他这会儿又黑超遮着面坐在车里，看不清表情。

副驾驶的车门忽然被推开了，车上下来的人是普云辉。

普云辉最近经常在 Beauty 瞎晃荡，听说他正在热烈地追求沐葵。这个男人也是个不按常理出牌的主，他明明喜欢的是陈尔冬，可偏偏要去招惹与陈尔冬素来不和的沐葵。

"哟，苏小姐真是人气爆棚啊，一大早就有惊喜啊。"普云辉合上车门走过来，吊儿郎当地捡起地上那张卡片，递还给听溪。

"谢谢。"听溪接过卡片，塞回花里。

"生日？今天？"

听溪点头。

普云辉的眼里隐约有了深意，不过他很快掩饰住了。

江年锦还在等他。

普云辉一边往回走，一边对听溪说："今天可是个好日子啊，苏小姐生日快乐！"

听溪说了句什么却被车门"嘭"的一声声响给盖过去了。

但坐在车里的江年锦却一个激灵，他感觉浑身的血液都凝固在血管里了。

苏听溪也是今天生日？

3

江年锦回到办公室就给自己倒了一杯酒，他很少在工作时间喝酒，可是这会儿他心里的那团糨糊需要一点酒来打散。

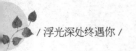

他记得，那一年，也是一个春天，罗冉冉生日。

生日在春天的姑娘，听说一生都会有花香。

他命人在百花园精心筹划了生日 Party，同样准备了很久的，还有他打算送出去的那颗心。

她来了，盛装而来。只是，她来，是为了和大家告别。

她说，她一直向往一座城，她渴望有朝一日能和那座光芒万丈的城一样，闪闪发亮，被众人景仰。

她站在舞台上说的时候，一直不看他，那视线远远地落在前方，好像她这样站着，心就能看到她一直向往的地方。

那座城市，是加安。

罗冉冉是个有梦想的人，她有自己期许的广阔天空，她不会因为爱情因为男人而剪掉她自己的羽翼。那个时候，他真的是这样以为的，所以斟酌再三，他没有让她为难，也许，他也从来不在她会为难的选择里。

她就这样离开了北城，只身去了加安，一头扎进了那个五光十色的圈子。

他永远都忘不了那一天，他给她过的最隆重的一个生日，只是，没有一个隆重的结果。他放她离开了，也是放任她永远离开的第一步。

有人在敲门，是阿府。

阿府快步走到江年锦的办公桌前，看着他说："苏小姐的生日，的确是今天。"

今天，和罗冉冉同一天。

江年锦沉吟了一下，背过身去。

"阿府，在你手下派个人回北城吧，查仔细些，久点也没有关系。"

"是。"

"罗天赐那边，怎么样了？"

"打了钱过去，现在失去联系了。罗家，也到处在找他。"

江年锦什么都没有说，只是挥手，让阿府先下去。

屋内又一片静悄悄的，他的心里，却久久无法平静。许久后，他转身按下了电话让秘书进来。

秘书中规中矩地站着，他摩挲着腕上的那只表，问："现在的女人，都喜欢什么生日礼物？"

"嗯？"秘书慌忙抬起头看着他。

江年锦有些局促地清咳了一下，这些年来，从来只有女人讨好他，他越来越不知道要怎么讨好女人。他唯一还知道的，就是送花。

这招，太土。

秘书似乎也没了主意，江年锦会这样上心，那应该是个很特别的人，很特别的人，怎么好由她来拿主意。

她踌躇了一会儿，最终只说了一句：

"江总，对于女人来说，心意，比礼物重要。"

4

尽管有一色特许可以早下班，但听溪仍然留到了最后。

新人大赛马上就要开始了，可她还有很多不能自如掌握的东西。比如，高跟鞋。

在入行之前，听溪很少穿高跟鞋。她也从没有想过自己有朝一日要踩着这样的利器过活。但一色说，踩在高跟鞋上睥睨众生的紧张感会让女人产生一种特别的气场，这种气场就是女人独特的魅力。

想着勤能补拙，她最近总在训练结束之后再比别人多走上几圈，脚后跟那块皮肤早已磨破起茧，这样的伤疤让她觉得踏实。

咬牙走完最后一圈，听溪蹬掉了她脚上的那双高跟鞋，才觉得自己整个人松懈下来。

她给自己拧开一瓶水，刚仰头要喝，整个人忽然就腾空了。

她按捺着要尖叫的冲动，一回头就看到了江年锦。

"你干什么啊？"

"地上不凉吗？"他没好气地瞪着她，抱着她往前走了两步，屈膝将她放在休息区的沙发上。

听溪整个人仰进沙发里，江年锦还擒着她的脚踝，将她的双脚放在了他的膝头，他低头仔仔细细地看着她脚后跟被磨起的两个水泡。

听溪有些不好意思地想要缩回来，又遭他抬头瞪了一眼，她便乖乖的不敢再动了。

"你怎么来了？"为了缓解自己的尴尬，她有意无意地和他搭着话。

"你不是生日吗？"

"那礼物呢？"听溪摊手，往他面前一递。

江年锦握住了她的手，一把将她搂住，火热的吻烙在她的唇上。

"这礼物，满意吗？"

听溪脸上的红潮泛上来，她很容易脸红，尤其在他面前。她推了推江年锦的胸膛，

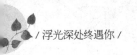

想要站起来的时候，甩手却碰到了他衣服兜里的锦盒。

"如果刚才的不满意，打开这个试试。"

江年锦掏出锦盒，听溪抬眸瞄了他一眼，他却目视着前方，并不看她。

锦盒"噗"的一声打开，是一条链子，灯光下泛着细细的光，简单到没有任何余缀，却无端地透出一种美来。

"真漂亮。"听溪轻轻地赞叹一句。

江年锦紧绷的表情这才有所缓和。

"我给你戴上。"

江年锦伸手将那链子从盒子里取出来，抬手将她的乌发拢到了一边。听溪细白的脖颈盈着光，也凝着淡淡的发香，他的呼吸微微急促起来，手指已然不受控。

"好了吗？"她问。

"等一下。"

江年锦烦躁起来，那链子的搭扣，怎么那么小，小得他都扣不到。

"那儿，有个孔，你扣进去。"

她抬手指挥，那纤白的手指在她自己的脖颈上指来指去的，他看得更急躁了。

"先别动。"他说罢，自她身后一把将她搂住。

听溪后背抵着他，他如雷的心跳她能明显感受到。她似乎懂了什么，乖乖地等他平稳心绪。

半晌之后，他终于松开了她，耐心又温柔地将那条链子挂上她的脖子。

"这个位置，以后都是我的。"他拂了一下她脖颈里的那寸皮肤，以一种不容置疑的语气道。

听溪知道，他此刻介意的是什么。

是莫向远。

可是，这是属于她的过去，纵使再想抹去，也还是会在夜深人静时刺痛她。

他自己，不也有那样一段过去吗？

练功房里静静的，四面玻璃都映着他抱着她的姿势，她宁愿时光停在这一刻，就这样在他怀里，重新勾画一个不一样的未来。

"这条链子，不要再丢了。"江年锦抱紧了她，"丢了，我也不会帮你找回来。"

"你后悔了吗，当时帮我找到链子？"

"不后悔。"他淡淡的。

无意丢弃的相比主动丢弃的，会更让人怀念。

他怎么会允许，她更怀念从前。

5

离开公司的时候，江年锦问她，生日的时候有没有什么特别想吃的东西或者特别想去的地方。

听溪想了想，说："游乐场。"

江年锦扶额，但也理解。来到加安之后，苏听溪每一天都过得那么复杂，她生日这一天想去一个单纯点的地方，无可厚非。

他边发动车子边拨通了阿府的电话。他让阿府查一下这附近最近的游乐场在哪儿，阿府的动作很迅速，很快就把具体的方位告诉了江年锦。挂电话的时候，江年锦对阿府说了一句："我们马上要过去。"

听溪想，他什么时候，开始对阿府交代起行程来了。

但是他们一到附近最近的游乐场，听溪立马就明白了，这最后一句话的意思，原来不是交代行程，而是命令清场。

夜间光影明灭的游乐场非常美，只是少了欢声笑语有些冷清。

江年锦悠然自得地走在前头，穿过旋转木马，穿过玩具小屋，走走停停，大致熟悉了一下场地，才转头问听溪："想先玩什么？"

听溪随手指了指旋转木马。

江年锦回头示意，一旁候着的工作人员就上来打开了围栏。

听溪看着江年锦："你要不要也来一圈？"

他一本正经地摇头："我只骑真马。"

听溪笑了，她还真是想象不出，马场上驰骋天下的江年锦骑在这木马上会是什么场景。

旋转木马起伏奔腾，江年锦站在原地点了支烟。细烟袅袅上升，他隔着烟雾看着她模糊的笑脸。

今时今日，此时此地。

这一切，真像是梦一样。

下了旋转木马后，听溪又提议去坐摩天轮。

江年锦答应得爽快，没有丝毫的犹豫。尽管他知道，黑夜里的摩天轮会给他怎样的感受。

听溪一坐进摩天轮的格子里就趴在窗边观望着，这自上而下的夜景真是美得无边，

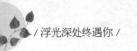

地面上的灯盏这样远望着的时候，就像星星一闪一闪地闪进人的心窝里。

她想拉江年锦过来一起看，谁知道他坐在那里好似磐石一样一动不动的。

"我没兴趣，你自己看。"他悄无声息地挣开了听溪的手。

"真的很美。"听溪不遗余力地盛情邀请着他。

江年锦紧皱的眉头微微地扬了扬，似乎也有些动摇了。听溪趁热打铁拉了他一把，他靠过来，却一把抱住了她。

听溪感觉到他的身子有些凉，握着她手腕的那双手，也是冰冷的。

"你怎么了？"

"别说话，看你想看的。"

江年锦说完，就开始沉默。

华丽的景致在他们眼前掠过，他抱着她的手臂，一直在用力，直到最后，好像再也使不出力。

听溪觉得不对劲，她连忙转身。

江年锦的脸色有些难看。

"江年锦，你是不是不舒服？"

"我没事。"

他伸手握着她的肩膀，把她转回去看着窗外。这景，的确是美的，可是每每从这个角度望下去，他能真正看到的，只有噩梦。

但是，他得忍着。

因为，听溪想看。

6

一下摩天轮，江年锦就吐了。

听溪哪里见过江年锦这样，她连忙问工作人员要来了纸巾和水，一下一下拍着江年锦的后背。

"你还说你不是不舒服。"

见她眼眶水盈盈的，他终是说了实话。

"我只是有些恐高。"

"恐高你还上去干什么？"

听溪提高了声调。但是缓过神来，她的心里暖暖的。

江年锦大概早就预料到她来游乐园定会提出要上摩天轮的要求，所以他才让阿府清场。

无所不能的江年锦，这样狼狈的时候又怎么能让别人看到呢。

可是，他选择让她看到是不是意味着，江年锦心里已经有一扇门愿意为她打开了。而她，可以透过这扇门，看到他盔甲之后的脆弱。

他接过她手里的矿泉水，漱了漱口之后没事人一样地抬起头来瞪着她。

"谁拉我上去的？"

"你什么时候这么听话？"听溪也瞪着他，可是握着纸巾的手却不自觉地伸过去替他擦了擦嘴。

"你是在嫌我之前不够听话？"他拉着她的手放到唇边，轻轻地吻了一下，"我还能怎么更听话？"

江年锦的嘴角噙了一抹坏笑，这一来一回之间，总算精神了些。

"没事了吗？"她还是有些不放心。

"没事。"

"那我们回去吧。"

他的手忽然被那凉凉的、软软的小手握住了。

江年锦侧眸，看到她亮晶晶的眸子里还有浓浓的担忧。好像，他无意被她窥见的软弱激起了她满满的母性。

他故弄玄虚地扶了一下太阳穴。

听溪见状，紧张兮兮地靠过来搀住他。

江年锦不动声色地扬起嘴角，懒洋洋地将自己整个身体倚到她的身上。

毕竟，他现在"不舒服"。

7

上车的时候，苏听溪愣是把他塞在了副驾驶座。

她坚持开车送他回去，江年锦看得出来，她是真的在担心他。

真情和假意，这些年，他最怕看不透的东西，在她的身上总是特别明显。

所以，他喜欢和她待在一块儿，和她在一起，他可以暴露缺点，可以不用冷面示人，可以沉默，也可以大笑……

骨子里最真的他，他愿意让苏听溪看到。

她本是个不折不扣的大路痴，但去他别墅的路，她倒是记得清清楚楚的。

到家后，她跑过来揽着他，江年锦借机将她抱紧，边往屋里走边说："我不舒服，

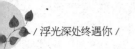

你今晚能不能留下来？"

听溪那干净纯明的眸子忽闪忽闪的，压根就没有听出他的暗示。

"我知道你不舒服，所以我特地让阿府去把李医生给接了过来。"

江年锦顺着她的指尖，就看到了坐在沙发里的李医生和阿府。

屋内的两个人看到江年锦这样软趴趴的几乎整个人都趴在听溪那瘦弱的身子上，还以为江年锦真是出了什么大事。

阿府立马站起来，健步如飞地走过来，从听溪手里接过了江年锦。

"您很难受？"阿府目光沉沉的。

要说江年锦恐高这个毛病，阿府一早就知道。当初搬进 Beauty 大楼，江年锦还特地将他自己的办公室设在了一楼，就是因为这个原因。

他心里那个过不去的坎，他们都懂的。只是，这毛病从来没有发作得这样严重过，就连苏听溪被关在天台那次，都没有。

看着苏听溪和阿府虔诚担忧的目光，江年锦进退两难，他清了清嗓子说："还行。"

"江先生，要不要先吃药。我先给你检查一下身体，如果允许，明天就去做脱敏治疗……"

李医生推了推眼镜，话没说完，江年锦立马就摇了摇手。

这事被他搞大了，不，是被苏听溪搞大了。

他下意识地扶了一下额头，想着要如何解释。

苏听溪敏锐地捕捉到了他这个动作。

"医生，您看，他还头晕。"

江年锦两条眉毛都拧到了一起，这苏听溪，未免也太机灵了些吧。

最后，他还是被拖着简单地检查了一下，检查结果自然不会有什么问题，阿府他们这才放心地走了。

"你饿不饿？我去给你做点吃的吧。"听溪想起他刚才吐空的胃，有些担心。

"你坐着，我去。"

"你是病人。"

"你是寿星。"

江年锦说完卷着衣袖就走，抢在了听溪的前头。

厨房那盏昏黄的灯亮起来，温情得她全身的冰点都在融化。她没想到，江年锦进了厨房还真有模有样的。她听见砧板上"噌噌噌噌"的，没一会儿，肉丝儿笋丝儿全都细细妥妥地摆放好了。

江年锦无意一回眸，看到听溪还眼巴巴地站在门口看着他，好像还有什么不放心。

他笑了："你是怕我在面里给你下药吗？"

这样温情脉脉的时刻，她怎么还抵挡得了他这样一笑。她避开了目光道："我不过是看你需不需要人打下手。"

他转过身来，气势汹汹地亮了一下手里的刀："你不相信我的技术？"

那刀光惊起她一身的鸡皮疙瘩，她立马装作害怕的模样后退着走开。

"我去客厅等就是了。"

看着她长发摇曳着配合他躲开，江年锦才微微松了一口气，他太久没有下厨了，被她这样看着，他觉得自己关节上像是被钉了钉子一样打不开。

为一个女人亲自下厨，他曾经以为他再也不会干这样的事情。可是，这一刻，他却连她沾上一丝油烟，都不舍得。

锅子里的水"咕噜咕噜"地开了，他转过身去，不自觉地笑了。

苏听溪，的确让他变得和以前越来越不一样了，而这样的改变，就像水滴石穿，太细微也太强大，他无力抗衡。

江年锦将一碗面端上餐桌，坐到她旁边。

"生日要吃长寿面。"他握着筷子挑起面条，递到她嘴边，"尝尝吧，当心烫。"

听溪这次没有猴急下嘴，凉了一会儿才含住了面尖儿。

面条很滑，汤汁很鲜。

"好吃。"听溪一边乖顺地吸面条，一边朝他竖了竖大拇指。

江年锦一瞬不瞬地看着她。

她瓷白的脸鼓鼓的，樱粉的唇微抿着那细细的面条，生动得像是一幅画。

她不是她。

"真的很好吃，你自己不尝一尝吗？"听溪递给他一双筷子。

"我是得尝尝，到底有多好吃。"

他按下她手里的筷子，直接吻住了她的唇……

8

生日一别之后，苏听溪再也没有见过江年锦，但是有关于她和江年锦的绯闻，却开始肆意地在这座城市里蔓延。

那日早上她从江年锦的别墅离开，被狗仔尾随了一路都没有发现，她心不在焉就算了，可连警觉度甚高的阿府都没有发现，只是，这也不能怪阿府。这个世界喜欢窥

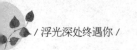

人八卦的人太多，他们，也是防不胜防。

相较于沈庭欢和江年锦传出绯闻时，多数人乐观其成的态度，听溪和江年锦的绯闻得到了多方质疑。

毕竟，沈庭欢是 super model，有足够的量级可以站在江年锦的身边，而苏听溪，什么都不是。

名不见经传的小模特儿如何驯服本城最大的钻石王老五，成了人们茶余饭后津津乐道的谈资。只是说起这件事，他们的态度都是不屑的，因为这多像一个小麻雀为了飞上高枝变凤凰不择手段出卖自己的故事。

而在这个圈子里，这样的故事最后都不会有什么好的结局。

但也有人说，苏听溪可能会成为继安培培之后第二个嫁给自己老板的模特儿。

因为两方所持观点对立，导致了这风言风语许久不散。

江年锦出差在外，听溪不知道如果他在会怎么处理这次的风波。但是一色倒是对这场绯闻来的时机非常满意，他拍着听溪的肩膀乐得合不拢嘴。

他说："苏听溪，孺子可教也，没枉费我之前教你这么多。"

听溪慌忙摆手："这次的事情，不是你想的那样。"

一色耸肩："我更希望，是我想的这样。"

听溪默然。

她不是沈庭欢，她也不会变成沈庭欢。

江年锦是她喜欢的人，她不会为了自己利用他。

一色见她不说话，笑起来。

"好了，你是什么样的姑娘我还不了解吗？你的道行要是真的这么高了，那还了得。不过不管这次的绯闻是怎么来的，反正结果就是你还未出手就已经火了。新秀大赛你只要借风而行，必定可以力压群雄。你这么努力，一定会有回报的。"

一色又拍了拍听溪的肩膀，走出练功房。

听溪站在原地思索着一色的话。

借风而行？力压群雄？未必。

外面已经有风声传出来，沈庭欢、沐葵还有安培培都可能加盟新秀大赛的评委团。这些女人没有一个与她交好，要想从她们的手下脱颖而出，难度可想而知。

9

几天后，新秀大赛的评委名单正式出炉。沐葵拒绝了主办方的邀请，但沈庭欢和安培培确定加盟。

这是安培培流产后首次在公开场合亮相，当有媒体问起当时流产事件与听溪的牵连时，安培培却一反常态地推翻了之前的说法。

她说当时其实只是一场意外，并没有大家想象的那么复杂。至于事发时，把原因怪罪到无辜的听溪头上，安培培也对此郑重地道了歉。

安培培在这样的节骨眼上还了听溪一个清白实在让人意外。但无论如何，对听溪来说这绝对是一件好事。

新秀大赛的开幕红毯上，云集了时尚圈中各个领域的大腕。

沐葵虽然拒绝了成为评委的邀请，可是红毯秀她还是不会错过的，当她挽着普云辉出现在红毯上时，周围的粉丝尖叫连连。

最近，沐葵和普云辉走得着实有些近了。外面，甚至有了两人好事将近的风声。

陈尔冬是挽着一色出场的，作为 Beauty 的两大顶梁柱，他们的表现，也算默契。

至于江年锦，他也赶回来了。

沈庭欢、江年锦和莫向远、安培培这对未婚夫妇一起出场，这大概是主办方特地安排的一个高潮。

这四个人站在一起，有敌人，有闺蜜，有眷侣……代表这个圈子一切的深远蕴意。

最后压轴出场的，是她们所有参赛选手。

试想，那一大群仪态万千的年轻姑娘，衣着华丽浓妆淡抹地在红毯上惊艳亮相，场面会是多么壮观。

这是属于她们这些选手的第一个战场。

"嘶！"

礼服后背的拉链被轻轻地拉起来，这声音，像是提醒听溪，该绷起神经了。

她弯下腰，给自己穿上高跟鞋。

终于，等来了这一天。

即使前方荆棘满布，她也要优雅行路。因为，她爱的人，在等着她。

不远处的文欣，朝着听溪比了一个深呼吸的姿势。

听溪点头，攥紧了手心里的那条链子。

这条链子从她脖子上取下来之后，她一直握在手心里，怕丢，也希望它能给她一点力量，就像江年锦曾经给她的一样。

幕布打开的一刹那，天地都亮了起来。

雷动的掌声和欢呼声中，听溪缓缓地扬起了嘴角，她身上的细胞，一直蠢蠢欲动

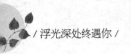
的细胞，好像全活了。

原来，她是期待的。这些目光，这些掌声。

从最初的无奈选择到此刻的欣然接受，她面临的诱惑，以后会越来越多。

长长的地毯，就像是名媛打翻的珠宝盒，每个站在红毯上的姑娘都各有风姿，却也像是掉入银河的星星，要特别出彩，还是有困难的。

因为要被注意太难，所以每年的红毯上才会有很多人选择走旁门左道，比如摔倒，比如衣带滑落……来之前一色特地交代过，这些意外只能博得一时的版面，聪明人是不会选择的，他希望她们都是聪明人。

"苏听溪……那个就是苏听溪！"

"就是这段时间和江年锦传绯闻的那个女孩子！"

鼎沸的人声里，听溪听到有记者在喊她的名字。

一时间，很多摄像机往她站立的位置调转了方向，她有些惶恐，但惶恐只一瞬间就转变为从容。

她只管自己抬头、挺胸、转身、微笑。她开始明白，为什么一色管这叫机遇，为什么那么多女人头破血流只是为了能和江年锦沾上边。

原来，这样就会发光。

10

大赛的场地，是楼塔设计，寓意此次脱颖而出的新秀都能步步高升。舞台搭建在二楼，视野很好。

江年锦坐在嘉宾席上，沈庭欢坐在他的左边，她时不时地靠过来和他说话，但江年锦的目光，自始至终都紧紧地随着红毯上那个女人。

哪怕眼前弱水三千，他的眼里也只有她。

苏听溪一袭银白的抹胸礼服，长裙曳地，一片粼粼灯光中，她就像深海里的美人鱼，看久了，会让人窒息。

她的曼妙，终于要以这样的方式，展现在世人的眼前了。

江年锦转动了一下手上的那枚指环，明明是他把她带上这一条路的，可是这会儿忽然觉得，有些舍不得。

她会不会，飞上这片天空之后，也一去不回。

"锦少爷，这次你是故意的吧？"另一旁的一色忽然凑过来。

江年锦的眼神一瞟："你怎么想就怎么算。"

"别以为我不知道，你就是算准了时机自己放松了警惕。不然加安的狗仔，能奈你何？"

江年锦不说话了，他的目光又挪到苏听溪的身上。

记者争相的追逐并没有让她怯场，他就知道，她一定可以游刃有余地去承受这一切，然后摒弃绯闻带来的糟粕，只留下精华。

"不过像苏听溪这样的姑娘，你不出手推她，她永远都不会想到这样的办法去给自己争取。"一色凑得更近了，"这次，你一定要她赢，对吗？"

江年锦冷冷地瞪了一色一眼。

一色会意，在自己的唇边比了贴封条的手势，然后乖乖地把自己的身子撤回去。

那厢参赛的全部姑娘都在慢慢地退场了，苏听溪提着裙摆盈盈朝着那些对准了她的摄像头一回眸，她没有特别的表情也没有特别的动作，可是闪光灯说好了一样一齐亮了起来。

她只是怔了一下，等这灯光都暗下去的时候，她却笑了。

这一笑，不是留给镜头的，而是留给在场所有辛苦的工作人员的，不是摆拍而且足够友善足够亲切。

这一笑，不够倾人城，却足够能倾人心。

但从来，得民心者，得天下。

"这聪明的小妖精。"一色啧啧地暗骂一句，嘴角的弧度却扬起来。

江年锦转动了一下扳指，这一幕自然也没有逃过他的眼睛。

哪怕，不是他要她赢，最后，她也会赢的。

这就是苏听溪。

江年锦侧了一下眸，莫向远就坐在不远处，莫向远的侧脸随着明灭的光影忽明忽暗的，看不清表情，而莫向远的目光，自始至终也只落在了和他一样的方向。

11

从红毯上下来之后，后台的气氛不太好。

听溪换了衣服，在后台工作人员的指引下坐到了她的化妆台前，文欣已经坐在一旁等她了，等下，她们这些人还要去参加开幕酒会。

这第一天的行程就排得满满当当的，听溪不是很习惯。她中午只跟着大部队吃了一些沙拉，这会儿饿得发晕。

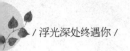

酒会，她只是想去填填肚子。

"啪！"一道银光闪过来。

听溪抬眸，看到她上红毯穿过的礼服被揉成了一团落在化妆台上。

"苏听溪？"

听溪转身。她的身后站着一个短发的女子，抱肘站着，目光凌厉。

"是我。"听溪站起来，她不认识这个女子。

"管好你自己的衣服。这儿是公共场合。"那女子嘴角噙着一丝冷笑，"你用的衣架，是我的。"

"谁说是你的，上面写你名字了？"文欣走过来，抓起礼服。

听溪笑了，按住文欣的胳膊。

"多大点事，我换一个衣架就是了。"

那女子冷哼一声。

"占了别人的衣架的确事小，可是占了别人的男人，就是不要脸了。"

后台静悄悄的，模特儿都朝着这边望过来。听溪抿了一下唇，对文欣说："我们走吧。酒会该开始了。"

对于苏听溪的宠辱不惊，Beauty自家的模特儿已经见怪不怪了，倒是其他公司的很多模特儿，都发出"啧啧"的赞叹声。

走到门口，文欣才拉住听溪的手。

"刚才那个是Modern的May，安培培的小学妹，和沈庭欢的关系也不错，她会这么说，只是嫉妒你在红毯上被人注意。你不要生气。"

"我没有生气。"听溪摇头。

"那就好，你果然和一般女子不一样。"文欣笑着，亲昵地挽住了听溪的胳膊。

酒会大厅的门口，江年锦正被一群人簇拥着进去，大厅里泄出来的光，全部落在他深色的西装上。好几天没见，他似乎瘦了，瘦得更显挺拔。

沈庭欢紧紧地贴在江年锦的身边，眸子里笑意满盈。

听溪的脚步顿了顿。

"你先进去吧，我透透气。"

文欣聪明，一下就明白了什么，她松开了听溪的手。

屋外皎皎明月，听溪倚在楼塔的木栏上，她想起若即若离的江年锦，心里总抹不去失落。

她分明能够感觉到自己于他而言的特别，可是她却猜不透，这份特别，对于江年锦而言到底算什么。

是爱吗？

12

身后有脚步声。

她侧头，那黑影已经施施然在她身边坐下了。

是莫向远，他穿着一身精致的手工西装，不该是这样可以随地而坐的衣服，可是他却毫无顾忌。

"怎么坐在这儿？"他的声音沉沉的。

听溪没有马上站起来就走，只是往边上挪了挪。

见她没有离开，他似乎微微叹了一口气，有种如释重负的感觉。

听溪不是不想走，只是站起来了，她能去哪儿？

"听溪。"莫向远的喉头滚动，"你今天很美。"可是，美得太耀眼太高调了。哪怕，他那样远远地看着她，都会觉得不安。留在他记忆里的那个苏听溪，不是这样的。

他总记得的，是那个穿着麻布长裙扎着俏丽马尾的苏听溪。她会站在阳光下大笑，那笑容很暖，是他后来每一个无尽黑夜里唯一的光。

那时候的她，眉目里不会有那么多不安。

这些不安，是他亲手刻上去的吗？

莫向远不敢深究，如果是他把她变得不快乐，那他要怎么办？这是他的罪，他此生无法救赎的罪。

听溪一直不说话，可是她愿意这样坐着听他说，他已经觉得足够了。

"听溪，这一行不适合你。"他忽然扭头，深邃无波的目光变得很深很急切。

"我知道什么适合我。"听溪站了起来。

她曾经可以拥着他的胳膊坐上一整夜看星星等日出，可是这会儿，她却觉得太久了。

他们回不去了，不止爱情，一切都回不去了。

莫向远站起来，拦住了她。

"你听我的，这一行不会让你快乐。加安也不会有你想要的生活。"他的声线高了。

"你知道什么是我想要的生活？"听溪仰头瞪着他。

莫向远不说话，他怎么会不知道，她曾经勾勒的未来，每一个字他都记得。

听溪甩手拂开了莫向远的胳膊。

莫向远深锁的眉川越来越紧，他追上来握住了听溪的双臂。

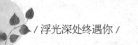

"阿姨希望你一辈子都过得安静平和，她不会希望你每天被这些尔虞我诈包围着。"

"你别提我妈妈！"听溪打断了他，狠狠地往莫向远身上一推，"你没资格提她，她出车祸的时候你在哪儿？她临走还叫着你的名字希望再见你一面，可是你在哪儿？"

她说完，就转身往台阶下奔去。

"听溪……"莫向远刚迈开步子，胳膊一紧。

他被人拉住了。

13

高高的楼塔，乌云一样笼在他的头顶。那视线里的黑影，越来越小，直到不见。

莫向远转过身去。

安培培的手，还攥着他的胳膊，那火红的指甲和他黑色的西装碰撞出几分沉重的妖娆。她的脸，却在黑暗里看不出表情。

"你不知道吧，我一直在等你呢。"她说着，手往他的臂弯里缠得更紧。

莫向远看了一眼，那扇大门里，有明亮的光和欢声笑语……而苏听溪，刚刚哭了。

他的脑海里一片空白，全身僵硬得只有拳心还能一点点握紧。

"听溪，我会让她就这样无忧无虑地笑一辈子，我不会让她哭的。"

那是，他的誓言。

现在，他违背了他的誓言……怕是，早就违背了。

他抬起头看了一眼天空，那明灭的星，是不是那个人的眼睛，她在看着他吧，这样身不由己又窝囊的他。

"很多人想见你，我们进去吧？"

安培培笑了，笑得好像刚才的一切，她从没看到过。

莫向远点了一下头，快步往大厅方向走去，而他回头的瞬间，安培培的笑容凝固了。

是那个女人吧。

莫向远藏在心里的那一个，也是江年锦不择手段要保护的那一个。

她想起前两天她姑妈吴敏珍忽然告诉她，要她澄清之前流产的误会，还苏听溪一个公道。

公道？

她冷血无情的姑妈竟然和她谈起了公道，多可笑。在她再三追问下，姑妈才和她坦白。姑妈说："那是江年锦要护的人。你知道的，得罪江年锦，我们都不会好过。"

屋内人头攒动，觥筹交错间全是莫须有的寒暄。

江年锦站在人潮的最中心，很多人想要和他搭话，他礼貌地回应着，东张西望的目光却显出几分心不在焉。沈庭欢就站在江年锦的身边，隔得老远还对安培培扬了扬手里的香槟，微笑。

　　安培培没有回应她。

　　苏听溪，这个女人除了是那两个男人在乎的人，她还是沈庭欢讨厌的人。

　　当初，就是沈庭欢对她说："培培，我手上有一个可以用的替罪羔羊，她可以替你背负失去那个孩子的罪孽。"

　　刚才，也是沈庭欢说的，她说："培培，莫向远在外面到处找你呢，你不出去看看？"

　　嗬，闺蜜，果然是这个世界上最危险的词。

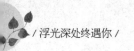

第九章
DI JIU ZHANG

不负相思

1

听溪奔出老远，才记起自己并不熟悉这一片场地的地形。

这是主办方临时租借的富人区会场，平日里都是江年锦他们这类公子少爷混迹的地方，像她，若不是参赛选手，根本没有资格进来。

前方，有个泳池，蓝莹莹的池水在月色下发亮。

泳池边站着两个人，隔得有些远，隐隐绰绰之间她只知道是两个女人。她们正在比画争论着什么。

富贵多是非，听溪无意去窥探别人的事情，可她转身折回来的时候，却忽然听到"嘭"的一下，像是有人落水了。

"啊！"

一声尖叫随即响起来。

"救命啊！救命啊！有人落水了，快来人啊！救命啊……"站在岸上的女人显然不会游泳。

听溪下意识的，就转了身跑过去。

她是会游泳的。

小的时候，她总爱和同院的那些小男生一起玩，上天入地下水，他们玩什么，她也玩什么，游泳就是那个时候会的。

听溪跳进去了，水花四溅。

岸上的女人躲开了些，是沐葵，而水里扑腾挣扎的，竟然是久太太，柳惠。

柳惠是这次大赛的总设计师，她怎么会在这儿？而且，这两个人，明明是八竿子打不着的关系。

沐葵还在喊着救命，即使看着听溪跳进去了，她还是一脸惊恐。也是，毕竟是那样瘦弱的苏听溪，谁能相信她可以在水里救起一个人呢。

泳池的水凉，听溪好不容易拉住了柳惠的手，柳惠却渐渐失去了意识，她的身子越来越沉，听溪也渐渐使不上力了。

"苏听溪！"隐约间听到有人在喊她的名字。

"扑通扑通"几声，泳池里跳进了很多人。

没一会儿，听溪和柳惠就一起被托上了岸。

听溪只是咳了几下，没什么事，可是柳惠已经昏迷了。

救护队围上来抢救，听溪回头张望着想要看清楚刚刚喊她名字的人是谁，可是她的视线模模糊糊的什么都看不到。

风特别凉，她抱着自己的双臂想站起来的时候，被一件温暖的外套给罩住了。这干净的味道，她知道是谁的。

她抬眸，看到江年锦站在她的身后，他冷森森地瞪着她，她却扬了扬嘴角。

"我没事。"她说着怕他不信似的，还晃了晃手脚。

"你倒是敢有事试试！"他咬牙切齿地一把将听溪抱住。听溪刚想说有很多人在呢，却发现所有人都在关注柳惠，根本没有人注意这边，她便这样，任由他抱着了。

只有不远处的沈庭欢，看着江年锦那样紧紧地抱着苏听溪，满眼的错愕渐渐转化为怒火。

2

柳惠并没有生命危险，只是需要住院观察一下，但这场意外还是惹来了众人的唏嘘。也是，比赛都还没正式开始，风波就已经开始了。

后面赶到的陈尔冬拨开人群径直冲到了沐葵的面前，她抬手揪住了沐葵的衣领。

"你到底干了什么？"陈尔冬高声质问，眼里冒着火光。

整个加安的人都知道，老久是陈尔冬最尊敬的师父，陈尔冬一直和老久一家保持着亲密的联系。

老久金盆洗手之后，老久的太太柳惠替自己的丈夫好生照料着他的徒儿，无论在

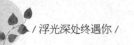

生活上还是事业上，都给了陈尔冬不亚于老久的指导。

这样的恩重如山，也难怪陈尔冬会这样激动。

沐葵眼里同样戾气深重，她用力地甩开陈尔冬的手："你别含血喷人，是她自己滑进去的！"

陈尔冬被沐葵一推，重心不稳差点也后仰进泳池，幸而被站在一旁的普云辉给拉住了，普云辉紧紧地握着陈尔冬的手腕。她全身都是凉凉的，面色也是。

陈尔冬站稳之后，普云辉才松开了手。

他看着陈尔冬义愤填膺的模样，淡淡地道："尔冬，什么事都得有了证据才能说话，你先别激动。久太太醒来之后事实自然水落石出。"他说罢，站到了沐葵的身边。

沐葵的脸色也不太好，但听到普云辉为她说话，她紧皱的眉头还是松了松。

"你为什么要帮她？！"陈尔冬瞪着普云辉，显得有些难以置信。

这个从小在她身边围着她团团转，万事以她为先的男人，什么时候开始出口总先帮着别人，而且那个人，还是处处与她作对的沐葵。

普云辉，什么时候这样的陌生？是她把他推得太远了吗？远得他们再也无法靠近了？

"我没有帮谁，我只是在提醒你。"

普云辉有些无奈地想要伸手过来按住陈尔冬起伏的肩膀，可是陈尔冬躲开了。

她的手指"啪"的一下甩在他的手表上，明明该疼得眼冒泪花，陈尔冬却连眼皮都没有动一下。

她总是这么倔，人前，再疼她都不会说。

"沐葵，我这辈子最后悔的事情，就是把你留在 Beauty。"陈尔冬喘着气，眉尖微蹙，"是我眼拙，看错了人。可是你记住，这样的事情如果再有下次，我一定饶不了你。谁拦着，我都饶不了你！"

陈尔冬最后的话音落下来的时候，她瞪了普云辉一眼。

普云辉动了一下唇，却什么都没有说。

他只是站在原地，看着陈尔冬跟跟跄跄地离开。

3

江年锦把听溪带回了酒店。

这一路上她不说冷，只是不停地喊饿。

他不理她，听溪知道他为什么不理她。

他只是担心她，而她总是让他担心。

听溪故意凑到他的身边，却并不碰到他，她觍着脸对他撒娇道："江先生，我要饿晕了！"

江年锦眼神往下一移，看到她一脸"谄媚讨好"的模样，就知道苏听溪这是故意在和他搭话。

他瞪了她一眼："都要饿晕了，还敢跳进去是不是？"

她讨饶似的缩了一下脖子："我没想那么多。"

"下次做有危险的事情之前，先想想。"

"想什么？"听溪眨巴着眼，母亲去世之后她算子然一身，了无牵挂了。

她这样淡然的语气惹得他更生气。

"想我！"这两个字像是从他的牙缝中挤出来的。

听溪眼眶一酸，还来不及说话，就又被他抱紧了。

她的身上是湿冷的，而他，那么暖。她多希望，他能一直这样抱着她。而他，也的确这样，抱了一路。

听溪洗完澡出来，江年锦命人安排的小点心已经送来了。

一屋子都盈着食物香。

听溪拉开椅子，往嘴里塞了一个灌汤包，汁水滚过舌尖的时候她跳了起来。

烫！

她吐着舌尖乱窜的模样不偏不倚全都落在他的眼里。都说，吃一堑长一智，这话搁在苏听溪的身上怎么就行不通呢？

听溪好不容易缓过劲儿来，美味的汁水流进她的胃里，让她整个人都暖起来了。

她继续往自己的嘴里塞第二个、第三个，忽然，她的脑袋就被人小心翼翼地按住了，那温厚的掌心，轻轻地摩挲着她的发。

"头发也不吹干。"他的声音哑哑的，听不出是嫌弃还是宠溺。

"我不是饿嘛。"

他没等她说完，就按下了手里吹风机的开关，一阵暖风从他指尖滑过，他的指尖忽然就像通了电，她乖顺得一动不动。

吹风机的声音不大，但是恰好可以盖过她如鹿的心跳。

她悄悄侧目，此时江年锦已经换上了宽大的浴袍，他的上半身几乎全敞着，那麦色的皮肤、精壮的腹肌……啧啧！他果然像那些女人遐想的那样"穿衣显瘦，脱衣有肉"。

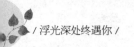

听溪脸越来越红，心想这江年锦在她面前，真是越来越没有顾忌。

好不容易吹干了头发，听溪想躲到窗口去吹吹风，可是还未迈开步子，就被他伸手拉住了。

他递过来一个杯子，还冒着热气，闻着味道，像是板蓝根。

"喝了。"他说。

"我不想喝药。"

"这不是药，只是预防感冒。如果病了，怎么比赛？"

他温柔地循诱着，她中蛊一般抬手扶着杯沿，在仰头喝下之前还不死心地问他："你觉得，我会赢吗？"

"你很想赢？"

她点头，毫不掩饰："我想赢。"

这样直白，倒让他变得好奇了。

"为什么？"

"因为这样，站在你身边的时候看起来才会名正言顺。"

她忽闪忽闪的瞳仁，真诚得让他不敢对望。

"所以你不会希望我帮你的是不是？"

"各凭本事，我才不会给你丢脸。"听溪眨了一下眼，调皮又狡黠。

江年锦伸手搂住了她的腰，想把她揉进骨血，可是又不能太用力。他心里坚固的防线已经在轰然倒塌，这个女人让他根本无从防备。

他抬手推了一下杯底，伏在她的耳边，低声道："乖，快喝了。"

听溪听话的一仰而尽。那苦涩的液体侵袭了她的味蕾，她忍不住吐了吐舌尖。

"好苦……唔……"

她的话音被他含住了，他仰着头慢条斯理地吻她，似在品尝着她嘴里的味道。

半晌，他收住了这个渐渐失控的吻，总结道："这板蓝根，还真挺苦的。"

"……"

4

苏听溪躺在酒店大床的中央，没一会儿，就睡着了。

江年锦站在床边，默然地看着她的睡颜，恬静温和，他的呼吸也不自觉地放轻了。

这样的女子，多少男人会争相追逐、奋不顾身，他都不会觉得奇怪。

江年锦的脑海里闪过刚才泳池边闹哄哄的场景，他听到了，也看到了。莫向远，竟然当着安培培面儿，喊着苏听溪的名字，毫不犹豫地跳进了水里。

莫向远游泳的技术并不好，至少，没有好到可以把人救起来的地步，可是他跳进去却像是下意识为之。

原来，苏听溪的安危，是存在那个人的潜意识里的。

他们的爱情，是不是也曾刻骨到难以忘怀？

"你知道什么是爱吗？"一个尖锐的女声从遥远的回忆里射出来，足以挑断他紧绷的神经。他打了一个激灵，左手微微攥紧浴袍上的带子。

罗冉冉。

她总喜欢这样质问他。

"你知道什么是爱吗？"

也许，自始至终，他江年锦在她的眼里，只是个不懂真爱的纨绔子弟，半分半毫，都及不上那个她深爱的人。

"真正的爱，是愿意为了对方去死的。江年锦，你懂吗？"她这样问他的时候，眼部充满血丝，那样的她，为爱消瘦，为爱憔悴，不再美丽。

他懂吗？

是的，他当然不懂。

死？

那是愚蠢的人才会用的表达方式。

曾经他以为，这个世界上也就罗冉冉一个傻子，可是原来不是。

这个世界上，为爱痴狂的人那么多，相信爱情的人也那么多。

他有些恐惧，那种恐惧，就像是固步自封很久的人迈出他自己画定的圈子时，猛然发现山外有山，人外有人的那种恐惧。

他自以为满不在乎的东西，原来有人那样在乎，并且那个人将这种在乎，用在他在乎的女人身上。

他怎么能不恐惧？

苏听溪动了一下，她睁着惺忪的睡眼，翘起半个身子看着他。

"你怎么还不睡？"她整个人迷迷糊糊，语气却是理所当然。

似乎，她就该在翻身醒来的时候，看到他睡在她的身旁。

江年锦有些动容。他跨上床沿，掀开被角的时候顺手松了自己的睡袍。

她闭着眼睛俯过身来，他抬手，将她裹进自己的睡袍里……

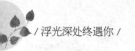

5

听溪在前两天的比赛中，对于活力装和时尚装的驾驭和表现还是很出彩的。

沈庭欢和安培培并没有在打分环节失了偏颇，所以评委打分也是一路走高。

一色说，照着这个趋势下去，只要听溪后面发挥正常，挺进三甲应该没有问题。

江年锦坐在办公桌前，他刚刚结束一场会议，脸上的倦容还未退去。听到一色这样说的时候，他抬起了头，眸子里忽然多了一层暖色。

"你不去看看她吗？"一色冲着江年锦坏笑。

"一色。"江年锦往后一仰，笑道，"你是不是知道得太多了？"

一色拍了一下脑门，随即哈哈地笑出声来："我只是觉得，如果有你现场助阵，苏听溪的胜券能稳一些。"

江年锦不作声。她说了各凭本事，那他也该适可而止。

她会赢的。

而他，只需要等，等她名正言顺地站在他身边。

一色又杂七杂八地说了一通，直到阿府敲门进来，才止住了喋喋不休，乖巧地告别。

江年锦身边的人，各有特色，也各自知趣。

阿府的脸色沉沉的，他这几天回了北城，家里的老爷子病了，急召他回去，江年锦准了他一个月的假，没想到他这么快就回来了。

"阿府，你就这么放心不下我？"

阿府愣了一下，才回过神来，江年锦似乎是在同他开玩笑。他的心情很好，好到阿府都不太愿意去说接下来的话。

江年锦看着阿府犹豫的面容，收起了他的笑意。

"有事？"

阿府点了点头。

"派去北城的人，有进展了？"江年锦身子往前一倾，心跳有些快。

"算有一些。"阿府抿了一下唇道，"苏小姐是由她母亲苏氏带大的，但是，苏氏根本没有结婚。"

江年锦的眉头动了一下，他抬眸看着阿府。

阿府的眉头也皱起来。

"苏小姐，很可能是苏氏抱来的弃婴。"

弃婴。

江年锦的脑海里划过一道闪电，那安静平和的笑怎么能和这么残忍的词汇联系在一起？

阿府也不再作声，他知道江年锦在想什么，他又何尝不是这样想的。

那样美好的苏小姐。她和那个人长着一样的容颜，可是她们的人生，却是天壤之别。

这就是命运吗？

江年锦的指关节"咔哒"一声响，他的语气里透着凛冽："亲生父母呢？"

"还没查到。"

"继续查！"

"是。"阿府颔首，他犹豫一下，继续说，"苏小姐的身世，不止我们在查。"

江年锦的瞳孔微微一缩。

"还有谁？"

阿府俯身，轻轻地报出一个名字。

6

新秀大赛第三场因为是泳装秀，所以主办方在泳池边搭建了临时舞台。

久太太柳惠很敬业，她只在医院休息了一天就回到了工作岗位，今日就是由她带着大家来这个前几天险些要了她命的地方彩排。

Modern 的 May 和柳惠走得很近，她这一路对柳惠嘘寒问暖的，显然她这小姑娘也是个人精。

May 是这次新秀大赛最有望夺冠的选手，Modern 明显也是对她寄予了厚望，偶尔用餐的时候，都可以看到 Modern 的总裁莫向远亲自和她坐在一起。

练功房里平日钩心斗角的小模特儿们真正到了战场上，才开始有了帮派团队意识，她们看到莫向远的时候，也会埋怨自家 Beauty 的江年锦，为何除了红毯亮相之后就再也没有出现过。

听溪坐在泳池的边上，听着那些姑娘小声地对比着江年锦和莫向远，从长相衣着到为人处事，她听得入了神。

这两个男人，在她生命里如此重要，可是她又真正了解了谁。

"听溪。"有人在唤她的名字。

听溪还没转头，就看到泳池的水面上荡开一层水花，莹蓝的水里，多了一双脚。

是柳惠。

"久太太。"听溪抬头，"您的气色看起来不错。"

柳惠点头轻笑："说实在的，现在看见这水还有些晕呢，但是，总得过来和你说

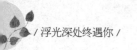

声谢谢。听溪，谢谢你，要不是你，我可能就真的不能坐在这儿和你说笑了。"

听溪摇头："其实我也没算帮上忙。"

柳惠笑着按住了听溪的手背，这小女子，还是如那日在店里相见时一样谦逊有礼，而并没有因为她是大赛总设计师就对她有过分的疏离或者恭维。

"这几天没见年锦。"

"他忙。"

听溪接得顺口，说完就恨不能咬掉自己的舌头。

柳惠满脸的笑意，她本就有试探听溪的意味，这下倒好了，她算全招了。

这时，一个带笑的声音响了起来。

"怎么？二嫂你这是想我了？"

柳惠看着听溪，笑意更深："这是说曹操，曹操就到啊，你怎么有空过来了？"

"明儿是泳装秀，我怎么舍得不来。"江年锦坏笑着，看了一眼听溪。

听溪低着头，脸有些烫。

"看你，什么时候变得这样口无遮拦。"

"我只是实话实说。"

"你可不是这么实在的人。"

柳惠瞪他一眼，站起来，顺势将听溪也拉起来。

"二嫂。"江年锦忽然软了语气，商量着凑过去，朝着听溪努了努嘴，"明儿能不让她穿成那样上台吗？"

"喂！"听溪忍不住拍了江年锦一下。

他顺势擒住了她的手，毫不顾忌地握在手心里。

听溪耳边忽然嗡嗡一片，只听到柳惠温情四溢的笑声钻进耳朵里。

她侧眸看着江年锦，江年锦也正看着她，目光含笑。

7

听溪趁着气氛好的时候提议让江年锦请大伙吃个饭，说这样可以鼓舞士气。

江年锦摸着下巴，目光依旧停留在她的身上，玩笑似的："看来我是多了个贤内助。"

听溪被他一句话惹得又面红耳赤。

原来江年锦早就让一色给安排了，只是起初江年锦没打算亲自露面，但是听溪一提，他觉得也不无道理。

晚宴很热闹，每个姑娘都希望在江年锦面前表现得出彩一些，虽然外界传言，江年锦已经和苏听溪在一起了，但这依旧没有消磨她们的热情。

江年锦很给面子，来者不拒地喝下了所有人的敬酒。

听溪也站起来随着主流敬他一杯酒。江年锦不动声色地站起来与她碰杯，喝下。

周围人看不出这其中的端倪，但一色看着他们两个人却笑得暧昧。

听溪被一色盯得不好意思了，借口上洗手间偷溜出来透气。

这一带的餐厅都很热闹，而且多数顾客都是这次来比赛的模特儿团队。

听溪没想到会在转角的时候撞到 May，她也是来用餐的，而且，还是跟 Modern 的高层一起，莫向远也在其中。

May"啊"的一声，就蹲下捂住了自己的脚，她穿着鱼嘴高跟，防水台很高，听溪的鞋尖儿顶多不过是踢到了她的防水台，她这样表现，着实夸张。可是 Modern 和 Beauty 素来不和，加上这次比赛她们又是两大头号竞争对手，May 身边的工作人员开始跟着她一起小题大做。

有人上前一步挡住了听溪："哎，你！走路不看路的吗？"

"对不起，我不是故意的。"听溪道歉。

"说对不起有用？那我能不能也踢你一脚让你明天走不了台，然后和你说声对不起？"

"这样的程度，还不至于走不了台。"

"你说什么？难道 May 这么痛是装的吗？"那人不依不饶。

"是不是装的，只有当事人知道。"听溪不卑不亢。

"哎……你……"

那人的手伸过来，几乎碰到听溪的领子的时候，一把被人拍掉了。

"怎么了？"江年锦不知道什么时候又出现了，兴许喝得有些多了，他的眼睛格外亮。

"江总，你们家的模特儿撞着我们 May 了，你知道，May 可是我们的种子选手，她不能……"

"我没问你！"江年锦打断了那人的话，他的视线笔直地落在莫向远的身上，"莫总，这事，怎么说？"

莫向远的瞳仁闪了一下，他的目光扫过听溪和 May，最后才看向江年锦，嘴角一扬，淡淡地说："这根本算不上事。"

Modern 的人都愣了一下，只有江年锦满意地点了点头。

"可是我……"May 还想说点什么，江年锦和莫向远同时看了她一眼，她就噤了声。

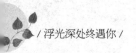

"既然没什么事了，那江总，我们先告辞。"

听溪一直低着头，直到身边的人都走没了，她还低着。

江年锦手抄在裤袋里，只是看着她。

人来人往的过道，只有他们两个人是静止的。

"不如我们先回去？"江年锦一边问着，一边牵起了她的手往屋外跑。

是的，是跑，逃跑，不顾那一屋子还等着和他喝酒的人，他只想和她在一起，心血来潮得就像是一场私奔。

两个人跑进夜色，才想起不知道要去哪儿。

她气喘吁吁的，但是眉宇里的那层哀怨却早已被风吹散了，她抬头对他笑了，那模样，比酒精还要让人耳热。

橙黄的路灯亮了一街，他们的影子被拉得老长。

她走在他的身旁，一直是安安静静的，经过广场的时候，她忽然顿了一下。

"哎，那儿！"

江年锦顺着她的指尖一望，广场的中央有个巨大的许愿池。

"我妈说，人这一生贵有愿望。"她的眼里凝着一片柔情。

江年锦没想到她会主动向他提起自己的母亲，看得出来，苏听溪和她母亲的关系，一定非常好。

苏听溪冲着那个水池"哒哒哒"地跑过去，像寻水的麋鹿一样欢快，可是他的脚步却沉了起来，白天聚在心头的那团乌云又拢了过来。

天色已经晚了，水池边没有人。

听溪在池边站定，回过身来朝着江年锦招手。

江年锦走到她身边的时候，她问："你有硬币吗？"

硬币？江年锦低头看了一眼自己，他的身上，从来没有硬币。

"没有。"他答。

"那就不能许愿了。"她的语气有些失落，今天跑出来急，她也一分钱都没有带。

"非得扔点什么进去，才能许愿？"他挑着眉，俯过身往水池里望了一眼，喷洒的水柱落在池面上晕开一层又一层，他根本望不见底，隐约看见一些硬币和奇奇怪怪的东西。

江年锦伸手从裤袋里摸出手机。

"不如扔这个吧。"

听溪刚想说"你疯了吧？"，那屏幕就好巧不巧亮了起来，不知是谁打电话进来了。

江年锦只瞥了一眼，就"咻"的一下，把手机扔进了水池里。

"喂！"听溪冲上去握住他的胳膊，可惜已经晚了。

手机"噗"的一声掉进水里，他还虔诚地双手合十低头许了个愿。

这人真是疯了！

他这样的人，手机且不说这价钱有多贵重，里面的资源信息也是不可估量的。

他不是疯了，怎么会陪她这样玩？

听溪卷了衣袖，趁着他不注意的时候，毫不犹豫地跨进了水池。

江年锦睁开眼睛，看到她弯腰摸鱼似的动作，有几秒回不过神来。

"你进去干什么？"他跑过来扶着池壁。

"谁让你把手机扔进来的。"听溪没好气的，"丢了得多麻烦！"

"再买一部不就好了？"江年锦皱了眉，"苏听溪你傻是不是？我手里的信息都是有备份的。"

"那刚才不是还有人给你打电话吗？"

"普云辉，约麻将的。"他说。

"你不早说！"

听溪掬了一捧水，二话不说就朝他甩过去。

"苏听溪！"他一声喝，躲开了几步。

"我进都进来了。"听溪撇了撇嘴，"要不你也进来？"

"我才懒得和你疯。"他鄙夷。

江年锦抱臂站在水池外，像是做了亏心事东张西望地替她把着关。这样高尚神圣的地方，她倒是不拘小节说进去就进去了。

"找到了！"听溪忽然扬着手臂冲他喊，脸上的笑意在潋滟的水光里皎皎无瑕，与水池中央的持弓 angel 雕像一样单纯美好。

究竟是谁，连天使一样的她，都舍得丢弃。

"我要出来了，快扶我一下。"

她把手递过来，江年锦走回池边，郑重其事地握住。

他想，以后苏听溪就由他来保护，分分秒秒都由他来守护。

"喏，还给你。"听溪把手机塞回江年锦手里，然后转身对着天使雕像双手合十鞠了个躬，"小天使，对不起冒犯了，但我可什么都没有多拿哦。"

江年锦见她如此憨态可掬的样子，伸手揉了揉她的发。

听溪看着江年锦忽然沉重的面色，小心翼翼地问："你想什么呢？"

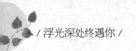

　　"我在想，你这样我更舍不得让你参加明天的泳装秀了。"

　　8
　　纵使江年锦再不愿意，该来的还是会来的。
　　柳惠受落水事件的启发，临时更改了泳装秀的出场方式。
　　出场的时候，会由苏听溪领衔几个会游泳的模特儿从水中出场。岸上的模特儿跑到岸边围成圆形展示的时候，听溪她们就悄无声息可以归队，这样的出场方式充满了新意又不突兀，得到了一致的好评。
　　首先是团体秀，接下来才是个人秀。
　　T台搭建得九曲十八弯，主灯调为幽蓝，这柔情的灯光从T台之下漫上来的时候，美得恍若有涓涓细流涌进心里，完全契合了"女人如水"这个主题。
　　江年锦作为嘉宾坐在嘉宾席的最前排。今儿他都没让阿府跟着，似乎现场能少一个男人就少一个。他扫了一圈发现莫向远竟然没在，他心里觉得更踏实了。
　　唉，他几时也变得这样小气了。
　　主办方指定的泳装是充满了异域风情的青黄蓝三色拼接的小裙装，特别衬人肤色，性感里透着调皮，调皮里又藏着妩媚。
　　因为这个独特的出场设计，苏听溪无疑成了最抢眼的那一个，她从水里钻出来的一刹那，除了惊艳，还透着几分飒爽。她的长发散在背上，挡住了后背大片裸露的肌肤，又很快跟上了大部队的节奏，在T台上自如地行走，停顿、旋转，那湿漉漉又专注的模样，野性与感性并存。
　　江年锦微微挪了一下目光，却舍不得不看她，尽管，他看她时身上会起火。
　　听溪感受到了那个男人火辣辣的目光穿越人群，她目视前方，故意不去看他，脚步踩着节奏，心跳却乱了。
　　团体秀结束之后，所有选手又匆匆赶到后台换装，听溪的出场顺序比较靠后，换装的时间还算宽裕。
　　外面的风更大了一些，比赛的宣传横幅在风里一抖一抖的，随时都会被抖落的样子，让她有些不安。
　　场外的音乐已经响起来了，很动感的节奏，选手们再次换上的泳装，也很运动。
　　久太太的风格趋于保守，两件泳装的设计都各有特色又不显露骨。
　　听溪将自己的号码牌别放在腰间，刚走出换装间就听到May和几个候场的小模特儿在聊天。

这次比赛，对于 May 来说，似乎显得格外轻松，有种不费吹灰之力就可取胜的感觉。

"今天你培培学姐怎么没来？"有人在问 May。

听溪站到了她们的前面，马上就要轮到她出场了。

"陪陪学姐昨天生病了，今天在医院呢。没看莫总也没来吗？他就是在医院陪着呢。"

"莫总和安小姐真是恩爱眷侣。"

May "哼"的一声，有意提高了声调："能被莫总他们这样的男人爱着的女人，起码得是培培学姐这样的。有些人不自量力，以为自己能飞上枝头做凤凰，其实照照镜子就知道，她们也不过就是男人一时新鲜的玩物。"

听溪没作声，场外的主持人已经在喊她的名字了，她松了松肩膀，调整了最佳的姿态，往外走。

May 看着这个倩丽的背影，清新雅致，云淡风轻，似乎，她说再过分的话，苏听溪都不会同她计较。苏听溪的淡然气质从骨子里透出，似乎苏听溪只要往那里一站，就能让尖酸刻薄的她无处遁形。

表面是圣母玛利亚似的女人，实际却也藏着自己的锋利。

这是她最讨厌的一类人，因为她永远也无法变成这一类人。

9

听溪站在 T 台的中央，看着眼前这蜿蜒的 T 台，她出场的时候，莫名地，就有人鼓了掌。

其实在久太太落水事件之后，听溪在外的名声就很正面。

一色说："这就是你生活改变的第一步。从此之后，你的一言一行、一举一动都要被拿着放大镜的媒体暴露在阳光下。你做得好时，会有万人夸赞，但如果你做得不好，就是万劫不复。"

听溪懂得，这是一场豪赌。

她踩着节奏，一步一步穿过众人的目光，有灼热的、好奇的、鄙视的、欣赏的……

"刺！"T 台尽头的灯管忽然蹿出了火花。

听溪怔了一下，很明显所有人都怔了一下。

忽然，T 台上的灯光一齐灭了去，音乐也戛然而止。

总电路已经被烧断了。

那火光，原本只是小小的一簇，但是迎着风，却越来越盛了。

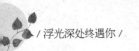

那火光在听溪面前翻滚出了热浪。

嘉宾席上的看客都站了起来。

人群里传来一声高喝："苏听溪，躲开！"

听溪左右张望了一下，想转身的时候，看到固定 T 台支架的固定绳已经被火烧断，那支架正朝着自己扑面而来。

她此时根本就不可能躲开。

"江总！"谁在高喊了一句。听溪只感觉眼前一黑，身子被狠狠地撞了出去。

身后有什么轰然倒塌了。

听溪扑在地面上，全身的骨头都散架了，心被完好地藏在胸腔里，却疼得窒息。

因为她意识到了，是谁把她推开了。

"江总！江总！快叫救护车！江总！"

身后此起彼伏的叫喊声响起，悲天动地只围绕着一个名字。

江年锦。

在她需要的时候会保护她的人，这个世界上，只剩下了他吧。

她趴在地上，脸上拉扯不出一丝的表情，脑袋里空空的，耳边的声音也开始模糊起来。

"苏听溪，以后我会保护你的。"

这是她昨晚入睡前迷迷糊糊听到的最后一句话。

"苏小姐……苏小姐你没事吧？"

终于有人看到她了，那些人将她扶起来，她已经麻木得像个稻草人。

听溪不敢回头，她不敢看到任何一个与记忆里虎虎生威的江年锦不符的他。

可是她又那么想要回头，她怕……不，她怕的不会再来。母亲的离开，已经带走了她所有的恐惧。

她小心翼翼地回了一下头，眼泪一串一串开始滚下来。

躺在地上奄奄一息的，是她的江年锦。

10

听溪讨厌医院漫长无尽的走廊，好像怎么跑，都跑不到尽头。可是，她又怕跑到了尽头，发现尽头原来是地狱。

"年锦！年锦！"她紧握着他冰凉的手。

他的手，一直都是温暖的，可是这会儿怎么了。

雪白的床单上鲜红的印记直刺她的眼窝，她的双脚是虚软的，眼前天旋地转，也许她一松开他的手，她就撑不住了。

"啪——"他们紧握的手被人生生地分开了。

"家属在外面等。"

"听溪！"听溪的身子往下坠的时候，被人一把搀住了。

是陈尔冬来了。

"尔冬姐。"这三个字出口的时候，她已经被陈尔冬抱住了。

陈尔冬抱着苏听溪，她这样纤瘦的身板，此刻像是沉了千斤，这重量，大概已经算上了她的全部恐惧，全部无助。

陈尔冬想起，她曾经也在这样通明的医院走廊上紧紧地抱过一人。

那个人，是江年锦。

而让他伤心的，是病房里被白布掩盖的罗冉冉。

如今，被推进手术室的人，是江年锦。而她抱着的苏听溪，有着和罗冉冉一样的面孔。

时空好像在她的怀里错乱了，她的脊背凉飕飕的。但是，她才不相信什么鬼神，如果有，那么她回来要带走的人，也不该是江年锦。

走廊里有人影闪过，渐渐靠近了，是普云辉。

他在原地站定，看了一眼"手术中"的大字，没作声。

陈尔冬没看他，只是将听溪带到一旁的座椅上等着。

听溪的身子一直在抖，母亲离开的那个晚上，她也是这样抖得一发不可收拾，可是那个时候，她身边一个人都没有。

其实母亲最担心的，就是她走之后，再没有人陪伴她的女儿，可讽刺的是，她离开的那一秒，她的担心就已经实现了。

母亲临走前，喊的最后一个名字，是莫向远。可能，这是她唯一一个能想到的，曾经在听溪身边仿若会天长地久的男人。

母亲说："去找向远……"

找向远。

她找到了，虽然从前再也找不回去了，但她现在找到的，是比莫向远更好的人。

所以，请不要让他有事……妈妈。

走廊里的人渐渐多了。

阿府、一色、文欣……

一色还带来了听溪的衣服，让她快些去换上。他说："如果江年锦醒来看你还穿

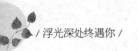

成这样，非得再气晕过去不可。"

在这样的环境下，也就一色还敢开玩笑，可是他说得对，江年锦是个小气鬼，吃醋从来不承认的小气鬼。

听溪听话地去洗手间换了衣服，出来的时候火红的大字已经熄灭了。

11

医生戴着口罩，额头上的细汗说明他们刚刚经历了一场恶战。

"病人暂时没什么大碍。"

暂时。

听溪皱了皱眉，她突然不能接受医生这样滴水不漏的说话方式。

江年锦从手术室里被推出来，头上缠着纱布，脸色苍白，看起来很憔悴。

她一口气滞在胸口，险些又哭出来，可是她不能。

阿府命人安排了最好的病房。

医生带着几个护士进来吊点滴瓶。护士扎针的时候，听溪靠过来替他挽起袖子。

江年锦的手还握着拳，她轻轻地替他掰开，那输液针扎进他的血管，她转开了头。

"他什么时候能醒？"

她这一问，所有人的目光都转向了医生。

主治医生挺年轻的，戴着金丝边眼镜，摘了口罩，看起来文质彬彬。

"难说。保不准一会儿就醒了，保不准也得好几天。"

"这话怎么和电视剧台词一样啊。哎，我说，他醒来不会失忆吧？"一色口没遮拦的，惹得陈尔冬抬肘去撞他。

只是他的担心，正也是大家的担心。

"失忆？"医生嘴角一挑，随即摆出吓唬人的神情道，"这也难说。"

一色急了："那什么是好说的？"

"好说的是现在病人需要静养。"医生的钢笔往口袋上一扣，朝着大家挥了挥手，"该散的都散了吧。"

听溪说什么都要留下来，大家商量了一下，阿府也留了下来，万一有什么事，也好有个照应。

陈尔冬站起来的时候，普云辉也站起来了，这一晚上他们彼此一句话都没有说。

普云辉说顺路送他们，他问一色走不走的时候，一色乖巧地说还要再留一会儿，让他们先走。

陈尔冬走在前头，一直低着头。

其实今晚，她也不好受，江年锦对她的重要程度，不亚于听溪，普云辉一定也知道。

他们两个人出了门，一色才"啧啧"两声。

"剪不断理还乱。普少爷是个多情种，可是自古多情总被无情恼。"

听溪看着两个人的背影，也悄然叹了一口气。

无情……陈尔冬吗？

不是的。

爱情，都有一个临界点，没有超过那个点的时候，很多人都不会知道，那是爱。

就比如，这一次的江年锦。

12

江年锦好几天都没醒，医生说他不醒的原因可能是因为脑袋里的瘀血不散，也是，那样结结实实的一下，他没有生命危险，已经是不幸中的大幸了。

新秀大赛在出了这样的意外之后，只修整了两天，就继续进行了。

一色希望听溪重新回去比赛，可听溪却执意不愿意离开江年锦，这样看着他，总觉得心里踏实些。

一色拗不过她，也不好再说什么，毕竟强扭的瓜不甜，只是已经走到最后一步她却要放弃，在他看来有些可惜。

江年锦虽然没醒，可是他的脸色很明显一天天在好转。

听溪趁着这几天，学会了简单的护理，她能做的事情，几乎全都亲力亲为。

陈尔冬也每天都来，她虽嘴上不说，可是心里到底是记挂的。

江年锦醒的那天，也是大赛结果出来的那天。

护士进来给他换药，一色的电话正打来，May 毫无悬念地成了冠军，唯一的冷门，是文欣最后拿到了季军，她成了这次大赛的黑马选手，也为 Beauty 最后挽回了一些荣光。

和一色通话结束的时候，听溪给文欣传了条简讯祝贺她。听溪没有做到的，文欣做到了，听溪也是由衷地高兴。

走回病房的时候，听溪听到屋内有说话的声音，护士们都在低低地笑，看到她站在门口，谁轻声地说了一句："喏，来了。"

病床上的男人转了一下头。那黑亮的瞳仁，宝石似的，泛着光。明明是天天守在身边的人，可是这时隔几天的对视，竟然有了几分生疏。

听溪眨了眨眼，飞快地冲到他的床边。

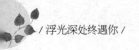

"你醒了？"她握住他的手，他的手背上被针扎出一片淤青，她很小心地握着。

"你是谁？"江年锦看着听溪，面上露出犹疑。

整个屋子忽然静悄悄的。普云辉正从门外进来，听到江年锦这样问，他也是一顿。

听溪傻了眼："你不记得我了？"

江年锦摇头，听溪握住他的手不自觉地松开了。

护士按下了床头的呼叫器。

"江先生一醒来就说要找照顾他的田螺姑娘，我们还以为他开玩笑呢，原来真是失忆了。"

听溪的眼泪再一次滚出来，甚至比头天晚上更凶。

一色他们这几日天天开玩笑江年锦失忆会是什么样子的，她嘴上不说，可是心里也是害怕的。

哪知，这好的不灵坏的灵，他真的不记得她了。

呼叫器响了很久，也没见医生进来。

听溪的耐心全在前几天耗没了，她坐不住了，站起来就往门外跑，膝盖撞在床腿上，她也没吭一声。

床上的江年锦终于按捺不住了。

"喂，苏听溪！我逗你玩呢！"

13

听溪回过头来，江年锦嘴角扬着坏笑，他的眼睛更亮了，就像是冲破黑暗的黎明。

她惊讶的相望渐渐演变为没好气的瞪，她不说话，就只是瞪着他，终于瞪得他心虚的时候，她头也不回地跑出去了。

"哎，普云辉，给我拦着啊！"江年锦的手擒住了床沿的护栏，几乎从床上跳起来。

普云辉耸了耸肩，不理会他，兀自走到窗口的沙发上坐下。

"你挺尸了几天，醒来演技变好了。"普云辉由衷地夸赞。

"你去把苏听溪给我带回来！"江年锦没好气地指着门口。

"活该！人家守了你几天几夜，你就这样吓唬人家，换我我也走。"普云辉二郎腿一跷，眼神鄙夷。

护士们掩着笑从门口出去，医生进来了，也没见苏听溪进来。

"那女人呢？"

"什么女人？"年轻的医生摸了摸下巴，想起什么似的，"噢，你是说苏小姐吧？

我看到她上了出租车。"

"真走了！"江年锦皱起眉头，这女人，明知道他这会儿不能追她。她什么时候这么会耍脾气了。

"总算有人治得了你了。"普云辉一脸幸灾乐祸看好戏的模样。

江年锦觉得寒心，他好歹刚从鬼门关回来，这些人没热泪盈眶地迎接他，也不至于这么不走心吧。

医生走到床边，听诊器在江年锦的胸口停了一下，问他："觉得哪儿不舒服吗？"

江年锦老老实实地说没有。

医生又给他全身系统地检查了一遍，确定没有什么问题了，才出去。

屋里就剩普云辉和江年锦两个人了。

阳光铺天盖地地从窗口落进来，这连日的阴霾，总算是彻底过去了。

"我没见你这样在意过谁。"普云辉忽然收起了嬉皮笑脸，"哪怕是对冉冉，我都没有看你露出过这样的目光。"

江年锦又扬了一下嘴角，他从睁开眼睛，就一直在笑。

"你爱上她了？"普云辉小心翼翼的。

这几年，他在江年锦面前说起罗冉冉，说起爱情，都是小心翼翼的，可是不知道什么时候开始，他说起这些的时候，江年锦竟然可以笑着面对了。

这是，那个女人的功劳吧。

她不知不觉，已经将那个冷面冷血的江年锦变成可以为爱奋不顾身的江年锦。

"看她有危险的时候，我完全不能正常地思考，我所做的每一个动作，都下意识以保护她为先。云辉，我变成自己口中可以为别人去死的蠢货，你说，我是不是爱上她了？"

14

苏听溪再次神清气爽地出现在病房门口，已经是两个小时之后了。

"你去哪儿了？"江年锦皱着眉头，他差点就让阿府直接去办出院手续了。

"回家洗澡换衣服。"听溪回答得理所当然，她照顾他这么多天，每天的洗漱都很随意，她哪能让他一醒来，就见到自己这样邋遢的模样。

"你玩我。"他以为她真的生气了。

"是你先玩我的。"

"知不知道我等你很久！"他一副兴师问罪的态度。

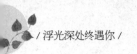

听溪看着他，顿了一会儿。

"你知不知道我等你更久？"她不争气地又红了眼。

江年锦的心底变得柔软起来，他的手伸过来，指腹轻揉着她微蹙的眉心。

"苏听溪，现在，你欠我一条命。"他的语调微微上扬着。

"你想让我怎么还？"听溪抱着他的胳膊，抬眸看着他。

江年锦看着她水盈盈的眸子，他挑了挑眉，眼神往边上一挪。

"别做梦我会说让你以身相许这样的话。"

那语气那神情，要多傲娇有多傲娇。

听溪气鼓鼓地看着他带笑的眸子，半晌，泄了气似的将头轻轻地枕在他的胳膊上："新秀大赛，我没坚持到最后。"

江年锦没料到她话题转换得如此之快，但是看着她多少有些失落的表情，他知道她在想什么。

这场比赛，对她很重要。倔强的她对自己的要求很高，她不说，因为她总希望自己能做到的，不是嘴上说说而已。

"因为我？"江年锦握住了她的手。

"不，是因为我自己。"听溪低头。

一色说，一个专业的模特儿，在任何突发状况都不会离开 T 台，因为他们深知自己的使命，没有衣架是有情绪的。

是她不够专业，是她在乎的人和事还太多，也是，他太重要了。

"我吓着你了是不是？"

"是，你吓着我了。"听溪无法再回想起他倒在地上的那一晚。那一晚，也许会和母亲离开的那晚一样，成为她终生的梦魇，躲都躲不掉，"江年锦，以后，任何时候，都不要以这样的方式救我，我宁愿，是我自己。"

江年锦的眼神深深。

他一直不喜欢在他在乎的人面前展现脆弱，所以那件事后，他离开家人来到加安。

所有人以为他来加安是为了创业，只有他自己知道，他来加安，只是为了疗伤。在那个女人向往的城市疗伤，呵，其实也算是变相的自我折磨了。

他用回忆与疼痛来警醒自己，直到，他遇到了苏听溪。

"苏听溪，以后，我不会让你再有这样的危险和担心。"

这，是他的承诺，他会保护她的承诺。

他终于，在他们都清醒着的时候，郑重地向她说出了这句话。

15

新秀大赛结束之后，媒体聚焦的点马上转移到了在大赛中受伤的江年锦身上。关于他"英雄救美"的细节被各家媒体大肆渲染报道，人们对江年锦和苏听溪绯闻的关注程度，马上胜过了新秀大赛的夺魁者。

医院门口，每天都会有很多记者围追堵截，而听溪每天在医院和江年锦的别墅间来回地跑，他已经不让她回自己那儿了。那儿太容易被记者追到，而一旦追到，打破的可就不止她一个人的平静了。

江年锦说："你想让朱大爷他们打不成麻将下不了棋吗？"

听溪笑他："你是怕这事一闹，以后再没人愿意跟你这样的大财主搓麻将下棋了吧。"

玩笑归玩笑，听溪知道他是想守护那个安静平和的地方。他不是超人，却总希望自己像个超人一样守护很多。

听溪一下车就被记者给堵住了，这些天阿府都是带着她走医院的 VIP 通道的，只是今天那条通道要迎接来医院学术交流的贵宾，临时给封了。

记者堵塞了医院的部分路口，医院的安保已经出面制止了，可是这些人还是来势汹汹。

听溪头戴鸭舌帽，口罩遮面，前些天被一色瞧见了她这模样，他还在笑这些本该是大牌明星出行的装备，而今她全都用上了。

身旁的阿府替她拨开迎面而来的人群，却挡不住她耳边的喧嚣。

"苏小姐，请问江总的伤势怎么样了？"

"苏小姐，对于江总舍命救你你会有什么表示吗？"

"苏小姐，你和江总打算什么时候公布恋情啊？"

"……"

听溪沉默地往里挤往里挤，江年锦还在等她，他昨儿说想喝鱼汤。

他终于开始有胃口了，开始变着法地想出一些菜色来挑战她的厨艺，哪怕她不会，她也都坚持学了自己做给他吃。外面的，她不放心，尤其是他现在还是个病人。

好在江年锦不挑嘴儿，只要是她做的，江年锦都说好吃，也不知道是真是假。

阿府还在门口，应对那一群如狼似虎的记者。阿府昨儿进门的时候还在说："苏小姐，以后天天要接触的，就是这群人了。"

阿府不会多嘴，这话只是提醒。

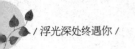

　　听溪也知道，自己接下来要面对的会是什么。不过没关系，既然是那个人站在自己的身边，再凶恶的虎狼，都没有关系。

　　一色总说，人生的得与失总是并存的。人不可能一直在得到，也不可能一直在失去。

　　这次听溪虽然没有走到最后，错过了新秀大赛得奖的机会，可是她前半段台上台下表现得都不错，已经为她自己积累了一些人气，再加上和江年锦极具话题性的绯闻。现在她的人气可谓居高不下，每天都有广告代言的邀约寻上 Beauty 的门。

　　这就是人生，人生的奇妙，就在于人永远不会知道下一个机遇是伴随着荣耀还是灾难。

　　失去，也是一种得到。

　　经历过，才会懂。

潮落潮生

1

江年锦闭着眼睛，听到门口有响动，他住的楼层清静，一点点声响都会被放大。

那脚步声渐渐靠近了他的床边，听着，不像是苏听溪。

他睁开了眼睛，看清来人的时候心里一惊，肩膀上的疼痛没能让他迅速地坐起来，那人按住了他的胳膊，示意他不用动。

"大哥。"他唤一声，"你怎么来了？"

眼前站着的人，是江家大少，江年盛。

江年盛往床边的椅子上坐下，皱着眉头打量了一眼江年锦："来加安出差，听说你住院了。没事吧？"

"没事。"江年锦答得很快，不放心似的又补了一句，"你回去别跟妈说。"

江年盛翘了一下嘴角。

"她早当没你这个儿子。"

明知道江年盛是开玩笑的，江年锦的神色还是暗了一下。

"他们，健康吗？"他斟酌着。

"健康，至少没有上医院躺着。"江年盛投递过来一个安抚的眼神，"听说，你受伤，是为了一个女人？"

江年锦"啧"了一下嘴，笑了。

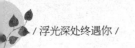

"现在外面铺天盖地都是你的绯闻，怎么，还不承认？"江年盛凑过来，威胁似的，"你住院的事可以不报，你有女朋友这事，可就不得不报了。"

"哎！"江年锦瞪着他，"八字还没一撇，你别回去多嘴。"

"八字没一撇？我怎么觉得八字就剩收个尾了？"江年盛一点都不买账，笑出声来。

窗外阳光很好，而江年锦的表情，比起这阳光，更暖人。

江年盛瞧着，微微放了心。

那个女人，在年锦的生命里留下的伤痕太深，他还以为，他从此之后都不会再爱上谁。

年锦是他最小最倔最让人没法子的弟弟。当年，年锦离开北城的时候，还背着满身伤痕，如今却在一座陌生的城市快速地生根发芽，打造了属于他自己的王国。

他心疼，却也由衷地佩服。

那个在他裤裆下打滚的小子，到处惹祸需要他出面装家长的小子，跪在他面前说"哥，照顾好爸妈"的小子，终于站在了连他都需要仰望的位置。

"年锦，你这样，我就放心了。"

江年盛轻轻地拍了一下江年锦的胳膊，其实，他更想做的，是往他的胸口落上一拳，可是这会儿他不能。

走廊里传来脚步声，江年盛闻声回头。

门口进来一个姑娘，长发安静妥帖地束在胸前，开衫牛仔裤，粗看至多算清丽，细看……

江年盛的目光跳了一下。

2

"江年锦先生，你倒是给我老实说，你究竟给那些小护士灌了什么迷魂汤？让她们非要让我把这束花带来，说你的病房太单调了……"

苏听溪将手里的盒盒罐罐往柜子上一搁，她的怀里还有一束花，淡紫色的瓣儿，雪白的蕾儿，乖顺地在她怀里，特别地美。

柜子上正巧有一个空的花瓶，她把花插入瓶中，回头才发现了江年盛。

"呀！你有客人呀！"她的脸红起来，立马朝着江年盛点了点头。

江年盛却怔在那里。

"这是苏听溪。苏听溪，过来，这是我大哥。"

"你好。"听溪斟酌着走近，没把嘴边那声"大哥"给喊出来。

江年盛腾地站了起来，他身下的椅子险些被他撞倒。他的目光很深，看着听溪，像是要看进她的骨子里。

"大哥。"江年锦的手伸过去，扯了扯江年盛的衣摆。

江年盛低头，江年锦正看着他，那目光他懂，从小，江年锦一有事求着他，就会用这样的目光看着他。

"你好，苏小姐。"江年盛朝着听溪伸出手，在她看出情绪之前，微笑着打招呼。

听溪飞快地握了一下他的手，江年盛的手心也是暖暖的，可是不似江年锦的那种暖会让她安心。她总觉得他带着敌意，或者说防备。

"你们慢慢聊，我去给瓶子装点水。"听溪握住瓶子，指了指门外。

江年锦点了下头，江年盛已经坐下了。

"砰"的一声，门合上了。

江年盛交握着双手，这会儿还有些不自在。

这女人，凑近了细看，和罗冉冉，再不能更相像。

是她吗？传闻中江年锦爱得奋不顾身的女人。

江年盛的心口紧了紧，他要收回刚才说的话，他这个弟弟，还是死钻牛角尖。

他到底，是上哪儿找来这个和罗冉冉相像的女人，还胆敢带在身边。

"年锦。"

"我欠你一个解释。"江年锦打断江年盛的话。

江年盛要说什么，他知道，正因为知道，所以他不会让江年盛说完。

因为他做不到，放弃苏听溪，他做不到。

"从小，你就清楚地知道自己要什么。我只是希望，这次，你也清楚。"江年盛站了起来，面目严肃。

江年锦沉默，他没有看着哥哥。

"看来，这次我不该来的。"江年盛苦笑。

不来，就不会知道。不知道，就不会苦恼。

江年锦忽然抬起了头，眼神诚恳。

"大哥，给我一点时间。我会自己把她带回家跟爸妈解释的。"

3

江年盛从病房里走出来了，走廊里的消毒水味道很浓，他边走边掏出手绢捂了一下口鼻。

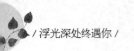

水房里传出一阵清朗的笑声，在这个地方，这样的笑有些突兀，但却干净得直击人灵魂的深处。他经过的时候，注意了一下。

苏听溪。

她背对着门口站着，水房的阿姨正和她说着什么，她一直在笑，笑得直不起腰。

江年盛的脚步顿了一下。

他和罗冉冉接触的不多，可是印象里，那个女人的笑脸，一次都没有。

他还记得他和罗冉冉第一次碰面，是在两家人婚前筹划的晚宴上。她盛装出席，美则美矣，可是总让人感觉少了些什么。今日见过苏听溪之后，他才猛然想起，原来，罗冉冉少的，是那几分灵气。

婚礼那日，她全程坐在那里眼神都是空洞的，所有细节都是江年锦拍板决定的，她就像是一个旁观者，根本没有作为一个新娘子该有的喜悦。

后来，服务员不小心打翻了她的水，她更是发脾气甩手就走。

她是一个骄纵的大小姐，和眼前这个平易近人的邻家女孩苏听溪，根本不在一个频道。

他对罗冉冉的印象一直不好，他问过江年锦，这个盛气凌人的罗冉冉，到底有什么好？

当时江年锦说的话，他也一直记得。

江年锦说："大哥，你不知道，冉冉，是我长久以来的一个梦。"

梦？

因为是梦，所以才一定要得到吗？

水房里的苏听溪转过身来了，看他站在门口若有所思的模样，她放下了手里的花瓶，朝着他走过来。

"要回去了吗？"她微笑着，那月牙一样的眼窝，真好看。

如果当初罗冉冉会这样对他笑，也许一切都会不一样。

"是的，苏小姐，希望下次还有机会见面。"江年盛微微地点了点头，转身离开了。

听溪看着江年盛的背影，他举手投足都优雅得像一位绅士，却和江年锦是不一样的。

听溪抱着花瓶回到病房的时候，江年锦正站在窗户边。

"你怎么下地了？"

听溪走到他的身边，将插满了小花的花瓶放在窗台上。

他低头看了一眼那些花，才答："没事，该起来走走了。"

"你大哥怎么这么快就走了？"听溪折回床边，替他整理着床，又问他，"你饿不饿？

鱼汤在保温盒里呢。"

江年锦不答话，他只是转身，倚在窗台上，默默地看着她做这些事情。

他喜欢这样被她照顾着，无微不至地照顾着。她偶尔像个老妈子一样喋喋不休，他也喜欢。

他感觉自己挨的那一下，再疼，都是值得的。

他单手从她身后搂住了她，轻声道："苏听溪，我们回家吧？"

4

"你觉得你现在的状态可以出院了吗？"听溪在他臂弯里轻轻地转了个身，上下打量着他，他身上还飘着一股药味儿。

江年锦皱了一下眉："我要怎么证明我状态很好？"

听溪眯眼正琢磨着他在打什么歪主意的时候，江年锦已经凑过来啄了一下她的唇。

"哎！"听溪飞快地看了一下门口，门口有人影闪过，还有窃窃的笑声从门缝里传进来。

她的脸烧起来，江年锦却没有在意。

"出院的事情，得问医生。"听溪义正词严道。

"我问过医生，他说可以。"

听溪皱眉："你为什么忽然要出院。"

这才几天，他就受不住了吗？

江年锦没说话，只是松开她，坐到沙发上。

他还不是为了她。

阿府说，这几天她来医院的路上就跟升级打怪似的，得过关斩将。

那些记者的招数，江年锦都知道，他可以见招拆招，可是苏听溪不行，她还做不到游刃有余，所以他不能再让她一个人，每天去承受这些。

"你说你，如果回到家里再有什么事情，我该怎么办？你就不能再住几天吗？我每天来陪你不好吗？"

"在家里你也可以每天陪我。"江年锦理所当然的，"你必须每天都陪我。"

"我又不是医生。"听溪没好气的。

"可以找李医生。"

"每天让李医生往你那儿跑……"

"这是他的工作。"江年锦知道她在想什么，她总是为别人着想，却从不知道为

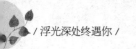

自己想。

听溪语塞，他分明是有备而来，更何况，他是为了她好。

她还有什么可以坚持的。

5

江年锦说的家，是加安的另一套房子。

他说，现在全加安的记者都在等着围剿他们，他们平时住的那两个地方，都回不去了。

听溪问他，难道他们要这样躲一辈子吗？

江年锦摇头，他说等他可以处理这些事情的时候，他们就不需要再躲。

他要怎么处理，她也没问，因为他总会找到对他们最好的办法。

江年锦对她笑道："苏听溪，和我去过几天安静的世外桃源的生活，不好吗？"

自然不是不好，她只是怕自己会上瘾。

世外桃源那样的生活，想想，就是会上瘾的词啊。

听溪以为，江年锦会在哪个山里找套别墅，就他们俩。没想到，江年锦最后选择的是类似北京四合院那样的地方。周围住户不少，但是多数都是老人家，很平和的环境，生活节奏缓慢而简单。

"江年锦，这是你打算用来养老的房子吧？"听溪推开别院的大门，"吱呀"一声，里面的景儿，却与外面看到的不一样。

外面是个装潢别致的古院儿啊，走进屋里，现代化设备一样都没少。

听溪在大厅里看了一圈之后评价道："金玉其外败絮其中。"

江年锦笑："你是不是说反了？"

当阿府把江年锦和听溪的衣物都送来的时候，听溪才恍然大悟，江年锦这是早有预谋啊。

自从他受伤醒来之后，就盘算着要把她带来这里了，不过这样的预谋，她一点都不排斥。

想想接下来的几天她可以不去面对外面的一切纷扰，她的世界里只会有他，心都跟着静下来了，这样真好。

阿府说，这附近超市、菜场都有，虽然不大，但是足够他们应付这几天的需求。阿府话还没说完，江年锦已经挥手在赶人了。

阿府不理他，只是看着听溪："苏小姐，我会让李医生每天定时过来一下的，如果还有什么不放心，随时联系我。"

听溪说了好又说了谢谢，她送阿府出门。

阿府冲她点了点头，最后上车的时候说："江先生，就拜托了。"

看吧，其实这会儿，不放心江年锦的人，岂止她一个。

6

听溪送走阿府，回来江年锦已经不见了。

她在院子里寻了一圈也没有见着他，刚踏出院栏就听到对面院子传来明朗的笑声。

她透过虚掩的门缝看到江年锦在里面，和一对老夫妻正说着什么，把那对老夫妻逗得一直笑。

听溪在门口站了一会儿才退开了，这样的江年锦她没见过，她没见过的他的样子，应该还有很多。

她回到屋子里，行李塞车里不觉得多，散开了竟有一地，她简单地收拾了一下，又仔仔细细地熟悉了一圈这屋子。

门外有了响动，她从窗口看了一眼，江年锦回来了。他手里有个竹篮子，翠绿的，看起来不浅，他不是拎着，而是钩在手腕里。

那满篮子的枇杷，橙黄橙黄的，像是会跑出篮子来。

听溪旋身跑出去。

"江年锦，医生说你现在还不能提重物！"

"隔壁院久伯伯家的枇杷熟了，你看这颜色这个头，长得多好。"他压根没听进听溪的责备，还兴冲冲地将篮子往上举了举，怕她看不到似的。

"你怎么这样！"听溪无视他兴奋的表情，提高了声调，立马从他手里接了过来。

他怔了一下。

她也怔了一下。

不沉哎。

听溪有些窘，随即把话圆回来："你怎么这样，刚来就收人家这么多的枇杷。"

"这可是我让久伯伯特地给我留的。"

他说着，随手从篮子里捞了两颗。

院中间有一口井，他握着那杠杆蹲下去，清水从井口压上来，顺着那圆圆的塑料管滚出来，全都落在他的手上，他轻轻地搓了一下手心里的那两颗枇杷，甩了甩水站起来。

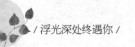

"接着。"他话音刚落，那小小的黄球在空中划出一道弧线，朝她掷过来。

听溪慌忙抬手接住，刚想瞪他，他已经快速地将他手里的那颗枇杷去皮塞进嘴里。

"哎！你……"

"甜！"他扬了一下大拇指，又往篮子边跑去。

听溪跑过去护住了那篮子。

"枇杷不是这样吃的。"听溪终于瞪上他了。

他手往腰间一放，边吧唧着嘴边朝她挑眉，一脸愿闻其详。

听溪进厨房拿了一把水果刀，将枇杷洗净之后去头去尾，再递给江年锦。

她记得，她们家以前住的院子里也有一棵枇杷树。

那时候，她也对这样甜甜的小东西没有抗拒力，水里过一下比江年锦还不走心，母亲每次都吓她，那枇杷头上的绒毛吃进肚里可是会长虫的。她吓得不知道怎么动手的时候，母亲就会这样，细心地给她洗净，去头去尾。

那时候，她多幸福，幸福得一回想，就忍不住潸然泪下。

这世间再也不会有一个人，对她好得胜过母亲。

7

听溪怕江年锦看出她的情绪，她放下水果刀借口去别院晒被子。别院有晒被子的竹架，她刚刚遛弯的时候就看到了。

听溪从别院回到院子里，江年锦还蹲在井边，维持着她离开时候的那个动作没有变。她轻轻地凑过去看了一眼。

井盖上放着一个果盘儿。他正按照她刚刚随手教给他的办法，将枇杷洗净去头去尾，一颗一颗，专注仔细的，她站在他的身后他都没有发现。

间隙，他会往自己的嘴里放一颗，还是没去头去尾的。

"噗——"他将嘴里的核儿吐出来，那深棕色的核儿在地上蹦了一下，跳到她的脚边。他这才看到她。

"你干什么？"

听溪知道他在干什么。可是，看他将一颗只是粗糙去皮的枇杷塞进嘴里的时候，她又不知道他在干什么。

江年锦站起来了，许是蹲得有些久，他抖了抖腿。

"这下能放心吃了？"他将果盘儿往她面前一递。

"我……"

"女人真麻烦。"他咕哝着，将盘儿往她怀里一塞，又蹲下去往篮子拿了一颗。

"不是……"她想说点什么，可是她要说什么呢。

江年锦松完腿又松了松肩膀，他的动作幅度真大。

"医生说了你现在不能……"

江年锦的手指往她唇上一按。

"医生医生，医生在你的脑袋里装了复读机吗？"他手指往她脑门上一弹，然后俯身提起篮子就往里走。

"就不该让你出院的。"听溪瞪着他的背影。

"阿府走多久了，现在让他回来把你带走费不费事？费事也得带走，要不然，我太费神。"

他神神道道的，听溪全听见了。

她将他的果盘儿换了个手端着，顺势往自己的嘴里塞了一颗。

真甜，甜进她心里去了。

8

屋子里的冰箱空空如也。

听溪总算参透阿府走之前那句"菜场就在附近"的深意了。她正犹豫着要不要带上江年锦去菜场扫荡一圈的时候，院子的门被推开了。

屋外进来一个老太太，藏青色的布衫，黑色的长裙，是刚才对面院子里的那位。

庭院里就听溪一人站着，两个人对视的时候都愣了一下。

"您找……"

听溪想问她找谁，但是想想，也知道她来找谁。她往里屋指了指，刚想喊江年锦出来的时候，老太太走到了她的跟前。

"年锦说这次回来带了女朋友，我和我家老头子还不信呢，原来是真的。"

女朋友？

听溪更回不过神来了。

"姑娘你叫什么名儿啊？"老太太按住听溪的胳膊，上下打量着她。

听溪抿了下唇答："苏听溪。"

"是在溪边出生的吧？真是人如其名，一样水灵！"老太太喜笑颜开的。

听溪这下答不上话来了。

她叫苏听溪，很多人都会这样问她，为什么随母亲姓苏，是不是因为在溪边出生

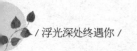

所以才叫听溪?

她不知道。母亲从没和她讲过这个问题,她也没有问过。她喜欢这个名字,母亲说只要她喜欢,其他什么都不重要。

江年锦从屋里出来了。

老太太最后一个问题让他微微蹙了蹙眉,他走到听溪的身边,拉住了听溪的手。

"久婶婶。"他唤了老太太一声。

听溪晃了晃神,这会儿忽然注意到,对方姓久。听溪仔细地看了一眼老太太的面容,这面容有些像……

"这是老久的母亲。"江年锦介绍。

果然。

"您好。"听溪不知道该怎么称呼她,这是老久的母亲哎。老太太这样热情,她不能叫生了。可是叫亲昵了,又不好意思。

"随年锦喊我婶婶便好。"

"您好,婶婶。"听溪低了下头,脸不知为何有些烫。

听溪其实没有仔细瞧见过传闻中的老久,偶尔打个照面,她也不好抬头仔细去瞧着人家。但她知道,老久其实一点都不老,也就年长江年锦几岁的光景。他老的,是资历。

"听溪,不介意我跳过苏小姐,直接喊你听溪吧?"老太太眉飞色舞的,这个动作看出,是个心态极为年轻的老太太。

听溪飞快地摇头。

老太太笑了:"年锦你这是上哪儿找来这么一个实在的姑娘?走走走,去我们院儿吃饭,我家老头见了准欢喜。"

听溪还未来得及说话,就已经被攥着跑了。

江年锦也没拦着,他拿了椅背上的外套也跟着往外走。

"婶,今儿是你下厨还是大伯下厨?"江年锦吧唧了一下嘴,瞧着他的架势,这是一早知道要在对面吃饭的节奏。

亏她还在厨房里犹豫半天。

"当然是我,那老头这些年就没沾过阳春水,儿子回来他才下个厨,不过那小子,都没有你回来得勤。"

"他忙。"

"忙什么?再忙还有你忙吗?"老太太口气里尽是埋怨,还能听出些惆怅,"我知道,他就是怕回来想起过去。你说这小子傻不傻,身边都有新人咯,还老念着故人做什么哟！"

江年锦脸上的笑意彻底没了。他低着头，斜照过来的夕阳打在他的脸上，在他挺拔的鼻峰下留下一片阴影。

那么浓的阴影，也许一并覆盖的，还有他的心。

他们谈话的内容没头没尾的，可是听溪和柳惠聊过天，所以这会儿或多或少，都知道些。

人都说，只闻新人笑，不闻旧人哭。在这个故事里，正好相反。

男人最痴情是如此，最无情也是如此。

老久就是这样一个痴情又无情的男人。

9

老久长得和他的父亲更像些。

老爷子人也开朗，一阵嘘寒问暖之后把听溪和老太太一并赶进了厨房，说是高手摆棋，女人勿扰。

高手？

听溪看了一眼江年锦。他在她住的小区里，都不知道输了朱大爷多少斤两的二锅头酒钱。朱大爷，那是连她偶尔都能下个平局的朱大爷哎。

就这样，他还能是高手？

江年锦没理会听溪的眼神，他往老爷子对面一坐，俯下身来的时候先替老爷子斟了茶。他是个细心的男人，今儿一天，她每时每刻都在发现。

听溪跟着老太太进了厨房。

久婶婶厨艺好，听溪不过跟着打打下手。

"听溪，年锦说你也在他们公司做事，那你见过我儿子吧？"老太太手里握着一颗洋葱，按在水里一瓣一瓣地剥下来。

"见过。"听溪点头，她将剥好的洋葱瓣放在砧板上，"久师傅是我们公司的名人，我平时很少有机会见到他。"

"什么名人，不过是个连人名儿都鲜有人知道的臭小子。"

听溪忍不住笑起来。

"您和伯伯都是风趣的人，相比起您二老，久师傅更显沉默些。"

"那孩子以前可不这样。"老太太忽而叹了口气，"我知道你说他沉默还是往轻里说了，自从我那可怜的儿媳去世之后，他哪儿只是变得沉默，他分明是变得古怪了。"

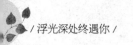

听溪顿了一下，她不知道如何接话，只能沉默。

"好不容易遇上小惠这样死心塌地跟随他的姑娘，他白白娶了人家又不知道珍惜人家，你说这孩子，脑袋里都装了什么？"

老太太手里的洋葱越来越小，空气里有刺目的味道，听溪有些想流泪。

还能装什么，装了过去放不下的人。

"他的脑袋里和心里，都装了他的亡妻。"

那时柳惠说的话还那么清晰，那时她脸上有笑，可笑得一点都不美。痴情的男人，容易让人恨，也让人心疼。

"这孩子，也就年锦理解他帮助他。"老太太顿了顿，神色飞扬的眉目里染上了哀伤，"这些年我和我家老头子，也全靠年锦和小惠照顾着，指望那小子，压根指望不上。"

"久师傅怎么说也算半个艺术家，艺术家脾气古怪些，总是正常的。"听溪尽量让自己的措辞平和些。

"算了算了，不提那小子了。算他好福分，交了个好朋友娶了个好老婆替他照顾着他爹娘，让他逍遥自在着。"老太太拿起锅铲，指着门外挥了挥，"听溪，我这就开炒了，你出去等着，免得在里面惹得一身的味儿。"

10

听溪听话地走出了厨房。

对坐在沙发里的江年锦和久老爷子各自低着头观望着棋局。

听溪不动声色地站到江年锦的身后看着他们，虽然她棋艺不精，但是看着棋面，也不难看出胜负已经在一线之间了。

听溪站了一会儿，怕影响他们，又悄悄地走开了。

这客厅里挂了好些画作，听陈尔冬说过，她师傅要是没有成为设计师那保不准就成了画家。

画画，她也很喜欢。

"哎！你小子，你看又是你赢了。"久老爷子的声音在身后响起来，听溪知道他们的棋局结束了。

江年锦还赢了？

听溪折回去，江年锦正慢慢地将棋子放回棋盒里。

"都说人生如棋局，走错一步满盘皆输。"老爷子抿了一口茶，"不，人生还不如棋局，走错了还可以悔棋。"

"悔棋可不是君子做的事。"江年锦往沙发边上挪了挪，示意听溪坐过来。

老爷子笑起来："年锦的人品和棋品一样的高尚。苏小姐，找到一个值得托付终身的男人了。"

听溪看了一眼江年锦，听老爷子这样说，他没什么表示，只是笑意吟吟地低头去取茶杯。

他们，现在谈及终身这个问题，终归还差了些火候。

11
晚餐吃得其乐融融的，听溪不知道江年锦在长辈面前尽是如此放得开，三两句就把老爷子老太太逗得直乐呵。

饭后听溪主动请缨洗碗，老太太在她身后给大家准备水果。

隔着门缝儿，就听得老爷子输了棋还不服气要求饭后再摆一局。

"你瞧瞧这老头子这么大年纪了就跟个小孩子似的，也就年锦每次回来都陪他这样瞎折腾。"

听溪将手里的最后一只碗擦干。

老太太拿着水果刀，正耐心地将洗净的枇杷去头去尾。

这画面，又让她想起了母亲。

听溪逃到了客厅。

江年锦抬起头来看她一眼。她坐到他的身边，紧紧地挨着他坐一块儿。虽然他身上一直以来那股子干净的味道被药味儿替代了，可她还是微微安了心。

最近她总是想起母亲，她倒不是怕，只是每次想起，心里总有难掩的酸涩，她怕自己会失态。

江年锦落了棋子，扭头看了她一眼，没有问她怎么了。

这局棋结束得很快，江年锦输了。

听溪知道，是她让他分心了。

江年锦知道两位老人休息得早，他只坐了一会儿，就拉着听溪起身告辞。

屋外的弄堂里只亮了一盏昏黄的灯。他一直牵着她，从这扇门跨出又迈进那扇门，关门的时候都没有松开她。

下午晒过的被子全堆在床上，暖融融的一团，她跪在床上铺床单，往他枕头下又垫了一个小软垫，他最近常喊脖子酸儿，也不知道是不是受肩膀上那伤的影响。

江年锦在书房看书，纯粹地看书，不是办公。

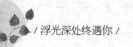

他似乎很享受这样闲暇的时光，也似乎常表现出一种因祸得福的满足感，这些表现也许是真的，也许只是为了宽慰她。

他那么细心，一定能看出听溪的自责。

听溪洗完澡，江年锦已经在床上躺着了。

"你不洗澡吗？"听溪坐上床的时候拿脚丫子去踹他，踹也不敢用力。

他睁了眼说："我肩膀不方便，衣服脱不下来。"

听溪打量了他一眼。江年锦穿着衬衫，衬衫外面那件 V 领毛衣马甲，还是出院的时候，她怕他冷非要他穿上去的。

看起来，是不方便。

他站了起来，扬起了没受伤那边的胳膊，朝她勾勾手指："苏听溪你过来给我搭把手。"

听溪跪在床上，轻轻地帮着他剥下那马甲。她想躺回床上的时候，他得寸进尺地指了指自己的衬衫。

"我手不方便。"

现在他仗着自己身上有伤，就像是得了将军令似的，动不动就差遣着她。她有意反抗，可是每回，她都被他一句"我手不方便""我有些疼"给治得服服帖帖。

听溪乖乖地抬手给他解扣子，从领口的那颗开始，一颗一颗的，越往下，他麦色的皮肤在她眼前露得越多。

那腹肌，两块、四块……她的手抖得厉害。

江年锦看着她通透白皙的脸庞一点点漫起红潮，嘴角忍不住扬了起来。

这扣子越往下，她的头也越往下低，那纤巧的下巴几乎要抵住她的脖子的时候，他忍不住低头吻住了她的唇。

"你不能……"

听溪刚张嘴要说话，他的手指就伸过去按住了那两片红唇。

"我知道你要说什么。"他直起身子，捞起她替他放在床头的睡衣，一边往浴室走一边咬牙切齿道，"那见鬼的医生一定也交代了你，我不可以剧烈运动。"

那家医院他记住了，那个医生他也记住了。

听溪忍不住"扑哧"一声笑出来，她在床上滚了个身儿，拥住了她怀里的那团毛衣，浴室里响起"哗哗哗"的水声。

这样，就是家的感觉吧。

12

江年锦有晨跑的习惯，他每天起得很早，听溪也不赖床，只是她起床之后，是跟着老太太一起去菜市场。

听溪买完菜回来，江年锦就坐在院子里的那口井边帮她洗菜，慢条斯理的，却很认真。

多数都是她做饭，偶尔，他也会心血来潮要下厨。

"江年锦，吃饭了！"

听溪喊了一嗓子，却没有得到回应。

她去对面院子找他，老爷子和老太太已经在吃饭了，江年锦并不在。

老太太笑，点了点她对面的老爷子："这年锦怎么和这老头一样，每回吃饭都要我去外面给叫回来。你沿着巷子去找找，没准就在哪儿看人下棋。我家这老头每次就逃不出那几个地方。"

听溪遵着老太太的意思，沿着弄堂找了一路。

弄堂口有一家理发店。木质长条装的推门，隐约透露出上个世纪国营老店的风范。

听溪站在门口望了一眼，店里的理发师穿着如今已经很少见的白色工作服，那悬挂在墙壁上的吹风机还是几十年前的老款。她看着，似乎都能听到那特有的闷闷响声，那吹出来的风暖而软，像极一双温柔的手。

江年锦就坐在里面。

听溪推门进去了。理发师看了她一眼，手里的动作没停，热情地招呼道："姑娘做个什么头？"

江年锦从镜面里看了听溪一眼，听溪笑着摆手。

理发师傅的目光在他们之间来回了一圈，就知道是怎么回事了。

"你这小伙儿聪明，我这儿生意火爆得很，就饭点空，你挑对了时间，可就是要让你媳妇儿等会儿了。"

听溪安安静静地坐在椅子上等着，这老旧的理发椅腿上已经生了锈，动起来的时候会发出声响，那皮质靠垫也用胶布贴了好几层，随时会再破的样子。台面上还摆着一瓶"金刚钻"发蜡，红色的铁罐子，让人一下子就"穿越"到了上个世纪。咿呀作响的老式收音机在播报着什么，模糊得只听得它在响。

这里的一切都是旧旧的，可是旧得温情四溢。

江年锦的新发型是个板寸，其实还算不上板寸，可是已经近乎板寸了。那短短的发，让他精致的五官看着更精神了。

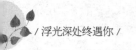

末了，理发师傅还要展示他的绝技"摇刀"，就是修面。

江年锦拒绝了，他说："师傅我改天再来修，这会儿我媳妇儿还等着我吃饭呢。"

师傅爽快地放了人，为了显示欢迎下次再来的诚意，还愣是不肯多收钱。

这个地方，民风淳朴得让人温暖。

出了门，江年锦一直牵着听溪的手，一步一步踏过青石板走回他们的屋子。

进门就是扑鼻的菜香。

江年锦有些动容，他一把抱住听溪。

"要不，我们不回去了？"

"好。"

"真的？"

"真的。"

13

江年锦的伤恢复得很快，平平淡淡地过了一周之后，一色终于按捺不住找上门来了。

他一进门这个安静的小院儿就热闹起来了。

"不用阿府告诉我，我一猜你就躲在这儿。"一色扬扬得意的，目光绕着小院转了一圈。

院里晾着江年锦的衣服，还有老太太送来的腌菜，一色发出"啧啧"的声响："怎么，你们两位是打算一辈子窝在这儿与世隔绝了？"

倒是一色，皮衣皮裤，全身上下重金属味道，显得与这个院子格格不入。

听溪给一色泡了一杯茶。他也嫌弃："有咖啡吗？我要摩卡。"

他话未说完，江年锦就一拳抡过去了。

一色接住他的拳头，连连讨饶："茶就茶吧。"

"你来干吗？"江年锦嫌弃地看着一色。

"我当然是来找听溪回去啊。你一人想要待在这样狗不拉屎鸟不生蛋的地方你就待着呗，可别拖上我们听溪。"一色翘着兰花指往听溪坐的方向一指，"你们窝在这儿连网都不上是吧，我告诉你们，苏听溪要火了。"

听溪愣了一下，下意识地看着江年锦。

江年锦挑眉："你再不挑重点说，我这就把你赶出去。"

"别啊锦少爷。我说，自从您老和听溪的绯闻一出，现在各种广告代言找上我们，听溪的身价你知道涨到多少了吗？"一色凑过去卖关子。

江年锦瞪着他。

一色冷了场，灰溜溜地把脖子缩回去，转瞬又兴奋起来："现在听溪的身价，都快赶上沈庭欢了。你知道新秀大赛的冠军都没有这么多的代言这么高的身价。"

听溪听着，却忽然如坐针毡。

这算什么？

凭着绯闻一夜爆红了？

这一切来得太快，她还没有准备好。

"所以，趁着这个时机，听溪你得跟我回去了。错过了这个村可就没有这个店了。锦少爷，你说是不是啊？你不能这样养她一辈子的呀，对吧。"

江年锦不说话。

养她一辈子，为什么不能。

只是，他愿意养她一辈子，她，也不会愿意做只依附他的藤蔓。

一色说得对，这是机遇。

他们，该回去了。

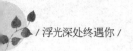

第十一章
DI SHI YI ZHANG

亭前流水

1

江年锦答应了一色会回去，他赶走一色后，带着听溪去和久老夫妻告别。

老爷子和老太太都挺惊讶，但是惊讶过后，又觉得一切都在情理之中。江年锦不是个可以每天无所事事耗在这儿的人。这样一段时间，已经算是偷来的闲暇。

听溪开始收拾东西了，收拾她的，也收拾他的。

她走到窗边，江年锦正站在庭院里，昨天去花市刚买了一批盆栽。兰草、风信子、夹竹桃……全是他们走走看看选回来的。

就昨儿，好像还是会住很久的样子呢。

如果一色不来，他们还会住多久？

听溪不知道，只是如果能这样和他一直住下去，没什么纷扰，也挺好。

江年锦正提着水壶，弯腰挨个儿给那些花花草草浇水。时不时蹲下来拢了拢这个的叶片儿，摸摸那个的花骨朵儿。忽然，他蹲在那儿不动了。

听溪刚想喊他，他也灵犀似的转过头来往上一仰。

"苏听溪，这盆土是什么？"他站起来，手里端着一个小盆儿，陶瓷的，特别小，圆口都没有一个杯盖大。

听溪定睛看了看，这是她挑的。那么一车花花草草里，这是唯一一盆她挑的，因为太小，夹在中间她都忘了。

她之所以会买这么不起眼的东西，只是因为那花市的老板对她说，这土里，能种魔豆儿。

魔豆儿。

听溪听过这豆儿，能长出字来的那种。

给心上人送魔豆儿，这本该是小女生爱玩的事情，她早就过了这样的年纪。可是昨天，她忽然就经不住老板眉飞色舞的诱惑，正儿八经地挑了一颗豆放进去。

怕江年锦发现，她还是单独结的账。

结果，还是发现了。

见听溪不答话，江年锦扬起手臂，晃了晃那陶瓷小盆。

"是我要带回去养的。"听溪眨了眨眼，提醒他，"你别给我弄撒了。"

江年锦扬眉。

"你带盆土回去做什么？"

"我就是要带回去！"她噘了一下嘴，蛮不讲理地瞪着他。

他站在原地，隔着窗栏看怪物似的打量了她许久，又仔仔细细地看了一眼那土，确定没有端倪之后，才安安静静地把它放在显眼的一边儿。

他这几天，对她迁就得厉害，她再无理取闹，他都这样云淡风轻地接受了。

她忽然想起老太太说，年锦，若是为人夫，必是个好丈夫。

好丈夫啊，真是温暖的字眼，可她，不该想那么远的。

两人收拾完东西，就只等着阿府来接。

阿府向来守时，可今儿却是比约定的时间晚了好一会儿都没有来。

江年锦也没打电话催他。

听溪又往屋里去巡了一圈儿，看看还有没有东西落下。

这才短短几天呀，心就好像在这儿生了根发了芽。这里的这份宁静，如果能带回去多好。

听溪从屋里出来的时候，江年锦躺在躺椅上，枕肘望天。

天已经黑了，星辰满布，夜色很好。

听溪搬来个小凳儿，往他边上一坐。

江年锦闻声，侧了一下头，伸过手来，将她的手握住了。

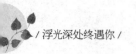

听溪微微地凑近他一些，将她的脑袋，枕在了他的腿上。

他的目光往下一移，那乌黑的发儿，散在他的腿上，绸缎一样，明明没有重量，他却觉得双腿在发麻。江年锦伸出另一只手，轻轻地拍了一下她的后脑勺儿。

"我们还会再来吗？"

良久，她终于忍不住又问。

江年锦握着她的手僵了一下，随即，他用了力。

屋里屋外都是静悄悄的。

"随时。"

他说，随时。

2

回到 Beauty 之后，日子登时就没了清闲自在。听溪还是不太习惯面对媒体随时随地会出现的镜头，她有些怀念起做练习生时籍籍无名的状态了。

相较于她，同样处境的文欣就显得如鱼得水许多。

一色说文欣因为比赛得了奖，风头很盛，不少时装秀都找上门来邀请她参加，她的身价翻了好几番，在同级别的新人中已经堪称佼佼。

听溪听到这个消息特别欣慰，文欣这一路的坎坷总算是看到了希望。

"一色！我先走了！"

说曹操曹操到，一色刚和听溪提起文欣，文欣就跑进来了。她穿着便装，但是头发已经定了型，看起来是有场子要赶。

她看到听溪，怔了一下，随即反应过来："呀！听溪，你可算回来了！"

"是啊，我回来了。"听溪起身给了文欣一个拥抱，"恭喜你。"

文欣抿了下唇，虽然有些不好意思，但眸间神采不减。

"谢谢你。"她拍了拍听溪的肩膀，"先不说了，我还有场秀，等我完事回来请你吃饭。"文欣说罢，对一色点了点头就又跑了出去。

空气里飘起一阵香风，是她新换的香水味。

"看看，这就是人逢喜事精神爽。这丫头也算是尝到红的滋味儿了。"

"她很努力，这是她应得的。"

"你能这样想就好。"一色瞥了听溪一眼，嘴角一翘，"现在外面不少人都说文欣是渔翁得利，要不是你中途退赛，这横竖也轮不到她得奖。"

"比赛这种事都讲究天时地利人和，别的不说，是我运气不好。"

"你也不用妄自菲薄，你运气再不好，至少你还有江年锦啊。"一色走过来，坐到听溪旁边，"现在江年锦英雄救美的话题炒热了，你只要借风而行，接下来的路，保管你比文欣这个季军飞得还要高。"

"借风而行，不踏实。"听溪喃喃，现在的她不过是一个乘着江年锦羽翼飞翔的小风筝，飞得越高，她就越危险。

"哎呀听溪，我说你这毛病可得治啊。"一色跳了起来，"我今天给你说的话你可都记好了啊！在这个圈子里，人人都景仰胜者，自尊心能值几个钱，红就是王道，你只要红了，谁管你是怎么红的。你看看人家文欣只管把耳朵捂得严严实实往前跑，多聪明！"

听溪眨了眨眼笑了。

"别给我嬉皮笑脸的。反正你和江年锦也是铁板钉钉的事，他都为你把命豁出去了，还能在乎借你点风用用？既然你们早晚得公开，那还分什么你我。"

"这不他还没公开嘛。"

一色轻哼一声。

"那我可不管。反正这话我不说第二遍了，你自己好好想想，千万别放过这次的机会。噢！对了。"

"什么？"

"新秀大赛结束后好几家媒体都想要给你和文欣做个赛后专访。之前因为你没回来，一直压着，现在你也休息得差不多了。这两天就给你们安排一下，你记得准备准备。"

3

一色安排的专访，也算是新秀大赛之后，听溪首次正式在媒体面前露面，公司和听溪本人都很重视。

然而，说是新秀大赛的专访，可是实际上不过是那些记者打着正儿八经的旗号，想探听听溪和江年锦的绯闻。

从专访的第一秒到最后一秒，记者的话题几乎没有逃开过"江年锦"三个字。

听溪倒能见招拆招，只是文欣被晾得着实尴尬。

专访时间一到，记者还没完全散开，文欣就退场了，她离开的时候脸色不太好。听溪怕她多想，立马跟了上去。

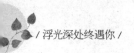

文欣没有走远，她还在换装间等着，只是那神情相较来时的志得意满显得颇为失落。

"文欣，不好意思，我……"

"你不用说了，我懂。"文欣快速地打断了听溪的话，她扬了扬嘴角，"收拾一下吧，我说了要请你吃饭的。毕竟，我有今天多亏了你。"

听溪看出来文欣并不想继续这个话题，她也没有多言，只是依着文欣，跟着去了文欣选的餐厅。

正是饭点，餐厅人来人往。文欣没有订到包厢，两个人就坐在大厅里用餐。为表诚意，文欣点的都是最好的菜。只是，菜一上齐，文欣除了礼节性的招呼后，就只顾埋首吃饭，餐桌上的气氛有些奇怪。

听溪想起比赛之前两个人一起吃十几块一份的快餐那有滋有味儿的劲头，只觉得这一刻忽然生疏了。文欣请她吃饭，好像单纯只是为了完成一项任务。

饭吃得不痛快，自然结束得也早。

结完账，她们刚走到餐厅门口，一位服务生穿着的小姑娘忽然跑了上来。

"苏小姐，可以和你合个影吗？"

"我？"听溪有些惊讶。

"是啊，我看了报道，江先生英雄救美那段真的把我感动到了。"女孩很真诚，说完又腼腆一笑，"你们简直就是现实版的灰姑娘与王子。我现在最迷的CP就是你俩。"

原来，是因为江年锦啊。难怪。

"你可以帮我们拍一下吗？"女孩把手机递给了站在一旁的文欣，似乎并没有将她认出来。

文欣神色复杂，但她并没有拒绝。

拍完照，出了餐厅，文欣说还有事，两个人就分开了。

听溪看着文欣上了出租车，自己沿着反方向慢慢地走着。

不知道是不是她敏感，她觉得她与文欣之间不知何时已经有了嫌隙。不仅同为练习生时的亲密不复存在，而且，连身为朋友的默契也消失得一干二净。

难道，这个圈子里真的没有纯粹的友情？

4

听溪在一色的安排下，开始以专业模特儿的身份出现在各大秀场上。凭着之前扎实的训练基础加上新人大赛的磨炼，听溪临场表现出色，发挥很稳，几乎每一场都有抢眼的地方。

虽然公众仍旧热衷于她和江年锦的绯闻，但是也有不少媒体开始公正客观地去评价她，更有甚者，还预言她是时尚圈的下一个天后。

听溪欣喜于这样的改变，在她看来，这样的改变是她迈向江年锦的重要一步。她相信，总有一天，苏听溪的名字和江年锦一并被提起时，将不会再逊色于他。

一色很欣慰自己手里的两个新人都渐渐打响了知名度，可这好光景没维持几天，就出现了变故。

因为文欣"耍大牌"触了众怒。

前两天，文欣在接受采访的时候，被问到了怎么看待同期出道的听溪最近逐渐走红的事情。文欣起初应对得大方冷静，只是好事记者的问题越来越刁钻，最后，他们甚至要文欣回答怎么看待新人大赛刚结束的时候，外界传言是听溪中途退赛才让文欣渔翁得利获奖的事情。

文欣毕竟出道不久，她不懂周旋记者的技巧，随意几下就被激怒了，由此被扣上了"耍大牌"的帽子。

负面新闻一出，文欣刚刚顺坦起来的康庄大道，瞬时又布满了荆棘。

一色都快头疼死了。

他说："我原以为文欣是个聪明的丫头，可哪里料到这也是个一红就忘了自己斤两的蠢货。记者是干我们这行能随意得罪的人吗？简直不知轻重。"

"文欣得罪记者可能遭封杀"的消息在 Beauty 内以讹传讹，搅得人心惶惶。听溪听闻之后，有些内疚。

虽然外界的风言风语不是她传出来的，可这事毕竟与她有关。她想找文欣聊一聊，但又怕时机不对惹她更不快。

开导文欣的工作，最后还是由一色接了过去。

只是文欣，似乎并不觉得自己拒答了记者的问题有什么错。

"她苏听溪算什么，不就是靠着和江年锦绯闻上位的一个女人吗？论实力，难道我会比她差吗？那些什么都不知道的人，凭什么说我得奖是因为苏听溪让的！"

听溪刚走到一色办公室的门口，就听到里面有文欣的声音传出来。

"你吼什么吼！"一色的声音紧接着也传了出来。

"本来就是！我的成绩都是我一步步走出来的，她苏听溪走在路上被人认出来也不过是因为江年锦！你以为她能红多久！一旦江先生不要她了，她就什么都不是了！"

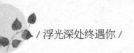

"你这个丫头真是疯了！江年锦对苏听溪什么感情是你能随口揣测的吗？"

"不就是救过她一次嘛！换了是Beauty别人，没准江先生也会救的！要是江先生真的爱她，为什么在这样的风头上都没有公布恋情？我看也不过尔尔！"

"怎么不进去？"

听溪正听得入神的时候，身后有人揽住了她的肩膀。她回头，看到江年锦正站着。

"我……你怎么来了？"听溪有几秒的慌乱。文欣的话还在耳边回响，她觉得也不是没有道理的。

"我找一色。"

江年锦神色坦然，听溪不知道他是不是听到了里面的动静。

"他现在好像在忙，没什么重要事情的话，我们还是等下进去吧。"

听溪转身想走，却被江年锦一把扣住了手。她一怔，就感觉到江年锦的手指一根一根滑进了她的指缝。

十指紧扣，他很少这样与她牵手。

听溪看了看江年锦，江年锦直接推开了门。

5

屋里的一色和文欣看到突然推门而入的江年锦和听溪都顿住了。还是一色先反应过来，他不动声色地朝文欣使了个眼色，示意她放聪明点闭嘴。

一色明白的，得罪记者还罪不至死，要是惹得江年锦不痛快了，那文欣的大好前程可就真的毁了。

"锦少爷，什么风把你吹到我这儿来了？"一色迎过来，扫了一眼听溪和江年锦牵在一起的手。

听溪挣了一下，江年锦握得更紧了。

"找你商量点事。"江年锦扶了扶额，似乎很头疼的样子。

"什么事劳您亲自上门啊？打个电话让我下去不就好了嘛！"一色说着，转头看着文欣，"你先出去吧。"

"不用了。"江年锦扫了文欣一眼，"耽误不了几分钟。"

"到底什么事啊？"

一色一头雾水，听溪也是云里雾里。

"这段时间媒体特别关心我和听溪的关系。我一直想公开恋情但是想不到特别一点的方法，一色你主意多，不如你想想我要怎么做，才能让大家印象深刻。"江年锦说罢将目光落在听溪的身上，"毕竟，对女孩子而言公布恋情也不是一件可以敷衍草率的事情。"

江年锦突如其来的提议让听溪有些蒙，反倒是一色兴奋得很。

"我就说，早该公开的事非得捂到现在，要我是听溪，早不乐意了。"

"不乐意的是我。"江年锦松了听溪的手，转而捏了捏她的脸，"她要强，不想沾我的光，我总得躲远点免得惹她嫌不是。"

这话，语气拿捏得恰到好处，既表达了江年锦对听溪深深的宠溺，也解释了他迟迟不公布恋情的原因。

一切，都是为了顾及她的感受。

听溪眼角有些湿了，果然，江年锦懂她。

"那现在呢？怎么不躲远了？"一色笑着问。

"现在？现在听溪凭她自己之力红了，我再不靠过来，难道是要眼睁睁看她被人抢走？"

一色已经从浅笑变成大笑。

"锦少爷，没想到你这样没有安全感啊！"

江年锦搂紧了听溪，没有作声。

文欣默默无语，但她的表情很难看，也是，这会儿连听溪都替她难堪。

不管她是出于什么样的心态，在背后这样诋毁别人抬高自己就是不对。更何况，那还是她的朋友。

江年锦现在的每一句话，都在打她的脸。

"好好好。不过既然是这么重要的事，我可得好好想想。总之我答应你，到时候一定让大家眼前一亮！"

一色应允了江年锦，江年锦就没再多停留。他像来时一样牵住了听溪的手，拉着她往外走。

走到门口的时候，江年锦忽然又停住了，他转头。

"一色，你这办公室的隔音也太差了。"

一色没有答话，他只是瞟了文欣一眼，文欣的脸色顿时惨白一片。

"Beauty 那么多空资源，你何必非要选这一间？"江年锦扬唇，意有所指地道，"趁早换了吧。"

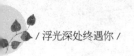

6

没过几天，文欣就离开了 Beauty，有人说，她是自己离开的，也有人说，她是被一色劝退的。

听溪不知道具体原因，但也能猜出个大概。

这个姑娘回到 Beauty 和离开 Beauty 都是因为她。在旁人看来也许这太过戏剧性，只有听溪自己明白这过程里她倾注了多少感情。

她是真的把文欣当作很好的朋友，但文欣怎么想，她不知道。

听溪因为文欣的事情郁郁好几天，江年锦开导她说："文欣的事情你就当是给自己敲个警钟，这个圈子里没有那么多你自以为是的友情。以后看人眼睛放亮一点。"

她不满："说得你好像早就知道文欣是什么人一样。"

江年锦笑着揽住她："我虽然并不了解你们女人的心思，但是迎面而来的女人是自己投怀送抱还是真的不小心跌倒，我分得清。"

听溪警觉："什么意思？"

江年锦点点头，对，就是她想的那个意思。

当初在急景秀场文欣被沐葵当众教训那次，的确是文欣故意使计扑到江年锦怀里的。当时的走廊宽阔明亮，文欣穿着平底鞋那么突然地撞过来已经让他心生疑虑。而他伸手扶住她的时候，文欣的手更是悄无声息地探进了他的外套。

这般明显的挑逗，犯了他的大忌。

所以，沐葵出手时他根本没打算管，可谁知道半路杀出苏听溪这么个见义勇为的程咬金。

"那后来我想让文欣回 Beauty 的时候，你怎么不告诉我有这回事呢？"

江年锦伸手捏住听溪的鼻尖。

"当时，是谁为这事三天没理我？"

"我……"听溪语塞，转念一想却撇嘴，"你这个骗子，你分明是故意的。"

江年锦没有否认。

就当他是故意的。这一课不是文欣来给她上，迟早也会有别人。

"不管我是不是故意的，我都是为你好。记住，以后看谁都别只看表面。"

听溪靠在他的胸前呢喃："你总这样纵观全局又游刃有余，会显得我很笨。"

"你不是笨，你只是善良。"江年锦语调温柔，他揉了揉听溪的发心，"但是听溪，在这个圈子里，你可以没有坏心，但也绝不能只有善良。"

7

一色终于敲定了公布恋情的最佳方案，那就是接受封面杂志《双》的邀请。

《双》是加安最著名的情侣专刊，每年能登上《双》的男女，都是娱乐圈时尚圈数一数二的真实情侣档。

听溪被带到化妆室的时候，江年锦已经坐在了化妆台前。

化妆师在他身后挥舞着粉扑，可是又好像不知道从哪里下手。

"我再说一遍，不用给我打粉！"江年锦的嗓门提得很响，可是语气分明有些无奈。

周围有人掩着嘴在"嗤嗤嗤"地笑，大概，都没有见过江年锦这个样子。

见听溪进来，江年锦更别扭了，两人遥遥相望几秒，听溪先笑出了声。

江年锦故意别开了脑袋，但听溪看到他的嘴角也是上扬的。

"来来来，苏小姐，我带你去换衣服化妆。"

化妆间里闹哄哄的，听溪还未反应过来就被人攘了跑。

她要穿的衣服是一件宽大的男士衬衫！衬衫的肩线垮到臂，衣袖散散地挽着，单看上半身，还是英姿飒爽的。可是视线再往下一些，就让人脸红心跳了。

衬衫的长度只够藏住她的腿根，她两条纤纤长腿，全都露在镜子里，那通透的白，凝脂一样。

怎么没人告诉她今天会穿成这样拍摄！

换装间的门一打开，江年锦的脸色就变了。

听溪就知道他会是这个反应，所以刚才在换装的时候，她反复地和摄影师确认，真的要穿这样吗？江年锦知道吗？

摄影师笑她，夫管严。

她可不就是个夫管严嘛。

晃神的空当，江年锦已经走到了她的面前。

她颈下松了两颗扣子，除了锁骨若隐若现，连事业线都快出来了……江年锦二话不说就抬手去系她胸前的那颗扣子。

"哎！"摄影师立马拍掉了他的手，"江先生！这是拍摄要求！"

江年锦瞪着眼，听溪忍着笑。

"去去去，你衣服不用换了，可是妆得化。"摄影师转身拍了拍听溪的胳膊，"苏

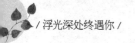

小姐，江先生的妆得你帮忙。"

"我？"

听溪抬手指了指自己，她一抬手，衬衫的下摆也跟着往上提了提。

江年锦立马按住了她的手："你不许动！"

周围的人全都笑出了声，就他还满脸正经。

"除了你还能有谁？江先生可不会接受其他人给他化这样香艳的妆。"

摄影师挤眉弄眼的，嘴角扬着暧昧的笑。

化妆师顺势递过一支口红，纯正的大红色，全新的。

"我不化妆！"江年锦看着那支口红皱着眉，这句话，他今天已经反复强调好几遍了。要他涂口红？简直没门！

"江先生，你放心，我们不是要你涂口红。"摄影师连忙解释，"我们今天的拍摄主题是'任凭弱水三千，我只取一瓢饮'。这个主题非常适合江先生和苏小姐。大家都知道江先生身处姹紫嫣红的模特儿圈，身边诱惑之多堪比三千弱水，可是江先生却独爱苏小姐，苏小姐就是江先生瓢中之水……"

专业的摄影师解释得很详细。

听溪看着手里的那支口红，边听边点头："那我需要怎么做？"

"我们需要你在江先生的脸上印满口红印，以示其他女子的诱惑。"

听溪怔了一下。

"整张脸都要吗？"

"左边脸，右边脸，额头上也要，衬衫的领口上一个……嘴唇上不用。"化妆师强调。

江年锦脸上的表情忽然舒缓了，与刚才那个义正词严说不要化妆的他简直判若两人。

听溪还在犹豫，倒是他开口催促起来。

"还不快点！"

周围的笑声更放肆些。

其实刚听说是要给江年锦拍摄，很多人都很紧张。江年锦虽没有恶名昭彰，可也绝对不是一个好相处的人物。

可是这短短的几个小时接触下来，却发现江年锦根本没有如传言那样难搞。

苏听溪来之前，他只是安静地坐着，不会颐指气使有太多要求。苏听溪来了之后，他还是安静地坐着，只是目光，多了一个方向。

他们，可能比想象的还要恩爱。

"要在这儿吗？"听溪有些不好意思，她一脸红，腮上的粉就更艳了。

化妆师善解人意地指了指边上的那扇小门："那儿有个独立的化妆室，平时也没有什么人用，你们可以去那里。"

江年锦顺着化妆师的指尖看了一眼，他的目光忽然变深了。

"给我们多久？"

"我们先去影棚准备，你们半个小时之内过来都可以。"

"介意多等我们一会儿吗？"江年锦嘴角扬起坏笑。

所有人都暧昧地摇头。

"不介意！"

虽然只有一个化妆台一把椅子，这个独立的化妆室比她想象的还要宽敞些。

江年锦环顾了一圈转过身来的时候，苏听溪已经旋开了口红，她扬手，正要往自己的唇上抹。

"不要动！"

他俯身按住了她的手，没头没尾地就吻了下来。

"你干什么？！"听溪推搡着他。

"涂了口红只能吻脸了。"他理直气壮的。

"我们在工作呢。"她提醒他。

江年锦故作失望地深叹一口气，转而却把头埋进了她的颈窝里。

"没关系，今天之后你就跑不掉了。"

听溪听着他的玩笑，感受到的却是他的认真。

"江年锦，谢谢你。"

是的，谢谢他。

如果这座城市没有江年锦，她会怎么样？

她不敢想，她现在所有的安稳，都是这个男人给她的。

她开始相信，上天夺走她手上的幸福，只是为了让她遇到更好的人，

江年锦，就是她更好的人。

江年锦避开她诚挚的目光，挑眉在椅子上坐下，又仰起头，点了点自己的脸颊。

"不是说要工作吗？"

她笑，轻轻地揪住他的双耳，徐徐地将吻一个一个地落在他的脸上。

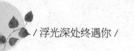

8

拍摄的过程并不复杂，尤其是江年锦，他什么都不需要做，只需要维持他的那副扑克表情坐在单人沙发里即可，甚至连动都不用动。

可是听溪，摄影师要求她坐在江年锦的腿上，缠着他的领带摆出各种妩媚诱惑的表情。

妩媚诱惑，听溪显然不是这个 style 的。摄影师也是个要求极高的人，他没有因为江年锦在等而随意让他们通过。

所以这一拍也不知道拍了多久，摄影师还是觉得不满意。

"苏小姐，你的另一个手可以钩住江先生的脖子，随意些自然些。"摄影师冲到他们面前比画着，甚至叫来她的助理他们两个一起示范给听溪看。

可是听溪还是做不好。

江年锦似笑非笑的眼神时不时地飘过来，她根本放不开，脸烫得快要烧起来似的。

"算了算了。"摄影师终于放弃，"那就不要摆出性感妩媚的表情了，表现得娇羞些这样总可以了吧？"

娇羞？

听溪又蒙了一下，她的状态好不容易调整到刚刚他们所谓的性感妩媚，这会儿又忽然改变，她一下子还是有些反应不过来。

江年锦也开始不耐，娇羞她不会吗，平日里在他面前动不动就红了脸的人，到底是谁。

他扬了一下手："我可以帮忙吗？"

摄影师转头，看着江年锦："江先生有办法帮助苏小姐找到状态？"

江年锦对着摄影师眨了眨眼。摄影师随即懂了，他举起相机，准备抓拍。

等一切准备就绪，江年锦忽然按住了听溪的颈子，他当着那么多的人低头吻住她的唇，深深地、毫无顾忌地汲取着她的美好。

一吻毕，他淡定自如地松了松脖子就坐好了，表情也没有什么变化。听溪揪着他的领带，深深地喘息着，周围的目光以及窃窃的笑声包围过来，她低头，往江年锦的胸口躲了躲。

"咔嚓！"

一声之后，摄影师朝着江年锦比了一个 OK 的手势。

"好了？"江年锦笑。

"是啊！"摄影师端详着刚刚抓拍下来的画面，随口诌道，"那低头一瞬的温柔，最是精彩，苏小姐就像一朵水莲花不胜凉风般娇羞。"

听溪从江年锦的腿上站起来，脸还是滚烫滚烫的。

"苏小姐你过来看，真的不错。"摄影师朝着听溪招了招手。

听溪跑到电脑前，俯身看着屏幕上的画面。

江年锦很有镜头感，而她，这样看来，也很有味道。

其实，单单是她穿着男士衬衫坐在江年锦腿上这一点，所谓的性感妩媚就已经全都包含在那儿了，摄影师临时让听溪的表情改成娇羞可以说是画龙点睛。

这张照片，就她这个非专业人士看来，很满意。

江年锦不知道什么时候又站到了她的身后，他的双手扶着听溪的腰，将她挡得严严实实的。

听溪想拍掉他的手，他的眼神就危险起来了。

"苏听溪，谁准你穿这么短弯腰的！"

9

拍摄结束之后还有一个杂志内部的专访，负责给他们做访谈的女主持很年轻也很专业。

几句寒暄之后，她就开始了正式访问。

"很高兴能够和两位这样近距离地聊天，我知道江先生日理万机的人，那我不浪费时间开门见山了。"

江年锦扬唇，示意她随意。

"苏小姐，请问你和江先生第一次见面，是在什么样的地方呢？"女主持先看向听溪。

听溪想了想。

他们的第一次见面，可不是什么愉快的相遇。

"我们第一次见面，是在一条黑巷子里，当时我刚刚从飞机上下来，钱包和护照都被小偷偷走了，我没地方可去，还遇到了流氓……"

"啊！那就是英雄救美啊！"女主持两眼放光，她有些激动地打断了听溪。

听溪笑着点了一下头："算是。"

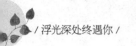

江年锦抬手摸了一下下巴。

细心的女主持捕捉到了他的这个动作，问他："江先生是有什么不同意见吗？"

江年锦耸了耸肩："听她的，她说是哪儿就是哪儿。"

现场的工作人员异口同声地发出"啧"的一声，语气里净是羡慕。

"苏小姐当时一定很感动吧！"

听溪点了一下头，语气诚恳："在遇到他之前，我已经后悔自己为什么会来加安，所幸，后来遇到了他。"

江年锦一直沉默地坐在一旁，她的"所幸"二字让他觉得心头发沉，那更像是一种责任。他从来没有在她口中听到过这样的话，原来，他们的相遇，对她而言，是这样的重要。

他有些动容地按住了听溪的手。

她的手，也是暖的。

起了个好头，后面的专访自然也是非常顺利。

多数都是听溪在答，鲜有她答不上来的问题，犹豫的时候她会下意识地看着江年锦，江年锦就会点头肯定她。

中间，女主持问道第一次接吻是在什么地方，她要求两个人一起作答，免得有作弊的嫌疑。

江年锦和苏听溪互相对视了一眼，他们第一次接吻啊……

苏听溪："马上。"

江年锦："马下。"

所有工作人员都笑了起来，女主持忍着笑意问："究竟是哪儿啊？"

听溪脸皮薄，这一来一回之间，脸上的那抹红又漫上来。

江年锦却神色自若，他解释道："当时她在马上，我在马下。"

他故作正经的模样又把大家逗得哈哈直乐。

现场的气氛很和乐，这种和乐一直持续到整个专访结束。期间，女主持问了不少热辣的话题，都被江年锦游刃有余地挡了回去。

所以到结束时，大家似乎还有些意犹未尽。

听溪和所有人一一告别，江年锦站在楼道里等她出来。

江年锦和苏听溪要来拍《双》最新一期封面的消息一传出去，杂志社的大楼下面，就围满了各种记者。

关于江年锦的新恋情，谁都想要拿到第一手资料。

听溪走出门来的时候，江年锦还在抽烟，这两天他抽烟抽得有些多，做出今天这个决定，他也费了不少劲儿。

看到听溪出来，他掐灭了烟朝她走过来，一把牵住了听溪的手。

"接下来的一切都不要怕，有我在。"因为抽了烟，他的声音有些哑。

听溪点头，她当然不会怕，她最怕的时候，已经过去了。

走出杂志社的大门，扑面拥来成群的记者。虽有保安护航，可是听溪和江年锦还是有些寸步难行。

她紧紧地握着江年锦的手，江年锦一路上都是一言不发的，任由记者怎么发问，他都没有停下来回答，直到将听溪塞进了车里。

他扬手关上了车门，自己却并没有上车。

听溪坐在车里，隔着墨色的玻璃，看到他诚恳拜托媒体的模样。

他说："各位，我和苏听溪的关系正如大家所见，谢谢这段时间大家对我们两个的关心。至于我们交往的细节，大家可以在杂志专访里找。听溪出道不久，作为新人她很努力。希望大家不要因为过度关注我们的恋情而忽略了她的努力。同时，也希望大家能给我们一点私人空间，谢谢！"

"江先生，第一天公布恋情，请问你的心情是怎么样的呢？"有记者扑到江年锦的面前，将话筒对准了江年锦。

江年锦思索片刻："说实话这种感觉很奇妙，这可能是我最正确的一个决定。"

"江先生，公布恋情之后你接下来有什么打算吗？"

"江先生，Beauty 以后会因此力捧苏听溪吗？"

"江先生……"

江年锦扬手比了一个"停止"的手势，躲开了围过来的记者，关上车门的时候，江年锦不忘回头暧昧眨眼。

"接下来，是我和苏听溪两个人的时间。"他说。

10

江年锦与苏听溪公开恋情这件事，无疑是给加安的模特儿圈投下了一枚重磅炸弹，有人笑着祝福，也有人哭着神伤。

沈庭欢因为这件事情，也备受关注。她多次在公开场合被问到这件事，都选择了

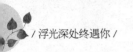

不回应。

的确，对她而言，不回应就是最好的回应。

一夜之间，听溪的知名度在原有的基础上又上升了好几个台阶。除了各种广告接到手软，工作行程也是排得满满当当。

一色给听溪安排了一个助理，名叫叶子。

叶子是个很直爽的姑娘，服装设计专业刚毕业，想进这个圈子体验生活，本该被派去陈尔冬那里的，但是陈尔冬那里暂时不缺人手就转到了听溪这里。

看着叶子的时候，听溪总会想起静竹。所以，她很喜欢这个姑娘。

除了各种商业活动明显增多外，听溪还接到了 Wylie 七周年庆典的邀请。

Wylie 每年的周年庆典都是业界大事。每年能有幸参加庆典的都是圈内当红的模特儿。今年 Wylie 把 Beauty 唯一的一个名额给了她。

这是权威的鼓励，听溪觉得正能量满满。

虽然听溪早前飞过巴黎，但是江年锦还是推掉了工作，多问 Baron 要了一个出席名额，陪她一起前往。

Wylie 七周年庆典开始于一场时装秀。

参加庆典的大牌模特儿们都将身穿 Wylie 各位设计师这些年的佳作上台走秀，以示对于经典的致敬。

因为每年流行的风向标不一样，所以 T 台上会出现各种不同风格的碰撞，看点十足。

听溪第十一个上台，她穿的是 Wylie 前年流行的休闲款磨砂色连体工装，裤管裁成九分，头发扎得很干净，下配黑色高跟鞋，整个人都透着飒爽的英姿。

在后台化妆的时候，她看到了安培培。安培培将压轴出场，她穿的，是 Wylie 今年很流行的晚装，深紫色的曳地长裙，将她曼妙的身段修饰得刚刚好。

安培培的目光捕捉到听溪的时候，并没有太大的反应，只是淡淡地挪开了。

她们两个要正经算起来其实连一次正面交锋都不曾有，唯一一次的牵扯，就是安培培的流产事件。

那次事件，到底是谁比较冤，至今没人能说出来。

文森特太太说安培培耳根子软受了别人的蛊惑，听溪也相信，安培培不会是故意的，没有一个母亲会拿自己的孩子开玩笑的。

工作人员提醒听溪准备，听溪走到幕后的时候，忽然想起，既然安培培来了，那么莫向远是不是也会在。

这个想法让她微微出了神，甚至没跟上节奏，好在她很快调整过来了。

这一路走过去，T台的周围坐满了嘉宾。她看到江年锦的时候，她也看到了莫向远。

两个男人坐得很近，甚至看着她的表情都是如出一辙的。

她一同忽略了，只是专注着自己的脚下。

一圈走完之后，耳边尽是如雷的掌声，她不知道，这样的分贝里，有多少是来自莫向远。

可是她心底忽而有了一丝惬意的快感。因为她终于让莫向远知道了，没有他，她一样可以活得很漂亮。

安培培完美收场之后，Baron作为Wylie代表上台发了言。

听溪去换装间换了衣服，江年锦知道接下来有舞会这个安排，还特地给她准备了裙装。她不太会跳舞，江年锦却能将华尔兹跳得有模有样。

下了舞池，很多美女模特儿主动过来向江年锦邀舞，听溪都大方地同意了。

她执着香槟，看着舞池里的江年锦，他潇洒不羁的舞步，让人倾叹。几乎场内所有女人的目光，都在江年锦的身上。

这个男人，究竟还藏着多少魅力她不知道。

"听溪，可以和你跳个舞吗？"

身后传来了熟悉的声音。

11

听溪转头，看到莫向远站在她的身后，他一袭裁剪精致的浅色西装，绅士地将手往她的面前一递。

听溪下意识地去看舞池里的江年锦，舞池的光影跟在他的身上，在他步伐来去之间明灭不已。

江年锦似乎感受到了听溪的目光，他扭过了头，看到听溪身后的莫向远时，他似乎明白了什么，可江年锦只是大方地一笑。

"听溪。"莫向远又唤了她一声。

听溪把手递给了莫向远。

莫向远眨了眨眼，她这么简单的一个动作，却让他的心里汹涌出万千的感慨。那糯净的小手，放在掌心里不过盈盈一握，可是他却几乎用尽了全身的力气。

这曾经是他的苏听溪，他的。

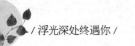

心尖狠狠地颤了一下。

莫向远将听溪带进了舞池，离江年锦远远的地方，似乎是故意一般。

"你又有什么要说的？"听溪仰起头，看着他。

他没说话，只是伸手揽住了她的腰。

"你干什么？！"

这个动作彻底刺激到了听溪敏感的神经，她挣了一下，伸手去推他。

"别动！"莫向远将她的身子收进臂弯里，"这是跳舞的基本礼仪。你这样反而更加引人注意。你想和我一起引人注意吗？"

听溪顺着他的话意，往四周看了一眼。周围的每一个人，神色都是放松的，音乐柔下来，他们的身体跟着音乐缓缓地扭动着，只有她，浑身是紧绷的。为何，只是站在他的身边，都成了她的酷刑。

她调整了一下自己的呼吸，不再那么咄咄逼人。

"你真的和江年锦在一起了？"

"是。"

"你爱他？"他皱着眉。

"我不会和不爱的人在一起。"

她的感情，从来不是游戏，也不会是交易。

莫向远听出她话里的深意，他别了一下头。她的眸子水盈盈的，他怕自己忍不住就会把她按进怀里。

是啊，苏听溪对他，曾经也是爱的，是他亲手把那份爱给斩断了。

"江年锦不是一个好人。"莫向远直白地道。

听溪冷嗤一声。

"那么你就是好人？"

"我也不是，但他……"

"我不管他是什么样的人，我只知道，他会在我需要的时候在我的身边，这就够了。"听溪打断了莫向远的话，顺势推开了他的手，"抱歉莫总，我觉得我们不适合在一起跳舞。"

莫向远愣愣地看着听溪提着裙摆侧身从人群中离开，她周身泛着光，这样仓皇的背影，让他想起童话中穿上了水晶鞋的灰姑娘。

大厅的二楼，同样有人正转身离开，莫向远的余光只捕捉到一个背影，但他知道那是安培培。

今晚的安培培很性感，那件深紫色的礼服背部开衩到底，就连她的腰窝都若隐若现。而最重要的是，那片雪白的肌肤上，有他名字的缩写。

安培培，想必看到了他与听溪共舞的那一幕。

12

听溪从舞池里走出来的时候，发现江年锦早就已经脱身了。

看到她过来，他仰头喝尽了杯中的香槟，然后撂下了手中的空杯子。

"你还真是让人不放心。"江年锦皱着眉，伸手揉了揉听溪的头。

听溪抬手将他的手握住："江先生，你还敢说我呢！"

江年锦笑着将她揽过来。

"我身边有再多，你都可以放心，你身边有一个，我都不放心。"

"油嘴滑舌不正经，我以前怎么没发现？"

"现在发现，来不及了。"

听溪看着他的眼睛，忽而正经："没关系，你多坏我都不会跑。"

江年锦愣了一下，她眼里目光坚定，让他不由得动容，他想伸手抱住她。

"哟，瞧我听到什么了？"

有熟悉的声音传过来。

江年锦皱了皱眉将听溪揽得更紧，转身的时候却已经换上了笑颜："文森特太太，好久不见。"

"嗯，你最近都不来维尔特堡找我喝咖啡了。"吴敏珍嗔了他一眼，晃了晃手里的香槟，"也是，你现在谈恋爱了，哪有那么多的时间来理我。"

听溪不好意思地扬了一下唇。

吴敏珍看过来："听溪，介意让我和年锦单独聊会儿吗？"

"当然不介意。你们聊。"

听溪拍了拍江年锦的胳膊，示意她先离开一会儿。

江年锦松了手，看着她绕过人群，往后园走去，那是 Wylie 的后花园。

"看来这次是动了真情了。"吴敏珍看着江年锦柔软的目光，轻笑着。

"有什么事情，说吧。"江年锦收回目光，瞬间像是变了一个人一样。自从 Ailey 事件之后，他们之间就再没必要戴着面具说话了。

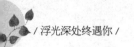

"我最近总是做一些奇奇怪怪的梦，睡也睡不好。"吴敏珍按了一下太阳穴，"我思来想去，可能只有你能帮我。"

"我不是医生，帮不了你。"

"如果你知道我梦到了什么，你也许就能帮助我了。"

江年锦不语，静待下文。

"我总是梦到一个孩子，那孩子长得那么像诺曼，那么可爱。"吴敏珍的目光慢慢柔和起来，"你知道我不可能有自己的孩子了，所以我想，如果我可以和诺曼一起养育他的孩子，那也挺好的。"

"不可能。"江年锦一口拒绝。

"为什么不能？！"吴敏珍一下子又变得凶狠起来，"我听说那孩子在国外生病了都没有人照看。沈庭欢这个女人做母亲差太远了。既然她只生不养，不如把那个孩子给我。"

"你派人盯着那个孩子？"

"那是诺曼的孩子。"

"别打她的主意。"

"你想霸占那个孩子？"吴敏珍眉间有了疑虑。

江年锦忽然笑了。

"你终有一天会知道的。"他拦住服务生从托盘上拿起一杯香槟，朝着吴敏珍的杯壁轻轻一敲，"至于那个孩子，给谁也不会给你。"

"江年锦你！"

他扬了扬酒杯。

"失陪！"

13

Wylie 除了它的主楼大厦宏伟壮阔之外，最特别的就是它的后花园了。

除了盛放的百花，花园的中间还有一个精巧的露台。露台由木质甲板铺就，这个功能平台上摆放着优雅的藤椅，供员工观景休憩。

这样好的工作环境和人性化的设计，也难怪 Wylie 年年都出精品。

听溪在藤椅上坐了一会儿，虽是夜晚，可是眼前的景致在迷蒙的夜色里依旧美得独具匠心，她不禁想往更深处走，鼻尖那抹淡淡的林木香和花草香循诱着她。

"放开！"

刚刚走进灌木林，耳边就传来了女子的说话声。接着，听溪看到了搂抱在一起的一对男女。她的脚步一顿，目光想躲却来不及了。

是安培培啊。

可那正对她上下其手的男人却不是莫向远，而是 Baron。

"别闹。"

男人将安培培搂得紧紧的，低头去吻她的唇。安培培虽有挣扎，但只挣扎了几下就开始迎合。

他们的吻越来越热烈……

听溪简直不敢相信自己的眼睛，安培培竟然和 Baron 有着这样难以启齿的关系！她明明是莫向远的未婚妻啊。

听溪掩着自己嘴里的那声尖叫往后退，也许太慌张，脚上的高跟鞋在草地上狠狠地一崴。

"啊！"

她跌在了地上。

"谁？！谁在那里？！"

安培培警觉地回过头来，看清楚是听溪之后，她一把推开了 Baron，示意 Baron 赶紧离开。

Baron 抹了抹嘴角的口红，并没有表现得如同安培培一样慌乱，他转身离开的时候甚至没有多看听溪一眼，好像并不在乎这画面被谁看到。

没一会儿，Baron 就消失在了灌木林间。

"苏听溪！"

安培培朝听溪走了过来，听溪想站起来，可是脚踝的痛一阵阵钻心而来。

"苏听溪，你看到什么了？"安培培站定在听溪的面前，居高临下地质问她。

"你做了什么，我就看到了什么。"

听溪别开了头，不愿意抬眸去看着她。

这个人前风光无限的女人，背后怎么可以如此道德沦丧。

"你会告诉莫向远吗？"安培培忽然激动起来，她俯下身来重重地按住了听溪的肩膀，"你会告诉莫向远对不对！"

"你放开我！"听溪被安培培摇得头晕目眩，"放开！"

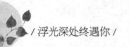

"你不要告诉莫向远好不好？不要告诉他。"安培培的声音起了浅浅的哭腔。

听溪狠狠地拍掉了安培培的手。

"如果他知道……他就真的会离开我了。"安培培哭腔明显。

听溪一怔，安培培眉目之间的哀伤像是要吞没了她一样。那一瞬间，她忽然觉得，原来眼前这个女人并没有如外界所见的那样拥有一切。

"让我们来这儿干什么？"

"不知道，连个鬼影子都没有。"

后花园的入口处又有人来了，那些人像是记者。

为了躲避那些人的视线，安培培蹲了下来，听溪也没有作声。

那些记者模样的人绕了一圈什么都没有看到，就转身出去了。

趁着这个空当，听溪扶着自己的脚踝，想从地上坐起来。

"你去哪儿？"安培培伸手一推，将听溪推回了原地。

"你让我走！"听溪瞪着她，脚踝的痛更明显了。

"苏听溪，我知道你和莫向远相爱过，可是他现在是我的了。"安培培说着，凑过来与听溪平视，"如果你敢破坏我现在拥有的，我也不会让你好过！"

安培培的目光冷冷的，像是出鞘的剑。她说完就提着裙摆走了，沿着 Baron 离开的那条小径，消失在听溪的视线里。

听溪坐在地上没动，眼前的路像是迷着大雾，她每往里走近一分，就会多看到一些她不愿知道的秘密，她怕，好怕。

包里的手机"叮叮咚咚"地响起来，是江年锦在找她。

听溪接了电话，没一会儿，江年锦就出现在了她的面前。

"怎么跑到这儿来了？"

他伸手想把她提起来，听溪却反手用力地抱住了他的脖子。

只有抱着他的时候，她才能感觉到力量。

"怎么了？"江年锦声线温柔下来，他一手揽住听溪的腰，一手揉了揉她的后脑勺。

听溪千言万语哽在喉头，可是她什么都不能说。

"脚疼。"她松开了江年锦。

江年锦脱下她的高跟鞋，检查她的脚踝。

"谁让你穿着高跟鞋跑到这里来的。"他没好气地说道。

听溪撇了撇嘴，就见他背过了身去，蹲在她的面前。

"上来，我背你。"

"我自己能走，只要你扶我……"

"上来！"

他握住了她的胳膊直接往他肩膀上一提，听溪轻呼之间，已经被他背起来了。

"这么点重量，还怕我背不动吗？"江年锦提着她的高跟鞋，顺势颠了她一下。

听溪措手不及，慌忙圈住了他的脖子。

"你别这样！好好走路！"

"放心，摔不了你。"

他又颠了一下，听溪将他搂得更紧。

天色渐暗，江年锦每一步都走得很慢，听溪趴在他的背上，刚才看到的画面一帧一帧地闪过。

莫向远说过，只要她愿意听，当年的一切他都可以解释。

如果她当初肯听，他要说什么？说抛弃了她，他也不快乐？

"年锦。"

"嗯。"

"是不是再亲密的人之间，都会有秘密？"

她的声音那么轻，可是却如同一记响雷，炸开在他的心底。

"发生什么事了？"

"没有。只是随便问问。"

江年锦沉默几秒，扭头看着她。

"不要相信别人。"

"不要总是这样提醒我，你这样我会害怕。"

"不要害怕，我不是别人。"

14

听溪的脚受了伤，所以巴黎之行得提早结束。

因为回程有些突然，江年锦没能提早将整个头等舱安排下来，结果意外地遇到了同样回程的莫向远和安培培。

莫向远在落座之前，当着江年锦和安培培的面，施施然地走到了苏听溪的面前。

"登机的时候看到苏小姐的脚一瘸一拐的，是受伤了吗？"他表现得像是纯粹的

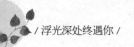

礼貌问候。

"扭到了，没什么大碍。"听溪避开莫向远的目光。

"对于模特儿而言，脚上哪怕只是一点点的伤，都可能会成大碍。"

"谢谢提醒，我会好好休养的。"

"那苏小姐好好休息，希望早日康复，我先回去坐。"

听溪低着头，她可以感受到那边安培培如冷箭一样射过来的目光。

江年锦的手适时伸过来握住了听溪，他对莫向远回馈于同样的礼貌："谢谢莫总关心。"

"不客气。"

莫向远说完，就坐回到了安培培的身边，安培培挽住了他的胳膊，他对着安培培笑了一下。

听溪愣愣地看着，又忍不住想起了昨晚看到的那些画面，胃里翻腾一阵恶心。

别人眼里的恩爱眷侣，他们中间到底发生了什么？

"我去下洗手间。"听溪转头对江年锦说。

"我陪你去。"他放下手里的杂志，也想站起来。

"你去干什么，我自己能走。"

其实她只是走路有些瘸，并没有什么太大的问题，江年锦这一路照顾得妥帖，但是上厕所都要他陪着，那也太夸张了。

江年锦似乎还有些不放心，空姐正好过来，听溪请她帮了这个忙。

听溪从洗手间出来的时候，安培培正站在外面，看这样子，是在等她。她没想理安培培，安培培却一把攥住了她的手。

"苏听溪，和我谈谈。"

"手拿开。"听溪瞟了一眼自己腕子上的手。

那纤细的手，鹰爪一样。

"离莫向远远一点。"安培培压低了声调，声线却掩不住尖锐。

苏听溪一把甩开了安培培的手。

"安培培，我想你可能搞错了一件事，做了亏心事的人不是我。你别用这样的语气和我说话。"

安培培瞪着她。

"我什么时候和什么人说什么话会自己看着办，用不着你来教我。"

听溪没再理会她，瘸着脚就走。只是没走两步，背后就被人使劲一推。

这蛮重的推力加上飞机的颠簸，听溪又跌倒在了地上。脚踝上好不容易退下去的痛感又泛上来，甚至比之前更甚。

"哎呀，苏小姐，你怎么这么不小心又跌倒了！"安培培在她身后惊呼一声，跑上前来搀住她。

周围的人看过来。

听溪冷嗤，这个人装得还真是像。

她不想同安培培计较，可是，脚上的疼痛真的让她一点点力道都使不上来。

"你别装了，给我站起来。"

安培培见听溪坐在地上不动，也微微地慌了神，她只是想给苏听溪一点小小的惩罚，谁知道能正好遇上气流颠簸，她蹲下去搀住听溪的手。

"你最好别再碰我。"听溪甩开她。

"你见好就收，我和你怎么算也是公众人物，把事情闹大我们都不好看。"安培培凑过来低声地威胁她。

"我可不怕闹大。"

"你！"安培培的手转而死掐住听溪。

"你干什么呢！"

身后响起冷冷的质问声。

听溪抬眸，看到江年锦已经站在过道里了，他凛着脸，眼里的火光似要焚灭了安培培的架势，而他的身后，站着莫向远和空姐。

"怎么回事？"莫向远也上前一步问。

"苏听溪她不小心跌倒了，我刚想扶她。"安培培说着，将听溪往上提了提，她对听溪使了个眼色，手里的力道越发大。

听溪没理会她，直接甩手，朝着江年锦伸出手。江年锦弯下腰来接过她的手，将她扶起来。

"让开！"江年锦喝了一声，吓得安培培往后退了两步。

"我……"安培培张开想说点什么，但是没有人理她。

莫向远自始至终都是冷眼旁观地站在那里。

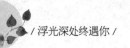

15

从下了飞机一直到坐上回家的车，莫向远都没有搭理过安培培。

他表面闭目养神，但安培培知道的，闭目养神是假，不想和她说话才是真。

一路压抑，好不容易回到了家，家里的仆人远远地招呼他们"先生太太"，可是莫向远非但没回应，反而"腾"的一声将脚边的盆栽踢了个底朝天。

仆人吓了一跳，立马看向安培培。

"太太，我是不是做错什么了？"

安培培挥了挥手，憋着胸腔里的那股子委屈跟上去。走进大厅的时候，她随手合上了门把仆人拦在外面。

"莫向远，你到底是生谁的气？"她嘹亮的声音，在大厅里隆隆地回响。

莫向远按着太阳穴转过来瞪她。

"安培培，你最好不要再在我面前对苏听溪做那些小动作！"

"是她自己跌倒的！"

"是不是她自己跌倒的，你自己心里清楚。"莫向远冷冷的。

苏听溪这个女人，他莫向远是了解的。

她一直都是一个哪怕只是滴水之恩都会涌泉相报的姑娘。不管受了多大的委屈，只要别人对她一点点好，她就马上能消气。这样的她，若是她自己跌倒的，安培培主动去扶她的好意，她怎么会不受下？

安培培没了辩驳，可是随即心里就更为火大。

"莫向远，就算是我推她的那又怎么样？你忘了吗？我之前还因为她跌下楼梯失去了我们的孩子，我推她怎么了？委屈她了吗？"

"我们的孩子吗？"莫向远冷笑，"你确定，那是我的孩子吗？"

"莫向远，你什么意思？！"安培培尖叫起来，她冲上来揪住他的领子，"那不是你的孩子是谁的孩子！"

"谁的孩子你不知道？"

"你别用这样的语气来和我说话，你倒是说清楚！"安培培使劲地晃着莫向远，面颊涨得通红。

"Baron 很生气吧，你这样流掉了他的孩子！"莫向远淡淡地伸手拍掉了安培培放在他领子上的手。

几乎一瞬之间，安培培就跌倒在了地上。

"你……"

"想问我什么时候知道的，是吗？"莫向远蹲下去。

安培培不说话，眼泪不停地掉下来。

"要想人不知，除非己莫为。安培培，我不想揭穿你，是你自己过分了。"

莫向远捏住了安培培的下巴，这一刻说来，竟是有些恨的，恨不能捏碎了她。

"过分？"

安培培任由莫向远捏着她的下巴，她凄然地笑着，然后开始抬手去褪自己身上的裙子。

莫向远看着她身上大片雪白的肌肤暴露在自己的眼前，却始终无动于衷。安培培笑得渐渐放肆。

"你看，莫向远，就算我这样站在你的眼前，你都不会想要我。我们，到底谁过分？"

莫向远眯了一下眼睛。

"所以，我满足不了你，你就去找他？"

"是！"安培培承认了，"至少他能让我快乐，他能让我满足，他全心全意地要我，他不会在我身上喊出其他女人的名字……"

"啪！"

莫向远一个巴掌打断了她的话。

"你打我？莫向远你竟然胆敢打我？"安培培从地上蹿起来，发疯似的扑过去，捶打着莫向远的胸口。

"滚开！"

莫向远推开了她。

"你让我滚？"安培培又笑又哭，"我告诉你，你休想摆脱我，我们就是一根绳上的蚱蜢，你这辈子都休想离开我去爱苏听溪！"

莫向远快步上了二楼，身后是安培培不绝于耳的叫嚷。

她说得对，他们是一条绳上的蚱蜢，他摆脱不了她。

但真的摆脱不了吗？

不，也不是的。

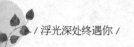

第十二章

DI SHI ER ZHANG

银烛秋光

1

听溪虽然脚不方便，可是回到加安之后，她根本来不及休息，又马不停蹄地开工了。因为她要为 Beauty 拍摄新一年度的宣传大片。

去年，担任 Beauty 宣传大使的模特儿是沐葵，今年沈庭欢本是众望所归，可是谁都没有想到，这半途会杀出一个程咬金。

也是，Beauty 的老总都是苏听溪的，她随便吹吹枕边风，什么搞不定？可怜沈庭欢那边，本以为胜券在握，都已经和广告公司研究出来多个和她气质相符的拍摄主题，最后却落得竹篮打水一场空。

广告公司的设计师考虑到听溪的脚不方便，否定了之前所有拟定的拍摄主题，重新为她私人定制了适合她的主题。

江年锦本就该是休假状态，但是不放心听溪的脚，他也来到了现场。

一看大 boss 不避嫌亲自助阵，大家自然更是不敢怠慢。

听溪从换完装出来，江年锦最先注意到的就是她被缠成了粽子一样的脚踝。

"谁给你包的？"江年锦皱着眉打量，"你不是只是扭伤了脚吗？怎么搞得像是断了骨头一样？"

"不止呢，你看我的新装备。"听溪随手揽过放在一边的道具拐杖。

江年锦眉头皱得更紧。

"江先生，我们今天的拍摄主题临时换成了'哪怕受再多伤，也要走得漂亮'！所以苏小姐的伤是我们故意整夸张的，您别担心。"化妆师立马出来解释。

江年锦不作声。

看着工作人员战战兢兢的模样，听溪连忙挥手让人家先去忙。

"你看你，都说了你别来非得跟着过来，瞧大家因为你紧张成什么样了。"

"我不跟着你，谁知道你会不会又'不小心'跌倒一次。"他把"不小心"三个字咬得特别重。

"你别生气，昨天在飞机上，真的是我不小心，不关别人什么事。"

"最好是。"

江年锦没好气地一把将她打横抱起来，径直将她抱到摄影篷布的中间才放下。工作人员把拐杖交给听溪之后，江年锦才默默地退到一旁。

他知道的，昨天飞机上发生的事，绝对不会是苏听溪说的那样简单。

安培培那个女人可不是什么善类。

"好了好了，开始啦！"

工作人员都各就各位。

听溪身着黑红搭配的收腰长裙，唇妆激艳，头发被摩丝打油了全都梳在一侧。

拍摄这个画面时听溪要做的就是边做出行走的姿势边霸气地回头。她受伤的脚和拐杖会在她的长裙中若隐若现地展现出来。

画面很有美感也很有质感。

江年锦站着看看了一会儿。

手机振动了起来，他掏出来看了一眼屏幕上的来电显示是一色，便握着手机走出摄影棚。

一色在电话那头大叫："锦少爷，模特儿圈出大事啦，你知不知道？"

他总是一惊一乍的，无端惹得江年锦心烦。

"说。"

"就知道你还不知道。"一色喘了口气，"有人给媒体爆料，说是安培培和 Wylie 的 Baron 有一腿！安培培之前流掉的那个孩子，不是莫向远的。我的乖乖，这顶绿帽子比起你之前戴的那顶，颜色可是鲜艳得多啊！现在整个加安都沸腾起来了，那些

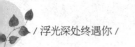

记者简直如疯狗一样团团包围了 Modern！"

"消息出来多久了？"

"不知道具体时间，最早逃不出昨晚，我这得到的可是第一手资料。预计有一大波报道半天后可以席卷整个时尚圈。安培培这次可算要毁咯！哎，锦少爷，你说，会是谁要这样毁掉安培培呢？"

江年锦自然是不会和一色聊这些八卦的，他挂断了电话，又给阿府拨过去。

他也想知道，谁要置安培培于死地。

再次走进影棚的时候，苏听溪已经结束了拍摄，可安培培的事情已经隔着无线网络传进了这个影棚里，很多人都在小声地低语，脸上的表情都是不可思议。

闪光灯下是恩爱眷侣，一旦离开闪光灯，跟着消退的还有这些人头顶上的神圣光环。

假象是这个圈子最真实的常态。

江年锦看着听溪，她坐在椅子上，也低着头在看手机的屏幕，相较于别人的哗然，她显得很平静。

这平静，或许也是假象。

2

安培培出轨的绯闻一经爆出，各家媒体都不顾报道的真伪大肆转载宣扬。

安培培在公众心中的形象一天之内尽毁。她和莫向远本该美好得像是童话一样的爱情，原来背后竟然藏着这样的肮脏不堪，几乎令全城的人大跌眼镜。

听溪一整天都在 Beauty 拍摄宣传广告，她工作的时候很专注，可是一到休息的时间，就会心绪不宁。

收工的时候，天色已经暗了。

江年锦刚想带着听溪离开，听溪新来的助理叶子就风风火火地闯了进来。

"听溪姐，不好了！安培培来 Beauty 找你了！"叶子慌乱地指着门外。看她的样子，显然是来者不善。

听溪怔了一下。

江年锦更是意外，在这样的节骨眼儿上，安培培居然还敢出现，出现也就算了，竟然还敢跑到 Beauty 来。

"怎么回事？"江年锦上前一步，将苏听溪按回了椅子里。

"我不知道，她一进门就说要找听溪姐，看起来还火气腾腾的。"

"人呢？"

"被李秘书拦在大厅里了，她这会儿正在砸大厅里的东西呢！疯了一样，记者还在拍着呢！"叶子语速飞快。

"我去看看。"江年锦说着回头看了一眼听溪，交代道，"你给我坐在那里别动！"

"我也去！"听溪站起来，瘸着腿推开了江年锦伸过来的手，她边往外走边说，"年锦，她是来找我的，见不到我她不会善罢甘休的。"

江年锦似乎明白了什么，他没有再拦着。

大厅里，安培培正将一个花瓶砸得稀巴烂，大厅里的女同事都被她吓得抱头躲在角落里，连保安都无法随随便便靠近她。

隔着一道玻璃门，记者的闪光灯将这个大厅晃得白昼一样。

"安培培！"江年锦喝了一声。

安培培住了手，她看了一眼江年锦，很快，她把目光捕捉到了江年锦身后的苏听溪。

"你这个贱人！"安培培朝着听溪冲过来，"就是你这个贱人，你竟然吃了熊心豹子胆给记者爆料！"

"你看清楚了这是哪里，这里容不得你撒野！"

江年锦擒住了安培培将她往后一拎。

"我没有，不是我说的。"听溪甩了甩头。

"还敢给我装蒜。苏听溪你为什么要这样害我？为什么？"安培培又想冲上来。

江年锦对着保安使了个眼色。

两个保安冲过来拦住了安培培。

"真的不是我！"

"不是你还能有谁要这样置我于死地！"安培培捶打着两个保安围成的肉墙，保安没有还手，倒是她一个趔趄没有站稳，倒在了地上。

"除了你还会有谁！还会有谁……现在向远都不接我电话，他不要我了，不要我了！"

安培培的嗓子哑哑的，表情灰蒙蒙的。

"不管你信不信，我从来没有把我看到的告诉任何人。"听溪说。

"骗子！你以为我会相信你吗？苏听溪你看看，现在外面这些人都想逼死我，你满意了吗？满意了吗！"安培培又激动起来，她转头指着那些记者，拉高了喉咙，"既然你们想要逼死我，那我就死给你们看！"

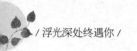
安培培说罢，捡起了地上的一块陶瓷碎片。

"安培培！你别做傻事！"听溪跑上前去，她脚上的疼几乎让她跌倒在安培培的面前。

"你别过来！"安培培喝止她，"现在知道怕了吗？我告诉你苏听溪，我就是死也要死在 Beauty，我做鬼都不会放过你们的！"

"就凭一个碎片，你吓唬谁！"江年锦的脸铁青着，"趁我还好说话之前马上滚出 Beauty！"

"江年锦，我死都不怕了还会怕你威胁？苏听溪是你一手捧出来的，她犯下的罪，你们两个就一起承受吧！"安培培手里的碎片对准着自己的静脉，她的眼神四下闪动着，警觉着别人的靠近，"你们都别动！"

她说着，一步一步地往后退进电梯。

所有人都被她挡在电梯外面。

电梯门慢慢地合上了。

"她要干什么？"李秘书看着江年锦。

江年锦看了一眼电梯上显示的数字，是顶楼……他手心里沁出了细汗。

"她要跳楼！"听溪反应过来，立马指示身后的人，"快报警叫救援队！"

她说完，瘸着腿闪进旁边的电梯里，一行人跟着她跑进电梯里，江年锦走在了最后。

听溪有些紧张地握住了江年锦的手，他的手比她的还要凉。

她抬头看了他一眼，他的脸色不是很好，鬓发里已经布满了汗。

"你怎么了？"

"没事！"

江年锦松开了她的手。

所有人到达顶层的时候，看到天台的封条已经被安培培撕了。保洁阿姨被安培培推倒在地上，她腰间的那串钥匙，被安培培撒了一地。

听溪他们冲上天台的时候，安培培已经站在了天台的最外沿。

"你们都别过来！"她手里还捏着那碎片，冷冷地笑着，"江年锦，你还怕我死不了吗？我现在这样下去，明儿 Beauty 也能仰仗我上头条！"

江年锦想说话的时候，被听溪拉住了。她知道的，他若开口，不会是劝慰。这个节骨眼上，安培培不能再受什么刺激了。

江年锦的手有些抖，可是听溪无暇顾及他了。

"安培培你别做傻事！"

听溪上前了一小步。

"如果我就这么死了，我这辈子做过最傻的事情也不会是这一件，我最傻的，是爱上了莫向远。"

3

安培培永远记得自己第一次遇见莫向远。

那个时候，他不过只是一个眉头深锁的少年。那也是在加安，向临大哥的生日Party上，她陪着姑妈一起去参加，一走进喧闹的人群里，她就看到了那个黑衣少年。

她从没有见过能将黑色穿得这样好看的男生。

只是他皱着眉，似乎并不喜欢这样的热闹。而她正好相反，她喜欢这样的热闹，也喜欢不喜欢凑这样热闹的他。

有人说，那是莫总的弟弟，兄弟两个气质之所以不相像，是因为莫向临和莫向远的父母离异之后，莫向临跟了有钱的父亲，而莫向远，跟了较为贫困的母亲。

莫向临和莫向远兄弟俩平时并不常常见面，只是那一次，正逢莫向远高考结束，所以思念弟弟心切的莫向临便趁着这个机会把弟弟接到身边照顾一段时间。

安培培是个主动的人，哪怕那个时候她的年纪也不大，她想要什么，就会想方设法地去夺过来。

她手里端着一杯鸡尾酒走过去和他搭话，他淡淡地看了她一眼，并不搭理。

安培培不气馁，将当时所有能想到的话题都讲了个遍，可是眼前的这座冰山似乎还没有融化，她正没辙想撒的时候，身后的服务生推着推车横冲直撞地朝她奔过来……

"当心！"莫向远终于开口说了话，他伸手将她推开了，自己却惹来一身的汁水。

安培培没好气地指着服务生大骂，立马从自己的包里掏出纸巾去给他擦。

他挡开了她的手，又冷漠地走开了。

那是他们第一次相见，并不愉快的相见。

可是莫向远那个冷漠的侧影，却在她的心上开辟出专属于他的土壤。从此，那个地方，再也没有人能进入播种，所有春夏秋冬，都是莫向远的。

整个暑假，安培培几乎找尽了各种借口去莫向临家的别墅找莫向远玩，可是这个少年，始终都没有对她提起过热情。

直到暑假结束，他和她说过的话都不超过十句。

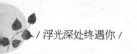

　　从小到大都是要风得风要雨得雨的安培培，第一次有了想要又得不到的，她觉得自己心里的斗志彻底被激发了。

　　进入大学之后，她依旧没能忘掉莫向远。她偷偷去他的大学找过他，可是，莫向远那时候已经有了女朋友。

　　听说，那是个安静温和又干净的姑娘，比起唇红指甲黑的她，干净的姑娘的确更像是莫向远会喜欢的类型。

　　但是，她从来没有因此放下过对莫向远的爱。

　　她为了得到他，甚至用了自己一生的幸福去做赌注。

　　可惜，她从来没有感动过他。

　　4

　　"既然你这么爱莫向远，那你为什么要做对不起他的事情？"听溪企图通过聊天来转移她的注意力。

　　"苏听溪，你凭什么质问我！你懂什么？你懂什么？！"安培培大声地叫着。

　　听溪点头："我是不懂。如果我爱一个人，我绝对不会做对不起他的事情，我更不会因为爱谁去跳楼！"

　　江年锦扶住了门框，身旁的人在问他"江总您没事吧"，他挥了一下手。

　　没事，他没事，只是被戳中了心肺，疼。

　　"你以为我想对不起他吗？"安培培按着自己的胸口，"我这儿空，这儿空得快死了，我需要有个人来陪我！是我不好，我不该贪恋这份温暖的……可是苏听溪，是你，是你摧毁了这一切！"

　　"我要怎么说你才能相信不是我！"听溪无奈。

　　"我为什么要相信你，只有你看到了！"

　　江年锦这会儿全明白了，原来那天苏听溪和安培培起冲突是因为这件事情。

　　"你这么有种！怎么磨磨叽叽到现在还没跳下去？"

　　正当听溪不知道该如何拖延时间的时候，身后传来了冰冷的声音。

　　所有人回头，看到门口站着一个女人，她逆着光，看不清面容，但是大家都知道，是文森特太太吴敏珍。

　　吴敏珍一袭富态绝美的亮黄色刺绣长裙，手里挽着名包，看不出一丝慌乱。这架势倒不像是来救人的，反而像是来走秀的。

她的身后，还跟着两个黑衣的保镖。

"姑妈。"安培培的声音都在抖。

吴敏珍走了过来，她的目光冷冷的，只落在安培培一个人的身上，她一路走到安培培的面前。

"下来。"吴敏珍说。

"我不！"安培培厉声拒绝，"姑妈，你看我，现在什么都没有了！"

"所以呢？让人看了一个笑话还要让人再白捡一个笑话？"

安培培语塞。

"培培，我从小怎么教你的？"吴敏珍提高了声调，表情有些狰狞，"对于那些对不起你的人，不是你死给他们看，是要他们死给你看，你懂不懂！"

当着这么多人的面，吴敏珍说话没有丝毫的顾忌。

安培培没了声响，她只是低着头抽泣。

"乖，下来，有什么风雨，姑妈替你挡着。"文森特太太朝着安培培伸出了手。

安培培还在犹豫。

"你现在只有两条路，要么跳下去，要么跟我走。你以为姑妈不知道你吗？你一直胆小又爱漂亮，摔下去死得有多丑多痛你想过没有？你根本就不敢，所以你最好在我还有耐心的时候，马上下来。"

"姑妈。"安培培怯生生地朝吴敏珍伸出了手。

吴敏珍上前一步，将安培培拉下来，又抱了抱她。

听溪见状，松了一口气。

吴敏珍牵着安培培经过听溪身边的时候，停了下来。

"苏小姐，你可真是真人不露相啊！"

"文森特太太，这次的事与上次的事一样，真的与我无关。"

对于听溪的解释，吴敏珍只是冷噱了一声，她把目光转向了一边，看着江年锦阴厉一笑。

"江年锦，之前的事过去也就过去了，但是这笔账，可不会这么轻易勾销。"

5

苏听溪整晚都是心不在焉的，江年锦没有戳穿她，直到吃饭的时候她木木地将一个辣椒塞进自己的嘴里把自己辣得呛了喉，他终于忍不住撂了筷子。

"苏听溪你到底怎么回事？"

江年锦虽对她亮了喉，可是手上的水却还是下意识地递了过去。

听溪"咕噜咕噜"地灌下了整杯水，口腔里的辣味冲淡了之后她才说："不小心吃到一个辣椒。"

"我不是问你这个。"

"那你问什么？"

"你是不是在担心莫向远？"江年锦的两条眉毛已经拧到了一起。

他忽然想起上次自己"戴绿帽子"的那一次，苏听溪不是还差点和别人打起来吗？这次莫向远是真被人戴了绿帽子，她又会怎么样？

"你在吃醋？"听溪眨眨眼。

"是，我在吃醋。"江年锦大方地承认了。

"我没有。"听溪否认，"我只是在想，到底是谁把安培培和Baron的关系公布出去的呢？"

江年锦沉默了一下。

这个圈子的利益交织太过复杂，他都不敢揣测，到底谁是幕后的推手，一切都得等查到了再说。

"你相信我吗？"听溪忽然仰起头来看他，"我看到了安培培和Baron在一起，可我却没有告诉你，你还会相信我吗？"

江年锦低头继续吃饭。

"这件事情为什么要告诉我？我对他们两个的事情没有兴趣。"

"那你相信我看到了也不会曝光给媒体吗？"听溪又问。

江年锦迟疑了一下。

"除非你真的是想为莫向远出气。"

"哎！"听溪嗔怪着伸手推了他一下。

江年锦顺势拿起筷子为她夹了一块红烧肉放在碗里。

"我知道你什么样的人，你根本没有这样的心机做这样的事情。"

谁都可能去爆这个料，只有她不会。不是因为她善良，而是因为她根本还不会去利用这个圈子的利剑。就像这个消息如果知道的人是他，而不是她的话，那么结果，也许还会更加不同。

苏听溪的道行太浅。

江年锦的这句话简直就暖进听溪的心窝子里去了。

她站起来俯身吻他，江年锦嫌弃地抹了一下油腻腻的唇，嘴角却扬着笑。

"苏听溪，你每天都这样主动多好。"

6

安培培和 Baron 的事情发生之后，也宣告着安培培和莫向远人前金童玉女的形象幻灭了。

不少安培培的粉丝无法接受这样的事实，纷纷要求安培培出来给个说法。

文森特太太的公关团队在沉寂了两天之后，终于主动出击，他们代替安培培发表了声明。

安培培方的声明称，安培培和 Baron 只是普通的朋友关系。安培培敬重 Baron，并且感激他培育了她，两个人之间的感情如果非要说得比朋友更亲近些，那也只是师徒。

最近安培培和 Baron 一起在巴黎出席 Wylie 的周年庆，没想到一同出席此活动的某模特儿经济公司的某当红模特儿会造谣出如此骇人听闻的绯闻。

声明还称，当时一起出席活动的，还有安培培的未婚夫莫向远先生，莫向远先生可以力证自己未婚妻的清白。安培培最近因为这样的传闻已经气病了，所幸莫向远先生坚定地相信着她，也陪伴着她，相信光明马上就会冲破黑暗，造谣者会受到惩罚。

声明中暗指的造谣者，明眼人都知道，就是 Beauty 的苏听溪。

莫向远盯着屏幕上的那整段整段的话，目光忽然变得很深。他抬手，将笔记本电脑"啪"的一声合上了。

整个会议室的人都朝他看过来。他扬了扬手，说："先散会。"

大家都安静得没有说话，大 boss 最近头上被扣了这么大一顶绿帽子，心情起伏不定也是情有可原的。

莫向远走进办公室，门"砰"的一声合上，他转身反手将一拳落在门背上。

疼，刺进骨骼的疼。可是疼的时候，心才是清醒的。

原来，苏听溪在巴黎的时候，就已经知道了安培培和 Baron 的关系。

他的生活这样一团糟乱，她是不是也像别人一样，觉得他是个笑话？

门外有人在敲门，敲得很急促。

他却不急，坐回了办公桌前，调整了一下自己的情绪，才开口放话让人家进来。

是他的秘书，杨蓉。

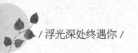

杨蓉在 Modern 做秘书比他在 Modern 做总裁的时间还长。她是整个 Modern 唯一懂他的人。因为杨蓉的眼睛，见证了这些年发生的一切。

从某种意义上说，他能坐稳这个位置，也多亏了杨蓉的帮助。

杨蓉走到莫向远的面前，她脸上表情凝重。最近，她时常是这个表情。因为自从安培培和 Baron 的绯闻出来之后，Modern 的股份一直在往下跌。

"文森特太太那里传来了消息，说明天要你一起和安培培出席记者招待会。"杨蓉说。

莫向远沉默，记者招待会是假，要他和安培培一起露面才是真。

"只有你们一起露面了，流言才能粉碎。Modern 的形象才能挽回。"

莫向远知道，现在全 Modern 的人，都是希望他能去的。

可是，他自己呢？

"你先出去吧。"莫向远背过了身。

窗外阳光繁盛，他捏紧了拳头，骨骼上的疼痛还能清晰地感受到。

眼前忽然多了两条完全截然不同的路。没想到，好不容易下定决心做了一个决定，一切又回到了原点。

这是，上天给他的第二次机会，让他更清楚地看清眼前的利益纠缠，让他后悔或者勇往直前。

只是，他接下来无论做什么决定，苏听溪都已经受到伤害了，他保护不了她，根本保护不了。

手机里忽然进来一条简讯，来自安培培。

他的手指伸过去弹了一下屏幕，屏幕上闪过一行字。

"只要你明天和我一起出现在记者招待会上，我就会放过苏听溪。"

莫向远忍不住嗤笑一声，他逃不出这个女人的五指山的，因为这个女人，永远都能轻易抓住他的软肋。

曾经，是 Modern，现在，是苏听溪。

7

这次丑闻事件发生之后，为了听溪的安全考虑，江年锦原本要听溪暂时停下手上的活动，但听溪没有同意。

她又没有做亏心事，如果真的躲起来，反而像是做贼心虚。

安培培召开记者招待会的那天，听溪在环城北路的新星会场有一场大秀，因为路程比较远，她很早就出门了，出门的时候江年锦还没有起床。

路上打了个盹儿，醒来新星已经快到了，助理叶子还在她边上呼呼大睡，听溪扬了扬嘴角，掏出手机打算给江年锦打个电话。

刚刚拨通了江年锦的号码，司机忽然一个紧急刹车。听溪整个人撞在了前座上，手机也从她的手里飞出去了。

叶子被惊醒了四处张望着："怎么回事，怎么回事？"

听溪抬起头来，看到她所坐的这辆车前，忽然"噌噌噌"拥出好几辆轿车，横七竖八地挡住了听溪他们的去路。

车上跳下好多人。

"啪！"一个生鸡蛋飞过来，撞碎在听溪手边的车玻璃上。

"听溪姐，我们好像遇到攻击啦！"

叶子大叫一声，那声音掩不住的惶恐。

听溪环顾了一下四周，眼前起码有五十来个人，手里都带着"武器"，那"武器"不是别的，就是电视剧里最常出现的鸡蛋、西红柿……

"就是苏听溪！里面的苏听溪给我们滚出来！"

"就是这个三八出言诽谤我们的培培！"

"滚出来！"

"啪啪啪啪！"

司机锁了车门，可是依旧挡不住车窗外的一片叫嚣声。漫天飞过来的生鸡蛋和西红柿黏乎乎地沿着车窗滑下去。

"怎么办，怎么办？"叶子手足无措地伸手在自己的包里一通乱摸。

听溪这才想起自己刚刚正要和江年锦通话。她低头去寻自己的手机，屏幕上已经显示正在通话中的状态。她立马捡了起来放在耳边。

那头的江年锦一直在喊她的名字，想必是听到了这里发生的一切。

她出了声，江年锦那边才传来了微微松气的声音。

"发生什么事情了？"他问，似在跑动。

听溪往窗外看了一眼。

"我好像遇到安培培的粉丝了，她们正在攻击我坐的车子。"

"车子停在哪儿？"

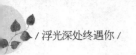

听溪看了一眼窗外的路标，又向司机询问了一下，报出一个地址。

"先报警，你待在车里别动，我马上过来！"他说完，想挂电话的时候又补了一句，"别怕！"

听溪本没有多怕，却被他这样短短的两个字生生地勾出了恐惧与委屈。

不怕，她不怕，他马上就会来的，她怎么会怕。

"现在的粉丝怎么这么疯狂啊？"叶子哆哆嗦嗦的，"这些人，一定就是冲着那个什么声明来的。"

听溪点头。

圈中人深谙"声明"可真可假的规则。而圈外之人，不知道藏在这些文字背后的真相，也就轻易被这些文字蒙蔽了眼睛。

有些人，就此利用这些无知的圈外人或者找人模仿这些无知的圈外人来达到他们令人发指的目的，就像此刻。

"这些人，应该不是粉丝。"

听溪渐渐恢复了平静，也开始理出了一个头绪。

现在这个点，距离安培培莫向远的记者招待会不过还有半个多小时的时间，真正的粉丝，一定会在会场外面守候着，不会出现在这里围追堵截她。

就算真的要围追堵截她，那些粉丝一定也会等到结果出来之后。

他们，一定是被雇佣来装安培培的脑残粉教训她的。

8

莫向远上车的时候，秘书杨蓉还跟在他的身后，即使他决定要去和安培培一起参加记者招待会了，杨蓉脸上的神色还是凝重的。

"行了，别搞得我要上法场一样好吗？"莫向远逗她，这样的气氛里，其实不适合逗她，可是他却做了。

杨蓉一愣，随即笑了。

莫向远要关车门的时候，杨蓉忽然跑上来挡了一下。

"我都甘心上法场了，你还有什么不放心的？"

莫向远看着她，杨蓉也看着他。

半晌，她松了手放了车门，说："莫总，别太难为自己。"

车门被合上了，一车厢的沉闷都被关在了他的身侧。

莫向远按着方向盘的手用了用力，又用了用力。

"啪！"

他往方向盘上落了一拳，疼，可是再也不钻心了，他没有心了。

莫向远发动了车子，按下了收音机，交通节目的电台DJ声音洪亮得很，他脑海里那些纠结犹疑的声音渐渐被按了下去。

"现环城北路新星路口发生一起粉丝袭人事件，超模安培培的大批粉丝正围堵超模苏听溪的车子，造成环城北路发生拥堵，请各位赶时间或者不想看热闹的司机绕道而行。"

这条时时路况资讯忽然钻进莫向远的耳朵里，他下意识一脚踩下了刹车，也不顾车来车往的，他在原地就掉了头。

莫向远抄小道赶到环城北路的时候，眼前的状况还是乱糟糟的，苏听溪的车子被团团包围着，警察还没有到。

他立马下了车，往前奔过去，可是刚跑了两步，他就被谁狠狠地攥住了手臂。

莫向远猝不及防，还未来得及回头看清楚拉着他的人是谁，他已经被原地拖行了好几米，那人打开了他后车厢的车门，然后按着他的脑袋将他塞进了后车厢。莫向远触到柔软的椅垫，才猛然回过神来，他翘起脑袋。

按着他的人不是别人，正是江年锦。

江年锦的身后拥出好几十个穿着黑衣服的保镖，他们已经一股脑地朝着苏听溪被围的方向跑过去救场了，可是江年锦却站在莫向远的眼前没动。

"你干什么！"莫向远想要还手，手却被江年锦一并按住。

"莫向远，我才想要问你想什么！"江年锦的语气也冲得很，他的手往后一指，"你瞧瞧你都干了什么好事！"

"什么叫我干的好事？"莫向远挑眉。

"还装？"江年锦瞪着他，"你别以为我不知道是你将安培培和Baron的关系泄露给媒体的。你看看苏听溪被你整成什么样子了？"

是的，江年锦知道了。

阿府早上把这件事告诉江年锦的时候，他半天没回过神，可是很快他就懂了。

这些年，Modern被文森特家族牵制成了什么样，如果他是莫向远，早该反击了。

只是，莫向远这个时机选得一点都不漂亮，或者说，因为多了一个苏听溪这件事情就变得复杂了。

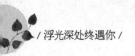

"我不知道听溪知道那两个人的关系，我不知道事情会发展成这样！"

他只是想趁着这个机会摆脱文森特家族摆脱安培培。他付出了多大的代价，甚至押上了他自己和公司的名声。他知道的，要重生，必须先毁灭。

可是人算不如天算，谁能知道安培培和Baron在一起的时候，正巧被苏听溪撞见了，明明是他设计的剧本，可是一旦牵扯上了苏听溪，剧情的走向就全都朝着他难以掌控的方向发展了。

他自己也一千个一万个不愿意，可是他能怎么办？

为了保护她，他都已经打算重新向命运妥协了，他还能怎么办？

"你放开我！"莫向远用力一挣。

"放开你干什么？让你现在冲过去保护苏听溪吗？"江年锦攥起莫向远的衣领，"你害她一次还不够是不是？你现在放着安培培一个人出现在这里，你还嫌这个故事不够乱是不是？你是眼瞎还是傻，没看到那么多记者在吗？"

莫向远在江年锦的桎梏下彻底不动了。

江年锦说得有道理。如果在这个节骨眼上让人知道他和苏听溪的关系，那么听溪只会在这个泥潭里陷得更深。他这样不是在保护她，他是在害他。

"江总还真是深谋远虑！"莫向远的语气多了一丝颓然，他苦笑，"那不如你说，我现在怎么办？"

"你现在马上去记者招待会。"江年锦松开了他，"既然不想被人牵着鼻子走，那就去把绳子割断，趁着你现在还在上风。"

这是很真诚的谏言。

莫向远也只能这么做。

江年锦已经转身了，只是他没有迈步。

"以后，不要再和她有任何瓜葛。"

"凭什么？"莫向远瞪着江年锦的背影。

"凭你保护不了她，凭她是我的。"

9

听溪的视线里忽然多了一大群身材魁梧的男人，黑压压的一片，像是一道黑色的屏障，将攻击听溪的人全都拦在了身后。

"好像有人来了。"叶子探着脑袋，眼里放光。

听溪点了一下头。

"是江先生！"叶子手一扬指着正前方，转过头来兴奋地看着听溪。

听溪也看到他了。他无论站在多少人的中间，都是显眼的，就像会发光。她伸手按了按眼角，没让眼泪流出来。她不能让他更担心。

江年锦朝着身后的那群保镖使了个眼色，他们夺过了那群肇事者手里的"武器"，攻击总算是停止了。

他快步朝着眼前那辆已经面目全非的车子跑过去，心想着听溪在遭受这些的时候该是多煎熬。

罗冉冉曾经对他说过："这些人是魔鬼，他们不会立时三刻要你命，可是他们会慢慢地折磨死你，把你推进孤立无援的境地，让你觉得你是被世界唾弃的，让你自己都觉得你不配在这个世界上生存。"

原来，是这样吗？

江年锦的脚步顿了一下，又像是跌进了过去的迷雾。

车门打开了。

苏听溪从车里钻出来，她清丽的小脸上带着惊惶，带着失措，可是她看着他的目光，却是那样坚定。

她忽然对他笑了一下，在这样狼狈的光景下，却还是对他笑了一下。

江年锦忽然如醍醐灌顶，萦绕在心头的迷雾瞬间消散在她眸间的光芒下，他微微地松了一口气。

苏听溪，她不会轻易被这些打败的。

她不是罗冉冉。

她不是。

江年锦边走边朝她张开了双臂，苏听溪眨了眨眼，飞奔过去扑进他的怀里，紧紧地抱着他。

莫向远往后视镜里看了一眼，一脚踩下了油门，离开现场。

10

安培培坐在化妆间里，化妆师一直在帮她打粉底，这些天她的脸色奇差无比。再这样下去，她不仅男人留不住，连美貌都留不住。

安培培盯着手里的手机，莫向远一直都没有接电话。她知道，自己这样威胁他是

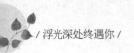
不对的，可是他是她现在唯一的希望，是唯一一个能替她挽回一点名声的人。

"安小姐，准备一下，快开始了。"工作人员提醒她。

"莫先生呢？"

"莫先生？那不是应该问您吗？"

工作人员冷漠地说完，门"砰"的一声合上了。

虎落平阳被犬欺，她曾经风光无限，现在落到这步田地，没人会同情她，他们只会无情地嘲笑她，只会等着看她的笑话。

这就是这个世界的残酷。

安培培看着镜面中的自己，像是忽然被判了死刑一样，厚厚的粉底也遮不住她近乎绝望的表情。

"啪"的一声，她将手里的手机砸向了镜面。镜中的她碎得四分五裂。

化妆间的门又被推开了。

"催什么催，都滚出去！"安培培一声吼。

门口没传来声响。

她转了头，看见莫向远站在那里。

安培培简直不敢相信自己的眼睛。

"你来了！"她激动地从椅子上跳起来，跑过去握住他的手，"谢谢你能来。"

"你不知道我为什么来吗？"莫向远挣开她的手。

安培培躲开他的目光："我不是故意威胁你的。我只是……"

"不用说了，我以后都不会让你再动苏听溪一根汗毛。"莫向远对着镜面扶了扶被江年锦揪歪的领带，"走吧。"

安培培点着头，伸手过来挽住了他的手，这次他没躲。

恩爱亮相，她既然需要他就给她好了，只是，这是最后一次。

安培培和莫向远一起出现的时候，现场的记者一片哗然。安培培一直在笑，像是一只重新开屏的骄傲孔雀一样。

"莫先生，你对于安小姐和 Baron 先生的绯闻有什么看法吗？"

"莫先生，你是全心全意相信你的未婚妻，所以今天才出现在这里是吗？"

"莫先生，对于别人如此诽谤安小姐，你会采取什么措施吗？"

"莫先生，你怎么不说话？"

"向远。"安培培看着莫向远铁青的神色，忽然觉得不安，"你怎么了？说句话吧。"

有人递过一个话筒，莫向远清了清喉咙。

"各位，接下来我要说的话，大家可能会觉得意外，但请大家相信，这都是事实。"

场下的记者安静下来，谁都没有再发出声响。

"向远，你要干什么？"安培培也意识到了什么，她的双手按住了莫向远的胳膊，使劲地摇了摇他，"你要干什么！"

莫向远没有理她，只是拿过了话筒。

"对于前段时间媒体曝光的我未婚妻和别人的丑闻，我现在在这里证明，那些不是诽谤污蔑，那些都是真的，我手上有侦探查到的第一手资料，而媒体记者得到的消息，也都是从侦探社中无意流出去的，与其他人没有任何关系。"

场下的哗然更大声了。

安培培脆生生的一个巴掌甩过去，"啪"的一下，从扩音器里传遍全场。

"莫向远，你疯了！"

"不，安培培，是我们两清了。"莫向远冷笑一下，神情竟然轻松下来。

安培培瘫倒在众人的面前，莫向远没有伸手去扶。

他知道，对于一个女人而言，哪怕她真的无数次背着他和别的男人苟合，他这样将丑闻曝光在大众的视线里，也是过分的。

可是，安培培曾经对他做过的事情，更加过分。

11

安培培对他有好感，莫向远很早就知道，那还是在他遇到苏听溪之前。

遇到苏听溪之前，他甚至不知道什么算喜欢，他只知道安培培总是找着各种理由在他眼前瞎晃悠，他看着心烦。

暑假结束，他离开加安的时候，安培培对他表了白，他没有接受。虽然安培培说她一定会追到他的，但是他并没有往心里去。

那样的大小姐，什么都是三分钟热度而已。

后来，他在北城遇到了苏听溪，也就彻底忘了安培培。

看到苏听溪的那一瞬间，他心里有无数火花往外蹦，不经意间竟然萌生了想要和这个女人过一辈子的信念。那时候，他不过才刚上大学，他深知自己看过的花花世界不过九牛一毛，可是因为遇到了苏听溪，世界再大的诱惑对于他而言都变得没有吸引力，他只想要她。

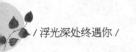

　　他以为他和苏听溪会这样顺利地恋爱、结婚、生子、变老……可是，变故总会让幸福都变得残酷。

　　大四那年，他被身有残疾的父亲急召回加安，临走的时候他对苏听溪说，他只是去去就回。

　　可是没想到，这一走，就踏进了水深火热万劫不复的境地。他向她许下的未来成了最荒诞无稽的谎话。

　　莫氏的 Modern 陷入了严重的财务危机，他的哥哥莫向临不堪重负，患了精神疾病无法再继续掌舵这个莫家仅剩的产业，他临危受命，放弃学业接管 Modern，还有，迎娶安培培。

　　对于这个安排，他不愿意，和从小就不亲近的父亲大吵了一架却没有吵出一个结果。父亲对他落下了眼泪，那是他第一次看到父亲落泪。

　　和父亲吵完架之后，他去看望了他的哥哥，那个一向对他疼爱有加的哥哥，余生也许就要这样被关在精神病院过活，他看着心疼，心疼得要命。他能为哥哥做什么，思来想去，好像只有如父亲所说的，替哥哥守住事业。

　　他不懂，难道这就是他的命运吗？从未受过这个富裕家庭的庇护，却需要在它最潦倒的时候挺身而出，承受起这一切的重担？

　　正当他左右为难的时候，安培培替他斩断了所有需要瞻前顾后的理由，她在他根本还没接受这个交易的情况下，擅自对媒体公布她即将和莫氏的二公子莫向远订婚的消息，她还放话说，一旦订婚仪式完成，文森特家族将全力出资缓解 Modern 的财务危机。

　　当时加安整个贵圈一片哗然，哗然的原因有二：一是 Modern 一直没有对外公布的财务危机被曝光，二是 Modern 竟然要和文森特家族联姻了。

　　莫向远被逼上梁山，如果他就此说不，那么 Modern 一定会被讨债之人踏为平地，哥哥连医院都不能住下去，文森特家族被他拒绝的话，一定也不会放过他。

　　他不过是个学生，突然面对这个世界的现实和丑恶，他只能妥协。

　　他要和安培培订婚了，这个消息他不知道该如何告诉听溪，斟酌了好几天都不知道该如何启齿，后来，他终于决定，什么都不说。如果她知道这一切，一定难以承受，索性就消失在她的世界里，让她慢慢地忘了他。

　　如果安培培没有替他落下最后那决定性的一子，他不知道自己会不会走向这样的结局，但是他知道，如果安培培没有对媒体公布向他施压，他至少还能回去和听溪告个别。

是她，残忍地扼杀了他的一切。

安培培也许永远都无法原谅他了，就像他，也永远无法原谅她一样。

这样彼此伤害，彼此绝望，然后彼此放手，也许是他们最好的结局。

12

记者招待会的惨烈收场也意味着安培培模特儿生涯的终结。听说，事发当晚，文森特太太就将安培培送出了国。

这场明面上的战争看似告了一个段落，但是听溪知道，有些藏在暗处的争斗，永远不会停止。

不过，她暂时不想去担心这些。

最近，她的注意力都在陈尔冬身上，因为陈尔冬要生日了。

给女人准备礼物，其实是江年锦最头痛的事情。

往年陈尔冬的生日礼物，都是普云辉一手给江年锦包办的，可是今年，普云辉装死将这个任务甩手交给了他，也不知道这两个人在闹什么别扭，但是江年锦直觉这一次普云辉是要和陈尔冬犟到底了。

也是，谁能一直站在原地等谁呢。

江年锦要听溪帮忙，听溪对于给女孩子准备礼物这件事情，其实也不是很擅长。只是印象里陈尔冬的手很漂亮，她想给陈尔冬买块表。

周末，她和江年锦约了一起逛商场挑礼物，江年锦耐心不好。

听溪在 Omega 的专柜挑表时，他一晃就不见了。

等到听溪买完表出来，才发现他已经转身进了隔壁 Bvlgari，专柜小姐正兴致勃勃的地和他说着什么，他也难得听得格外有耐心。

听溪进门的时候听到专柜小姐说了一句："苏小姐来了。"

江年锦回头勾勾手指说："给你也挑了一个礼物。"

"我又不生日。"

"跑腿礼物。"江年锦扬了一下下巴，专柜小姐会意，打开了玻璃抽屉将里面的那款脚链取了出来。

江年锦低头看了一眼听溪，她今天穿了长裙，刚刚及脚踝。

"给你戴上？"他问。

听溪环顾了一下四周，刚想说不用，他取了脚链已经蹲倒在了听溪的面前。

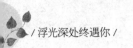

一时间，店里所有的目光都朝着这边望过来，有人认出了他们，就开始掏出手机拍照。

听溪想后退，却被江年锦一把握住了脚踝。

"别动。"他说。

"你别这样。"听溪的脸红彤彤的。

他堂堂江年锦，这样在公众场合几乎跪倒在她的面前，让她情何以堪。

"我现在不是江年锦，我只是苏听溪的男朋友。"江年锦似乎知道她在想什么，仰起头来安抚她。

听溪忍不住笑了起来，她不动了，任由他将那条细细的链子锁在她的脚踝上，也锁住她的心。

他站起来的时候顺势牵住了听溪的手。

"这下你跑不掉了。"

听溪愣了一下，只听专柜小姐在笑。

"拴住今生，系住来世。苏小姐，江先生可是将你的下辈子都预定了。"

听溪有些动容，江年锦却别扭地转了脸。

"走吧。"他说。

听溪握紧了他的手。

走吧，如果真的能和他这样走过今生又走到下辈子，她得是多幸运。

第十三章
DI SHI SAN ZHANG

今宵别梦

1

陈尔冬的生日 Party 办在四谷庄园的小瓦房内，这是一间很有味道的瓦房，看着瓦顶总是让人不经意地想起那些唯美的 MV 里，男女主角相拥而坐仰头望星的画面。

其实也算不上 Party，因为就他们四个人。

陈尔冬说，每年她的生日都是和江年锦普云辉他们一起过的。他们算不上正宗的发小，但是情谊却不比真正的发小少。

她说到这些时，转头往屋外看了一眼，那两个男人还没有来。

"你在担心什么？"听溪顺着她的目光，问她，"是担心普云辉带着别人来吗？"

陈尔冬忽然抬眸看着听溪，那模样竟是被说中了心事般的局促。

半晌，她终于是笑了："苏听溪，和你这样通透的人相处，其实很可怕。"

"因为藏不了心事吗？"听溪也笑。

"他不会带着别人来的，至多，就是不来。"

陈尔冬虽是在笑着，可是语气里已经有了掩不住的惆怅。

"你爱上他了？"听溪轻轻地问。

陈尔冬犹豫了很久。

"我不知道这种感觉算不算爱，也许，只是一种占有欲，也许，只是因为他和我不喜欢

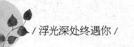

的女人在一起了我心里不舒服。像我们这样认识十几年的朋友，是不是爱，太难界定了。"

陈尔冬话音刚落，就见江年锦的车停在了外面，普云辉从副驾驶座上下来，手里捧着一束花。

听溪下意识地去看陈尔冬，她的目光，闪了闪。

普云辉往屋里走，听溪冲他打了个招呼，就往屋外走。

江年锦打开了后备厢，正在拿东西，她凑过去，刚一探头就看到了整箱整箱的啤酒。

"你这是干什么？"听溪扫了一眼，啤酒后面，还有红酒。

江年锦将两瓶红酒塞到听溪的手里："不懂吗？酒后才好乱性。"

"你的主意？"

"当然不是我的，我随时可以乱性，不需要喝酒壮胆。"

"哎，你这人……"

"嘘！"江年锦将一根手指按在了她的唇上，"不知道普云辉是不是这个意思，我猜的。"

听溪拿了酒转身往屋里走。

普云辉将手里的那束花递给陈尔冬，淡然道："生日快乐。"

陈尔冬说了谢谢，两个人就再没有多话了。

听溪定睛了看，那束花，不是玫瑰，是桔梗。

江年锦进来了，许是瞧不过那两个人如此拘束地站着，他抬脚踹了一下普云辉："愣着干什么？还不快搭把手。"

"怎么买了这么多酒？"果然，陈尔冬也忍不住问了一句。

江年锦刚才的话张口就要来，听溪连忙瞪了他一眼，他立马笑着改口。

"不醉不归。"

普云辉接过江年锦手里的那几箱啤酒，咧嘴笑了一下："我们好几年没有聚在一起喝酒了，今天趁着四个人都在……"

江年锦和陈尔冬同时扫了一眼普云辉，他忽然噤了声。

"外面还有，你都去搬进来。"江年锦把车钥匙扔过去。

普云辉点了一下头，笑言："我这都没喝呢，就觉着自己醉了。苏小姐，哦不，叫苏小姐太见外了，听溪，咱俩这是第一次一起喝酒，万一等下我醉了瞎说什么话，你可别往心里去啊。"

听溪怔了一下，江年锦一脚又踹过去了。

"管不住自己的嘴就别喝。"

"那不成，不喝管不住的就是心了。"

普云辉撂下这句话，就往屋外走。

夜已经有些深了，他的背影在浓重的夜幕里显得有些寂寥。

2

唱了生日歌吹了蜡烛许了愿，两个男人就搬了桌子椅子去外面喝上了。

听溪和陈尔冬收拾了一下屋子就加入了他们。

桌子四边，一人一边，正好。

陈尔冬起先也没喝，只是坐在一旁帮着拿酒静静地看着，这样的场景这样的人物面孔，会让她以为回到了以前。

江年锦、普云辉、她，还有罗冉冉。

那个时候一起念书，在那些男女情愫显露端倪之前，他们四个的关系好得铁打似的。

每年生日的时候都要一起过，无论谁的。只是，那个时候，江年锦对于罗冉冉的生日敏感些，而普云辉对她的，敏感些。

现在想来，原来她们铁打的关系下，其实早就潜藏了暗潮汹涌。

普云辉对她表白的那天，陈尔冬记得清清楚楚，那是她十八岁的生日。

也是这样许完愿吃完蛋糕，大家就开始喝酒，喝了酒的普云辉话特别多，一整桌的人就听到他一个人的声音。

等到醉意酣然的时候，普云辉借着几分醉意将她带离人群，在北城的小饭馆胡同里，他二话不说就将她压在墙上吻她。

现在的花花公子普云辉那个时候也不过只是个连接吻都不懂的毛头小子。

他将她吻得生疼，唇齿磕打之间两个人都破了皮流了血，普云辉也不愿松手，最后直接挨了陈尔冬一巴掌才好像忽然醒过来一样。

那就是他们两个人的初吻，不，她不知道普云辉是不是，总之那是她的……

陈尔冬想到这里，抬眸看了一眼普云辉，他正仰头喝下一整罐啤酒，神色寂寥。

什么时候开始，他好像对她越来越不走心了。

不过想想也是，亲手推离的人，如果她自己不靠近，那么他们之间自然只会离得越来越远，可是，她还能靠近吗？

也许是为了给普云辉和陈尔冬制造单独相处的机会，江年锦中途带着听溪离开了酒桌。

他说："我们去走走。"

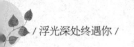

听溪立马会意跟着站起来。

农庄一到晚上就会四处挂起红灯笼，看起来喜气洋洋又温暖至极。

江年锦的手心温热，他的步调放得很缓。

"你们每年过生日都这么热闹吗？"听溪忽然问。

江年锦措手不及地被她一个"你们"定在了原地，不过他很快掩饰了自己的慌乱，只是点了点头。

"真好。第一次知道生日可以这样过。"

江年锦的喉头哽了一下，他斟酌着问："你母亲，以前对你好吗？"

"当然，她是最好的妈妈。"

江年锦微微心安，他揉了揉她的发心，继续走。

"你以后拥有的，都会是最好的。"

"你是在说你自己吗？"

"难道我还不是最好的男人？"他看着她挑眉，油腔滑调的样子。

她眨眨眼，那水灵的眸子在那片红光下异常的美。

"是，对我而言你就是最好的。"

3

真的是不醉不归。

第二轮结束之后，他们四个人都倒下了。好在，农庄里有供他们休息的房间。

听溪一早醒来，陈尔冬躺在她的身边。

陈尔冬还熟睡着，她睡着的时候，还是皱着眉的，看来昨夜她和普云辉的交谈，并不愉快。

听溪蹑手蹑脚地从床上下来，走出屋子，听溪就看到普云辉坐在门栏上，他嘴里叼着一支烟，腾云驾雾的。

江年锦不在，她的目光寻了一圈。

听到开门的声响，普云辉回了一下头。

"冉冉。"这两个字他张口就来，只是一瞬间，他又拍了拍自己的脑门，改口道，"来来，过来坐。"

听溪并没有意识到什么不妥，只是走到他的身边坐下，问他："江年锦呢？"

"正要和你说呢，江年锦公司有点事，一大早就赶过去了，瞧你睡着，就没有吵醒你。"

听溪点了点头，这才细细地打量起普云辉。普云辉披着他自己的外套，眼睛看起来有些肿，虽然他在笑着，可是他的眼里却一点笑意都没有。

"你没有睡好吗？"

"有点择床。"

"喝醉了还择床？"

"是啊。"

听溪想了想。

"是因为尔冬姐才没有睡好吧？"

听溪话一出口，就觉得自己是不是管得太多了。

果然，普云辉扭过头来看着她。他的目光很深，看着看着就苦笑起来。

"我藏得这么不好吗？怎么你们都知道。"

是的，那个时候，罗冉冉也是一眼就看穿了他对陈尔冬的心思。

"喜欢就好好追吧，女人可受不了男人的旁敲侧击。"

普云辉愣住了。

这样类似的话，罗冉冉也对他说过。

"你到底是谁？"

普云辉盯着这张如此相熟的容颜，心里翻起一层一层的热浪。

听溪被他问得傻了眼。

"你是不是酒还没有醒？"

普云辉恍然觉醒："哦，是没醒，你别理我。"

"我去给你们做点吃的醒醒酒。"

"不用了，我吃过了。你也去吃点吧。不过，牛奶得重新热，刚才被我晕乎乎地全打翻了。"

"不用，我不喝牛奶。"

"你也不喝牛奶？"普云辉提高了声调。

听溪茫然地蹙眉："你也不喝？"

"噢，不，不是我，是我一个朋友。"

"真巧。"

苏听溪说完，转身朝着厨房走去。

她没有深究，让普云辉松了一口气。在他看来，苏听溪的背影有着一种怅然的美感，与罗冉冉一样。

在失去一个人之后，又遇到一个一模一样的人，这到底是江年锦的幸运还是不幸呢？

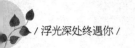

　　但他看得出来，江年锦这次是动了真心的。

　　江年锦昨天说他现在最怕，就是苏听溪会问他，当初为什么喜欢她。他不知道如何回答，又不懂如何骗她。

　　越幸福，越不安，是江年锦此刻的现状。

　　这样一个恬静的姑娘，如果发现自己会是别人的替身，她又会有什么反应呢。普云辉不敢想。

　　房门又被打开了。

　　陈尔冬睡眼惺忪地从屋里出来。

　　"年锦呢？"她问。

　　"他有事先回去了。"他说着，看了一眼厨房里忙碌的苏听溪。

　　陈尔冬顺了顺头发，看出普云辉欲言又止的模样，立即警觉起来。

　　"什么事？"

　　"罗天赐来了。"

　　4

　　江年锦许久没有见到罗天赐了，他没怎么变，面容白皙俊俏，粉面人儿似的养着一身的娇贵肉。

　　家里的仆人已经给他准备好了早餐，他正吃着，看到江年锦进来，他也没有站起来，只是远远地叫了一声："姐夫。"

　　姐夫，这些年他改不了这个口似的，也没管后面婚结没结成，见面就喊人姐夫。

　　仆人过来接过了江年锦手里的外套，江年锦走到餐桌边，问他："什么时候到的？"

　　"昨天晚上。"

　　罗天赐将一片土司塞到嘴里，又"咕噜咕噜"地喝完一杯牛奶。

　　"怎么忽然就过来了？"江年锦这样问，可是心里也能盘算出来，准没有好事。

　　"没事。"他嘿嘿地笑了一下，"就是过来谢谢你上次帮我摆平追债的事。"

　　江年锦抱着臂往椅背上一仰。

　　"替你收拾这么多烂摊子也没见你特地上门来道谢的，又有什么事直说。"

　　"真没事。"罗天赐握着空杯子悠悠地晃了晃，身后的仆人上前一步又替他倒了一杯牛奶。

　　"成，那你吃完就走。"江年锦说着就要从椅子上坐起来。

　　"哎，姐夫！"罗天赐按住了江年锦的胳膊，"姐夫你别这样。"

"我没时间和你在这里耗。"江年锦甩开他的手,瞄了一眼手上的表。

"你上次给我的钱,我……我又输完了。"罗天赐瞅了江年锦一眼,他一脸铁青,看得罗天赐心里发怵,"我原以为这次能翻本,我真的以为能翻本才……姐夫,你再借我一点钱吧! 就一点点! "

"滚出去! "江年锦冷漠地转身。

"姐夫,你不能不管我,我姐姐……"

"别提你姐姐! "江年锦喝止住了他,"如果你真的为你姐姐想一想,就老老实实地滚回罗家待着。"

"我才不回去,他们就会逼我结婚。"罗天赐撇了撇嘴。

"早该找个人来管管你,瞧把你宠成什么样子了! "

"宠我? 宠我能不让我和喜欢的人结婚? 就知道找什么屁股大的好生儿子,我是个人不是他们的种马! "

"你这么有脾气冲我嚷嚷是不是? "

"姐夫,我哪儿敢啊。只是你这次不帮我,我会被那些人给逼死的。"罗天赐眼睛眨巴眨巴的,露出可怜兮兮的神色,"难道你希望我和姐姐一样从高楼上跳下来自杀吗? "

"啪! "

江年锦一个巴掌呼了过去。

"你给我住嘴。"

"你打我! "

罗天赐捂着脸一脸的不可置信。他可是罗家唯一的男丁,从小到大万千宠爱集于一身,闯再大的祸也没人舍得教训他,屁股上的肉都娇贵着呢,更别说脸了。

"打的就是你。"

江年锦彻底动了气,这些年自己忍他让他帮他,现在,他竟敢拿罗冉冉的死来和自己做文章。

"我给你收拾的烂摊子已经够多了,再这样下去就是助纣为虐,你自己好自为之。我会通知北城的人来接你回去。"

江年锦说罢,转身走进了屋。

"姐夫,你别这样,难道你不爱我姐姐了吗? 你看在她的面子上,再帮我一次,我不要回去,姐夫! "

屋外是罗天赐哭天喊地的声音,江年锦没理,一路往里,直到走进地下酒窖。

这个酒窖塞满了他的回忆,只与那个女人有关的回忆。

他和苏听溪在一起之后，再也没有进来过，可是见到罗天赐，他忽然就想起了她，想进来看一看与她有关的过去。

这个地方，是时候该清理了。

就像他的心，是时候该腾出来了。

5

听溪从庄园回家之后换了一身衣服才到公司，她刚走到门口就听说沈庭欢刚才在楼上大发雷霆，差点把一色的桌子都给掀了。

"听溪姐，你知道沈庭欢为什么这么生气吗？"叶子问。

"看样子你知道，说吧。"

叶子凑过来："就是因为新星的那场秀。你不是被安培培的伪粉堵在路上没去成嘛，当时一色就让沈庭欢去了。她一直不知道是代替你去的。今天不知道是谁在她耳边嚼了舌根，说她做了你的替补。这不，她面上挂不住，就上一色那儿去耍女王脾气了。"

"一色不该选沈庭欢的。"

"不选她还能选谁啊？现在在 Beauty 能替代你的，也就沈庭欢沐葵这些人，沈庭欢脾气冲，沐葵就是什么好惹的鸟吗？况且，那几天沐葵正好休假不在。"

听溪出了一下神，的确，好久没有见到沐葵了。

她们两个边聊边走，还未进门，就看到了沈庭欢和助理正迎面走来，沈庭欢戴着墨镜，红唇紧抿着。

"听溪姐，我们要不要避一避，免得被咬。"

叶子的提议把听溪给逗笑了，她刚想说不用，沈庭欢就在她们不远处抱臂停了下来。

"哟，苏听溪，心情就这么好？"沈庭欢的语气酸溜溜的。

听溪没作声，叶子在她身边悄悄探出头来，假装什么都不知道的样子："怎么？难道沈小姐心情不好吗？"

"你是什么东西！轮得到你插话！"沈庭欢瞪了叶子一眼。

叶子还想争辩什么，被听溪拦到了身后。

"不过是一场秀，替谁走有那么重要？何必逮谁咬谁。"听溪说。

"你……你说谁是狗呢！"沈庭欢的助理涨红了脸跳出来护主。

叶子掩着嘴"扑哧"一下笑出了声。

"你闭嘴！"沈庭欢回头怒喝。

沈庭欢的助理委屈地退到了边上。

沈庭欢转过脸来，咬牙切齿地道："是，苏听溪，你都不知道做你的替身有多恶心我。"

"主办方没给钱？"听溪不疾不徐地应对着。

"我稀罕那点钱吗？"

"不稀罕吗？我以为你现在最缺的就是钱了。"听溪顿了一下，接着话锋一转，"听说你最近很爱去赌场，都说十赌九输，我劝你还是早点收手吧。"

"你管我？你以为你是谁你敢管我？"沈庭欢哈哈一笑，"别以为赢了一个安培培你就了不起了，趁早掂量掂量自己吧。有本事，你一辈子躲在江年锦的庇护下，如果不能，那么日后，将有你好看。"

听溪不甘示弱："谁知道呢，也许，江年锦就能护我一辈子。"

沈庭欢笑起来，越笑越冷。

"啧啧啧，苏听溪，瞧你现在猖狂的样子。我还真怀念当初那个收敛低调的你。"

"回不去了，人都是往高处走的。"

"爬得越高摔得越重。"

"也有道理，沈小姐毕竟是过来人。"听溪意有所指。

"你……你……"

沈庭欢被彻底戳到了痛处，她一句话都反驳不了。

听溪趁机拉着叶子走了过去。

6

沈庭欢从 Beauty 出来之后就打发了助理。

以前，她最喜欢走到哪儿都有成群结队的人跟着，可现在，她却觉得这样的"排场"是在自己打脸。

两年的时光，消弭了她所有的辉煌。想想，真是又恨又窝囊。

她径直开车去了加安城最大的赌场。

这个新爱好是她一个摄影师朋友介绍的，她一玩就爱上了。可惜前段时间来的时候被记者拍了个正着，但幸运的是，这新闻被安培培的丑闻给盖了下去。

一色暗地里明令禁止她再也不许去，她依了一色，可是今天被苏听溪一提醒，又犯起了瘾。

今天的场子似乎特别热闹，她一进门就听到里面传出来的喧闹。大厅里围了一圈又一圈的人。

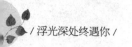

"黑哥，黑哥你听我说，江年锦真的会替我还钱的，我保证这个礼拜之内把钱还干净，你就让我再玩几把好不好？"人群的中间传出央求的声音。

沈庭欢因为听到江年锦的名字而提高了警觉，她压低了帽檐，拨开人群挤进去。

那个被称为"黑哥"的男人坐在一把檀木椅子上，而他面前，跪着一个唇红齿白的男人。这一看，就是哪家的公子哥。

"罗天赐，你当我是傻子吗？别随便搬出江年锦的名头吓唬我，他是你什么人会替你还钱？"黑哥扬着声调，显然不信。

"江年锦他是我姐夫，我姐夫啊！"

"你姐夫？哈！"黑哥回头看了看他的兄弟们，随即啐了一口，"我怎么没听说江年锦还有你这么个小舅子啊！"

"真的！江年锦真的是我姐夫，他当年已经和我姐姐订下婚约了……"

"放屁！整个加安都知道江年锦最近和那个小模特儿打得火热，你姐姐？你姐姐是哪根葱？"

被称为罗天赐的男人忽然笑了起来。

"那个小模特儿算什么，她就是我姐一替身。前两天看报纸还把我吓了一跳，你们不知道，她和我姐长得一模一样。"

替身？沈庭欢抿了抿唇，这个词真刺耳。

"吹！你继续吹！"

"真的！"罗天赐在自己的衣兜里胡乱摸索一阵，掏出一张照片递到黑哥的面前，"我就怕你不信，我特地拿了我姐和我姐夫的合影过来。你看！"

那张照片递到了黑哥的手里，黑哥扫了一眼，就蹙起了眉。

"你找死是不是？竟然敢找那小模特儿的照片来骗我！这天底下哪里来这像的人，还你姐？你怎么不说那小模特儿也是你姐？"

黑哥愤怒地将照片甩了出去，正好落在沈庭欢的面前。

"你今天不还钱，就算天王老子是你亲戚也没用。"

沈庭欢俯身看着照片上的男人是江年锦，可照片上的女人……她不确定。

这个女人有着和苏听溪一样的面容，可眼底的神韵却那么陌生。是同一个人，又好像真的不是同一个人。

沈庭欢忽然有了兴趣。

"他的钱，我来还。"

7

自从那日独自从庄园回来之后，江年锦一直都怪怪的。他时常一个人在书房出神，又或者泡在酒窖里半天不出来。

听溪很想问他是不是发生了什么事情，可江年锦一见到她，总有办法将情绪掩饰得很好。

或许，是她敏感了。

毕竟，江年锦对她还是那样体贴入微，他甚至每天坚持和她一起上下班。

今天，听溪去新星补拍了一组宣传片，这也是当初落下的，因为沈庭欢拒绝再做她的替补，她只能亲自上阵。

从新星散场的时候，听溪走的是 VIP 通道。新星的 VIP 通道一般不允许外人进入，这是看秀嘉宾和走秀模特儿的专用通道。

她本不想搞特殊，但叶子说江年锦已经在等她了。

他最不喜欢等人了，她知道的。

快走到出口的时候，听溪忽然被一个男人拦住了去路。

这个男人个头很高，眉清目秀长得挺白净的。

听溪侧身让了一步，那男人的目光落在她的脸上却迟迟没有挪开。她感受到他的无礼，微微地皱起了眉头。

"姐！"那个男人忽然伸手握住了听溪的手。

听溪愣了一下，不知是为他这突如其来的动作还是那声突如其来的姐。

"先生，你认错人了。"听溪推开了他的手。

他却不依不饶地又握过来："姐，我是天赐啊，你不认得我了吗？"

听溪看着这人的眼睛，诚挚到含着泪花，一点看不出是假的。

"不好意思，你真的认错人了。"听溪往后退了一步。

"怎么会认错，你看，你和我姐长得一模一样。"那人说着，从衣兜里掏出一张照片，往听溪面前一递。

听溪捻住了照片，照片上的人的确是她。

不，又不是她。

她的衣柜里不会有这样性感的裙子，照片里的背景也是她陌生的地方。

可是，为什么会这样像？

"这是……"听溪盯着照片上的人，身上无端地起了鸡皮疙瘩。

"这不是你吗？"

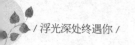

"先生，你别开玩笑了。"听溪快步躲开。

"姐，你怎么不认得我了呢？"身后的男人跟上来，鬼魅一样，甩都甩不掉。

听溪吓得小跑起来了。

江年锦的车果然已经在外面了，听溪看到他的时候他正从车门里钻出来，他的手机按在耳边，关车门的时候正四处张望着。

"年锦。"听溪唤了一声。

几乎同时，江年锦的目光朝她这边挪过来。

身后的男人忽然停住了脚步，转身想躲的样子。

江年锦似乎觉察到了什么，他朝他们站立的方向大步地走过来。

听溪伸手想要抓住江年锦的时候，他却看也不看她一眼就从她的身边过去了。

擦身而过的瞬间，就听到身后有人闷哼倒地的声音。

听溪回过身去，看到刚才拉着她喊她姐的那个男人，已经被江年锦一拳撂倒在地上了。

"罗天赐，谁给你的胆子！"江年锦脸上冒着火光，他揪着那个男人的衣领，几乎用上了全部的力量将他提起来。

"姐夫，真的，我真的看到我姐了，你看……"那个男人抬手指着苏听溪，"你看，我姐……"

"马上给我滚！"江年锦打断他的话。

"姐夫，你怎么这样，我姐她没有死！"

"这个人她不是你姐。"江年锦终于回头看了一眼苏听溪，"她不是你姐。不是！"

被江年锦这样一扫，听溪觉得自己全身的细胞好像在那一刹那都死了。

他的眼神，竟是这样绝望。

"怎么回事？"听溪走到这两个男人的面前，"这到底怎么回事？"

江年锦收回了目光，他揪着那个男人衣领的手却没有收回来，像是，怕一松手那个人就会朝她扑过去一样。

"苏听溪，你去车里坐着。"江年锦沉着嗓子说。

"为什么？"

"我让你去车里坐着！"他提高了语调。

听溪在原地站了一会儿，乖乖地转身往回走。她其实一点都不想听他的话去车里坐着，只是，心里忽然产生了一种可怕的感觉，如果她这次不听他的话，就再没有听他话的机会。

"姐！"那个被江年锦桎梏的男人还企图留住听溪。

江年锦又往他的脸上落了一拳。

听溪颤了颤，飞奔着坐进江年锦的车里，连头都不敢回一下。

8

江年锦很快就坐进车里，听溪不知道他把罗天赐怎么了，刚才，她都不敢往窗外去看，只怕看见让她陌生的江年锦。

窗外的景像是利箭一样飞速地往后退着，江年锦的急躁都体现在了他的车速上。

听溪紧紧地捏着自己胸前的安全带，胃里翻江倒海地难受。

"你难道不是应该先跟我说说这是怎么回事吗？"她终于忍不住出声。

"先回家。"

听溪想了想，不管多大的事，在这个时候非要一个解释也的确不合适。

车子一路开到别墅的大门口，听溪率先下了车。

江年锦坐在驾驶座上久久没有动，他看着她关门绕过车头，看着她走到门口回过身来找他，看着她满目的疑惑只等他一个解答。

他忽然气馁了，这一路上好不容易下定的决心，在看到她眼神的瞬间就土崩瓦解了。

他会不会就这样失去她？

苏听溪走过来敲了敲车窗。

江年锦回神，沉了一口气，推门下车的时候他牵住了听溪的手。

听溪沉默地跟在他的身边，隐约的不安席卷了她的身体，她从来没有看到过这样凝重的江年锦。

她真想转身就跑，可是除了他的身边，她还能跑去哪里。

江年锦一路带着听溪走进他的酒窖，那是听溪从来没有进去过的地方。

酒窖的入口处亮了一盏昏黄的灯，除了这个光点，前方的视线很暗，虽然鼻尖有馥郁的酒香，可是她莫名地不喜欢这个地方。

"为什么要进去？"

"你不是想知道怎么回事吗？答案就在里面。"江年锦握紧了她的手。

听溪犹豫地跟着。

"啪！"

他抬手按下了墙壁上的开关，一室流离的灯火扑面而来。听溪抬手遮了一下眼，有什么画面飞进她的视线，她又连忙放下了手。

左右两边是高高的酒架，酒架上各色洋酒琳琅满目，而正对着她的那面墙上……

苏听溪挣开了江年锦的手，她往那面墙前走了好几步，直到可以清清楚楚地看清照片上的那个女人。

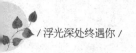

可是这样看清了，她反而觉得模糊。

这个女人是谁？

那五官那轮廓分明就是她自己，可是那眉眼中的神色，却一丝一毫都没有她的影子。

听溪从来没有想过自己有朝一日会遇到这样一个人，她像她又不是她，她不是她却又和她深爱的人有着千丝万缕的联系。

"她……"听溪的手抬起来指着照片里的那个人，她努力想克制住自己的情绪，可是手指还是抖得厉害，"她是谁？"

江年锦深吸了一口气，此刻于他而言已是兵临城下，他再无可退之路。

"她是我的未婚妻，罗冉冉。"

9

听溪定了定神，自己的脑容量已经完全不足以消化江年锦的这句话。

他有个未婚妻，叫罗冉冉，还和她长得一模一样？

"江年锦，你什么意思？"听溪瞪大了眼睛，如醍醐灌顶，思绪一片清明，"你有未婚妻还来招惹我！"

江年锦按住了听溪颤抖的肩膀："她已经死了。"

听溪的瞳孔收了收，她的视线往墙上一挪，那明亮的瞳仁忽然变暗。

"死了……"

江年锦感觉到她的身子瞬间变得僵硬，好像涌动在她血管里的热血忽然凝固了一般。他伸手将她揽过来抱在怀里。

"听溪，你别这样。"

听溪连挣都没有挣，她的脸色森冷，目光空洞。

"所以，我是替身？"

他就知道，只要让苏听溪知道罗冉冉的存在，她脑海里闪过的第一个念头，一定就是这两个字。

可是事实呢，事实不是的，哪怕曾经是，现在也已经不是。

"不是。"

前一秒还乖顺异常的苏听溪，听到他这两个字的瞬间却狠狠地将他推开了。

江年锦猝不及防地退撞在酒架上，整排的酒瓶轰然倒地，玻璃渣渣迸裂在他的脚边如同汹涌的潮水，那酒香忽而浓烈得噬人心魄。

听溪光闻着，都快要醉了。她多希望，这一切真的是她喝醉后的幻觉。

"直到现在，你还想要骗我吗？"

江年锦想要解释，可是此刻面对她的质疑，他竟然有了千言万语哽在嘴边却说不出一个字的痛苦。

"你别说话了！"听溪摇头喝止他，"反正我也不想听你说话！"

她边说边后退，等到江年锦的手快要再次触到她的时候，她彻底转身飞奔出酒窖。她一路跑一路跑，却不知道自己要去哪儿，该去哪儿。

这偌大的加安，江年锦是她唯一可以依靠的人啊。可如今这信赖都轰然崩塌，她还有谁可以相信呢？

10

听溪回到房间里就开始收拾行李，好在她放在江年锦别墅里的东西并不多，除了衣服就剩几本书。

当她打开床头的抽屉时，两个锦盒跃入了她的视线。

那是江年锦送给她的项链和脚链……

曾几何时，她也是真的相信了他所谓的特别，可现在她终于知道了，原来她的特别，只是因为她长得和别人一模一样。

听溪披了外套，拖着行李箱走到大厅。

江年锦坐在大厅的沙发里，见她出来，他立马站了起来。

"你去哪儿？"

"不用你管。"

"听溪。"他将她拖到怀里。

"别碰我！"听溪闪到一边，满是防备。

江年锦无奈，他知道倔强如她，在得知真相之后是不可能再留在他身边的。

"你要走可以，但你得答应我不准胡思乱想，这件事情我一定会给你一个解释。还有，让阿府送你。"

听溪不理他，只是沉默地往外走。

阿府正好过来，见她要走，他跨步过来拦着她。

"苏小姐。"

"苏小姐？"听溪挑眉看着阿府，"阿府你看清楚我是不是苏小姐！"

阿府皱了一下眉。

"苏小姐，你当然是苏小姐，不然还能是谁？"

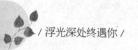

"那罗小姐呢?"

阿府忽然惊恐地抬起了头。

听溪冷嗤了一下:"果然,连你也是知道的!"

"阿府,送苏小姐回去。"江年锦开口打断了他们的对话。

听溪鼻头一酸,刚刚忍住的眼泪这一刻全都滚了出来,热辣辣的,越流越多。

"江先生你真是有心,串通身边这么多人来骗我。"

"阿府,你愣着干什么!"江年锦始终没有朝他们看过来,声调却不由得提起来了。

阿府连忙接过了听溪的行李箱。

"苏小姐,无论今天发生了什么,你先回家好好睡一觉,等你平静下来,一切都可以解释。"

"不用送我。"听溪抢过自己的行李箱一头扎进黑暗里。

"苏小姐!"阿府看了看听溪远去的背影,又看了看江年锦。

江年锦叹了一口气,从沙发上站起来。

阿府跟在他的身后,跑过去发动了车子。

大庭院里植满了树,现在正是林木繁盛的时候,一到晚上就显得格外漆黑森冷。

听溪拉着行李箱走不快,没几步就被江年锦追上了。

"我说让阿府送你!"

听溪不理他,继续走自己的路。

"苏听溪!"

江年锦高喝一声,跟上去攥住了她的手臂,二话不说拦腰将她扛起。

"江年锦!你疯啦!放我下来!"听溪大喊着,喊着喊着就哭出了声,她的拳头一下一下地砸在江年锦的背上。江年锦连眉头都没有皱一下,只是扛着她往车边走。

阿府将她的行李箱提了起来,放进了后备箱。

"你放开我!"

江年锦打开车门,抬手护着她的脑袋将她塞了进去。

"你再闹,就由我送你。"江年锦瞪着她。

听到他这样说,苏听溪停止了手上的动作。

这样突如其来的安静,比打在身上的拳头更让江年锦觉得疼。

江年锦退了出来,对阿府使了个眼色,阿府点了点头。

车上的听溪一动不动地躺在后座上,像是没了呼吸。

"苏小姐,你别这样,江先生也有他的苦衷。"

听溪没作声。

阿府叹了一口气，车子慢慢地驶远，可后视镜里江年锦的身影仍站在原地。

11

江年锦走进酒吧的时候，吧台处有两个男人正坐着，一个侧着身抬肘倚在吧台上瞪着眼，另一个低着头。

侧着身的是普云辉，低着头的是罗天赐。

江年锦走到他们的身后，拖鞋踢踏的声音让两个人都回了头。

"你这是干什么？"普云辉瞪着他脚上的那双拖鞋。

他竟然不顾公众形象，穿着一双居家拖鞋就跑出来了！

"你还挺周到，知道要给我清场。"

江年锦虽是在对普云辉说，凶狠的目光却落在罗天赐的身上。

罗天赐抬起头来，还未说话左脸上就结结实实地挨了一拳。

"哎哎哎，干什么？干什么？"普云辉冲过来拦着江年锦，"你别动手啊！多脏啊！"

普云辉说完转身就往罗天赐的身上踹了一脚，罗天赐疼得号了一声。

"但是罗天赐，你良心被狗吃了是吧，你倒是说说，这些年江年锦为你擦了多少屁股收拾了多少烂摊子，你现在竟然敢反咬他一口？"

"我只是看到了和姐姐一样的女人。"罗天赐委屈地说。

"你再诬我。"普云辉一手按住罗天赐的领子将他提起来，"那里是新星的VIP通道，凭你能进去那里认亲？说，谁指使你做的？"

"没有人指使我。"罗天赐转头看向江年锦，"姐夫，难怪你不愿意管我，原来你是找到姐姐的替代品了。"

江年锦的神经在听到"替代品"三个字的时候，彻底被挑起来了，他直接伸手将罗天赐整个脑袋按在地上。

"你再说一遍！"江年锦的眼里蹿着火。

"我说的是实话！不然那个女人是怎么回事？"罗天赐说着忍不住哭了起来，"我姐姐就这样莫名其妙地枉死了，我难道不该问问吗？"

江年锦捏紧了拳心。

普云辉皱着眉头发出"啧啧啧"的声音，伸手拉开江年锦。

他还真是头一次看一个男人哭，可是他一点都不觉得罗天赐可怜，能哭出来的人怎么会可怜？真正让人心疼的，该是江年锦这样把眼泪憋在肚子里的人。

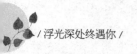

"罗天赐，你明早就滚回北城，不要再靠近苏听溪，也不要再让我看到你。"

"我不走！你竟然因为那个女人赶我走！"罗天赐冲过去抱住江年锦的小腿，"姐夫，我不回去！"

江年锦冷冷地背过身去。

"从今以后，我与罗家和你，再无任何瓜葛。"

12

听溪回到自己的小屋里，什么都没有收拾，只是躺在沙发上出神。

世事总是最难料，她前一秒还以为拥有了江年锦就拥有了全世界的幸福，后一秒却发现所谓幸福不过只是一场海市蜃楼。

"叮咚！叮咚！"

门外忽然响起了急促的门铃。

听溪从沙发上仰坐起来，顺势看了一眼自己腕子上的表。她今天才刚刚搬回来，深更半夜会是谁？

"听溪，开门让我进来。"

是陈尔冬。

听溪打开门，看到她站在门外，手里提着大袋子，里面装着她换洗的衣服。

"我来了。"她笑着说。

听溪站着没动。

"不让我进来吗？"陈尔冬还是笑着，可是那笑意此刻有些扎眼。

"尔冬姐，你也知道对不对？"听溪看着陈尔冬的眼睛，眼眶有些酸涩。

陈尔冬没理苏听溪，直接推门进来。她将手里的袋子搁在沙发上，转身看到苏听溪的眼泪默默淌下来，感觉心被狠狠地戳了一下。

"听溪，我早就提醒过你，招惹这个男人会受伤。"

江年锦给她打电话的时候，她刚刚从设计室出来，江年锦说他不放心苏听溪，让她过来照看一下，她就知道发生了什么事情。

当时，江年锦的话，让她很心疼。

"我瞒不住了，与其让她从别人的嘴里听到，还不如由我亲自告诉她。"他的语气充满疲惫与无奈，"你去了那里，不要为我说话。"

想到这儿，陈尔冬轻轻地抱住了听溪。

"没事。"她拍了一下听溪的后背，"他是爱你的。"

听溪终于哭出了声，那声音断断续续的，像受伤的小兽。

13

第二天一早，陈尔冬醒来发现，苏听溪已经不在她身边了。

陈尔冬下了床，走出房门，看到洗手间的门开着。苏听溪正俯着身对着镜面抹口红，许是听到声音，她回了一下头。

"起了，怎么不再睡会儿？"

"睡不着了。"陈尔冬看着听溪，听溪化了妆，粉扑扑的，让人看不出粉底之下苍白无光的脸，就像她看不出听溪微笑之下千疮百孔的心，"你呢？怎么这么早？"

"我今天有个平面广告要提早开工。"

苏听溪从洗手间里跑出来，随手拿起了搁在椅背上的外套。

"我得走了，你自己随意，楼下有很多小吃摊，你要是吃不惯的话再走出一条街有 KFC 和星巴克，钥匙我放在桌上了，别忘记锁噢。"

苏听溪说着，已经走到门口换鞋了。

"苏听溪。"陈尔冬叫她一声。

"嗯？"她应着，只顾自己穿鞋，头也没有抬。

"你今天可以休息。"

听溪手里的动作顿了一下，声音沉了下去。

"我很好，不用休息。"

陈尔冬走过去握住了听溪的胳膊："你得静一静，好好想想才能理清楚江年锦对你的心意。"

听溪挣了一下，走了几步又回头。

"尔冬姐，我问你件事？"

"你说。"

"江年锦的未婚妻，是不是很爱柠檬？"

"这……"

陈尔冬一时不敢说话。

是的，罗冉冉很爱青柠。她说她爱清香满溢的味道，说她要在将来住的地方种满柠檬树，这就是为什么四谷庄园和江年锦住的地方都有柠檬树的原因。

"我明白了。"听溪看着陈尔冬扬唇苦笑，"我走了。"

听溪说完，跑进楼道里。

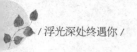

听溪刚刚跑出巷子，就看到江年锦的车子停在巷口。

他正倚在车头上吸烟，也不知道是从什么时候开始站在那儿的，地上的烟头落了一圈。

她有意不去看他，他却踩熄了烟头，绕过来了。

听溪往左走几步，江年锦跟着往左走几步。

听溪往右走几步，江年锦跟着往右走几步。

她沉了一口气，耐心告罄，却没有抬起头来跟他说话，只是继续和他这样耗着。

"我送你。"江年锦握住了听溪的手腕。

听溪伸手将他拂开。

"不用。我自己有手有脚，用不着你送。"

"你听话。"江年锦放柔了声调。

"哎呀！小江啊，这么早就来接小苏上班啊！"听溪刚想拒绝，迎面走来朱大爷，他手里拎着两袋白馒头，一晃一晃地朝他们靠近。

江年锦点了点头说："早。"

听溪想避开，可是江年锦挡在她的身后。

"最近可好久没见你俩啦。"朱大爷打量着听溪。

"最近我们都比较忙。"江年锦答。

"忙归忙，要注意身体啊！看小苏这憔悴得。"大爷拍了一下听溪的胳膊，"还站着干什么，早上风挺凉的，上车，快上车。"

江年锦对着朱大爷扬了一下嘴角，顺势替听溪打开了车门。

听溪一时骑虎难下，只得硬着头皮坐进车里。

车门被关上了，车厢里也是一股浓浓的烟草味。

朱大爷还在和江年锦说着话，江年锦点头应和着，直到大爷走开，他才上车。

车子刚刚开到路口，听溪就说要下车。

"我送你过去。"

"你知道我要去哪儿吗？"听溪问他。

"知道。"

他凌晨睡不着，就从苏听溪的助理那儿把她这几天的行程安排都给要过来了。

"江年锦，知道我最讨厌什么吗？就是这样，你对我的一切了如指掌，而我只能像个笨蛋一样盲目地跟着你走。我们从来就不曾平等过。"

"我不告诉你，只是怕你误会。如果你想要平等，想知道一切，我现在就可以都告诉你。"

听溪不说话，冷冷地看向车窗外。

"罗冉冉只是一个过去。所有和她有关的一切都只是过去。"江年锦回眸过来看着她，"可是听溪，你是我的现在。"

听溪鼻头一酸："所以，你的现在充满了过去的影子，也不过只是一个巧合？"

"我承认当初我留下你，是因为你长得像她，可是……"

"没有可是，这就够了。"听溪打断了江年锦，眼泪滑过脸颊，她不动声色地抬手抹去不让他看见。

"听溪，你还是不相信我。"

"我不能信。因为那个酒窖是你的心，而我，从来没有进去过。"

图书在版编目（CIP）数据

浮光深处终遇你/ 轻轻著.-- 贵阳:贵州人民出版
社,2016.7（2020.3重印）

ISBN 978-7-221-13419-6

Ⅰ.①浮… Ⅱ.①轻… Ⅲ.①长篇小说－中国－当代 Ⅳ.
①I247.5

中国版本图书馆CIP数据核字(2016)第183919号

浮光深处终遇你

轻轻 著

出 版 人 苏 桦

出版统筹 陈继光

选题策划 杜莉萍

责任编辑 潘 媛

流程编辑 潘 媛

特约编辑 雁 痕

封面设计 颜小曼 刘 伟

内页设计 米 籽

出版发行 贵州人民出版社（贵阳市观山湖区会展东路SOHO办公区A座
　　　　邮编：550081）

印　　刷 三河市华东印刷有限公司

开　　本 710×1000毫米 1/16

字　　数 342千字

印　　张 18

版　　次 2016年9月第1版

印　　次 2016年9月第1次印刷

　　　　2020年3月第2次印刷

书　　号 ISBN 978-7-221-13419-6

定　　价 45.00元